천년 향가의 비밀

개정증보판

천년 향가의 비밀 개정증보판

발행일   2022년 1월 28일

지은이   김영회
펴낸이   손형국
펴낸곳   (주)북랩
편집인   선일영   편집   정두철, 배진용, 김현아, 박준, 장하영
디자인   이현수, 김민하, 허지혜, 안유경   제작   박기성, 황동현, 구성우, 권태련
마케팅   김회란, 박진관
출판등록   2004. 12. 1(제2012-000051호)
주소   서울특별시 금천구 가산디지털 1로 168, 우림라이온스밸리 B동 B113~114호, C동 B101호
홈페이지   www.book.co.kr
전화번호   (02)2026-5777   팩스   (02)2026-5747

ISBN   979-11-6836-137-9 03810 (종이책)   979-11-6836-124-9 05810 (전자책)

(주)북랩 성공출판의 파트너

북랩 홈페이지와 패밀리 사이트에서 다양한 출판 솔루션을 만나 보세요!

홈페이지 book.co.kr   •   **블로그** blog.naver.com/essaybook   •   **출판문의** book@book.co.kr

작가 연락처 문의 ▸ ask.book.co.kr

작가 연락처는 개인정보이므로 북랩에서 알려드릴 수 없습니다.

김영회의
향가 3서
제2권

향가 해독의 로제타스톤 발견

천년 향가의 비밀

신라인이 남긴 향가 해독법으로
신라·고려·만엽집·고사기·일본서기 향가를
완전 해독하다.

북랩 book Lab

필자는 1970년대 이래 향가 창작법을 연구해 왔다. 특히 신라 향가 14편을 검토하여 문자 사이에 내재되어 있는 법칙들을 추적하여 마침내 신라 향가 창작법을 찾아낼 수 있었다. 그 결과를 우리나라 향가 해독 100주년 기념으로 '신라 향가 창작법'을 주제로 한 저서 《천년향가의 비밀》(북랩, 2019)을 발간한 바 있다.

신라 향가 창작법을 균여 대사의 고려 향가에 적용하여 향가 연구 도구로서의 타당성을 검증했고, 이어 일본의 《만엽집》과 《일본서기》 속의 운문에 적용하여 그들이 향가 창작법에 따라 만들어졌음을 입증한 또 다른 저서(《일본 만엽집은 향가였다》, 북랩, 2021)도 발간한 바 있다.

이 과정에서 관련 논문 2편을 학회에 발표 등재하였다.

고려 향가와 《만엽집》에 적용하는 과정에서 신라 향가에서 추적된 향가 창작법은 일정 부분 수정되어야 했다. 변명을 한다면 신라 향가의 편수가 14편에 불과하였으나, 고려 향가 11편과 《만엽집》의 작품 600여 편이라는 사례의 풍부성에 의해 향가 창작법은 상당 부분 수정되어야 했던 데 기인했다. 부정확한 이론으로 독자여러분들을 현혹시킨 데 대해 깊은 사죄를 드린다.

따라서 본서는 《천년향가의 비밀》(북랩, 2019)에 대한 개정증보판이 되었다.

본서는 신라 향가 창작법을 발표하는 책이면서 동시에, 창작법을 신라 향가 14편, 고려 향가 11편, 새로 발견된 향가 4편(《삼국유사》 3편, 《삼국사기》 1편), 《만엽집》 향가 3편, 《일본서기》 향가 3편, 《고사기》 향가 1편에 적용함으로써 어떻게 향가가 창작되고 어떻게 풀리는지를 보여주는 책이다.

특히 적용 과정에서 《삼국사기》에 실린 고구려 유리왕의 〈황조가(黃鳥歌)〉, 《삼국유사》 가락국기 내의 〈구지가(龜旨歌)〉, 《삼국유사》 〈처용가〉 배경기록에 포함된 〈지리가(智理歌)〉, 《삼국유사》 수로부인조의 〈해가(海歌)〉가 모두 향가였음이 밝혀졌다.

이 과정에서 향가가 고조선에서 발원되었음을 유추할 수 있었고, 고구려, 백제, 신라, 가야 모두에 존재했음을 알게 되었으며, B.C 17년에 만들어진 〈황조가〉가 현전하는 최고(最古)의 향가임을 확인할 수 있었다. 향가는 민족의 역사와 함께해 온 민족 고유의 주류 문화였고 이것이 일본으로 흘러들어 가 오늘의 일본 민족을 태동해 낸 문화적 산파가 되었음이 분명해졌다.

새로 발견된 향가에 대해서는 본서 4장에서 후술하겠다.

한편 《만엽집》과 《고사기》, 《일본서기》 속의 향가 작품에는 한국과 일본의 고대사가 상당 부분 기록되어 있었다.

필자에 의해 해독된 《만엽집》과 《고사기》, 《일본서기》의 작품 수는 600여 편에 이른다. 조속한 시일 내 한국과 일본의 연구자들에 의해 《만엽집》, 《고사기》, 《일본서기》 속의 향가에 대한 해독이 이루어져 한일 고대사가 모습을 드러낼 수 있게 되기를 바란다.

향가는 노래로 쓴 역사이자 문화의 원형이었다.

향가의 본 모습을 알릴 수 있도록 필자의 저서 3권으로 '김영회의 향가 3서'를 구성하였다. 《향가루트》, 《천년향가의 비밀》, 《일본 만엽집은 향가였다》가 그것이다.

《향가루트》는 향가의 비밀이 밝혀지기까지의 여정을 다큐로 기록한 실화이고, 뒤 두 권은 논리적으로 구성한 책이다. 일독을 권유 드린다.

본서가 나오기까지 집단 지성을 모아주신 많은 분들께 감사드린다.

향가의 비밀을 밝혀내는 긴 세월 묵묵히 인내해준 아내 최정금, 두 아들 김정범 김기범에게 고마움을 전한다.

2022년 1월
태안 문학방(文學房)에서
김영회

1장
신라 향가 창작법

2장

신라 향가 14편

3장
고려 향가 11편

4장

새로 발견된 향가 4편

5장

만엽집(萬葉集) 향가 3편

제1장

신라 향가 창작법

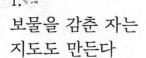

1.
보물을 감춘 자는
지도도 만든다

필자가 《삼국유사》에 수록되어 있는 〈원왕생가(願往生歌)〉라는 신라 향가를 연구하고 있을 때였다. 〈원왕생가〉는 신라 향가 14편 중의 하나로서 84글자로 조립된 정체불명의 노래였다.

月下伊底亦西方念丁去賜里遣無量壽佛前乃惱叱古音(鄕言云報言也)多可支白遣
賜立誓音深史隱尊衣希支兩手集刀花乎白良願往生願往生慕人有如白遣賜立阿
邪此身遺也置遣四十八大願成遣賜去

그 무렵 〈원왕생가〉의 수많은 글자들은 필자의 머릿속에서 혼란스러운 춤을 추고 있었다. 글자들끼리 서로 엉켰다가 떨어지는가 하면, 반딧불이처럼 의미의 빛을 보이다가 사라지기를 반복하였다. 향가를 연구할 때마다 반복되곤 했던, 머리를 쥐어짜던 고통도 폭발 직전에 이르고 있었다.

필자는 한국인으로서는 최초로 향가 해독의 길을 걸으셨던 양주동(梁柱東) 박사님의 묘소를 찾았다. 그는 1937년에 '향가의 해독-특히 〈원왕생가〉에 취(就)하여'라는 논문을 발표, 경성 제국대학 소창진평(小倉進平) 교수의 향가 연구 결과를 반박하신 분이다.

필자는 그분의 묘 앞 잔디밭에 앉아 '당신도 이리 고통스러웠나요?'

라는 질문을 던지며 산 아래 계곡을 내려다보고 있었다.

바로 그때 부싯돌의 불똥처럼 영감 하나가 찰나적으로 스쳐 지나갔다. 위에 소개한 원문 '향언운 보언야(鄕言云報言也)'라는 문자들 가운데 있는 '보(報)'와 '언(言)'이라는 두 개의 글자가 혹시 하나의 단어를 이루고 있는 것이 아닐까?'라는 생각이었다.

확인해 보았더니 '향언운 보언야(鄕言云報言也)'라는 6글자는 바로 앞에 놓여 있는 '질고음(叱古音)'이라는 문자를 설명하는 구절이었다. '叱古音(鄕言云報言也)'는 '질고음(叱古音)이라는 글자들은 향가의 용어로 보언(報言)이라 한다'로 해독이 되었다. 질고음(叱古音)이라는 글자들은 '보언(報言)'이었고, 향가 속에 '보언'이라는 구조가 있다는 사실을 말하는 것 같았다.

이것이 사실상 향가 해독의 시작점이었다.
'향언운 보언야(鄕言云報言也)'는 필자를 칠흑 동굴의 문 앞으로 안내해 주는 지도가 되었다. 보언(報言)이라는 두 글자는 향가 해독의 길로 안내하는 로제타스톤(Rosetta Stone)이었다.

어려서 읽었던 해적선 동화 가운데 한 구절이 생각났다.

'보물을 감춘 자는 반드시 훗날 다시 찾으러 갈 수 있는 지도도 만든다.'

그랬다.
〈원왕생가〉의 '향언운 보언야(鄕言云報言也)'라는 여섯 글자가 향가의 세계로 들어가는 입구가 되어 주었다.

2.
향가의 설계도,
신라 향가 창작법

    신라 향가 창작법은 향가의 문자 전체를 분석하여 향가가 어떠한 원리하에서 만들어졌는지 그 법칙을 역추적해 낸 것이다.

    신라 향가 14편에서 분석·종합해 낸 원리를 집대성해 '신라 향가 창작법'이라 이름하였다. 그리고 이를 고려 향가 11편과 《만엽집》의 일부인 621편, 《고사기》와 《일본서기》 운문 10여 편에 적용해 본 결과 이들 모두는 명백히 향가 창작법을 설계도로 하여 만들어진 작품으로 판명되었다.

    본서에서 말하는 향가란 고구려 향가, 가야 향가, 신라 향가, 고려 향가, 일본 《만엽집》·《고사기》·《일본서기》의 운문 등 나라 불문 향가 창작법을 설계도로 하여 만들어진 모든 작품을 통칭한다.

3.
향가문자는
표의문자(表意文字)이다

'향가가 표기되어 있는 문자들은 어떠한 성격의 문자들인가' 하는 문제는 향가연구의 첫걸음이다.

신라 향가 〈원왕생가〉의 첫 구절 '월하 이저역 서방념(月下伊底亦西方念)'을 검토해본다.

이 구절의 문자들을 표의문자로 보고 풀어 보면, '달 아래 네가 사는 밑 또한 서방정토라 생각하라'로 해독된다.

月下 伊底 亦 西方 念
=月(달 월)+下(아래 하)+伊(너 이)+底(밑 저)+亦(또한 역)+
서방(西方)+念(생각하다 념)
=달 아래 네가 사는 밑 또한 서방정토라 생각하라

각 문자가 가진 의미들을 순차적으로 연결해 보면 향가의 의미가 도출되는 것이다.

향가문장을 표음문자로 풀면 문제가 문제를 낳았으나, 표의문자로 풀면 그동안 발생되었던 수많은 문제들이 정돈되었다. 향가문자는 표의문자로 기능하고 있었던 것이다.

4.
향가에는 누언(陋言)이
사용되고 있다

누언(陋言)은 우리말을 일컫는 어휘이다.

향가의 일부문자는 표의문자로뿐만 아니라 표음문자로도 기능하기도 한다. 표음문자 성격의 문자를 《균여전(均如傳)》 서문에서는 '누언(陋言)'이라고 말하고 있다. 누언이란 한자를 조합해 한국어 발음을 표기해 놓은 것이다.

예를 들면 고려 향가 〈청전법륜가(請轉法輪歌)〉의 구절에 '무명토 심이 매다 번뇌열류 전(無明土 深以 埋多 煩惱熱留 煎)'이라고 한자를 배치해 놓아 '무명토 깊이 묻아 번뇌열류 끓여'라고 한자를 이용하여 엇비슷한 우리말 발음으로 읽을 수 있게 표기하여 두었다.

원문	無明土	深以	埋多	煩惱熱留	煎
한국어 발음	무명토	심이	매다	번뇌열류	전
누언	무명토	깊이	묻아	번뇌열류	끓여

위와 같은 식의 표기법을 '누언'이라고 하였다.

누언(陋言)이라는 명칭은 '향가학 개론'이라고도 할 수 있는 《균여전》 서문에 나오는 글이다. 누언이라는 단어가 나오는 구절은 다음과 같다.

《균여전》 서문

非寄陋言 莫現 普因之路

비기누언 막현 보인지로

비루한 말에 의지하지 않고는 넓은 인연의 길을 표현할 수 없다.

이처럼 한자를 이용해 고대 한국어 발음을 표기한 방식을 '누언'이라 했다. '비루한 말'이란 뜻으로서 우리말을 가리킨다.

한자를 알지 못하는 민들의 이해를 돕기 위하여 한국어와 비슷한 발음을 가진 한자를 발음기호식으로 이용해 향가의 문장을 만든 것이다. 그러나 이것은 어디까지나 일반인들에게 향가의 개략적 취지를 전달하기 위해 만든 발음의 표기일 뿐이었다.

정확하게 소리를 표기한 것도 아니었다. 비슷한 발음으로 읽히는 한자를 이곳저곳에 이용하는 수준이었다. 문장 전체를 누언으로 표기한 것도 있고 문장의 일부 문구만을 누언으로 표기하고도 있었다. 따라서 누언은 불완전한 표기법이었고, 누언만으로는 향가의 심오한 세계를 알 수도 없었다.

누언 표기는 한자를 모르던 당시의 일반인들에게 향가의 이해를 도왔으나 큰 부작용을 낳았다. 후대의 연구자들에게 향가문장이 우리말을 고대어로 표기해 놓았다는 인상을 주게되었고, 향가가 표음문자로 기록된 것이라는 착시에 빠지게 하였다.

일본의 만엽집 연구가들, 향가를 최초로 연구한 일본인 학자 소창진평(小倉進平) 박사, 현재의 향가 연구자들까지도 모두가 누언의 지독한 부작용에 붙잡히게 되었다.

누언에 의한 표기법을 한국의 연구자들은 '향찰(鄕札)'이라했고, 일본인들은 '만요가나(萬葉假名)'라고 하고 있다.

연구자들은 누언이 향가표기법의 모든 것으로 알고 연구하였기에 결과적으로 향가 해독에 실패하고 말았다.

누언의 표기는 민들의 이해를 돕고 그들에게 재미를 주어 향가의 세계로 이끄는 방편적 역할만을 하고 있을 뿐이다. 누언의 뒤에는 향가가 가진 심원한 세계가 엄존하고 있다. 우리가 깊이 파고들어 가야 할 것은 바로 이 향가의 심원한 세계다.

필자는 향가 창작법이 세상에 소개되는 초기단계임을 감안하여 가급적 누언에 대한 언급을 최소화하고자 한다. 현 단계에서는 향가의 본질에 대한 연구가 시급하기 때문이다. 누언에 대한 검토는 본질에 대한 검토가 마무리된 이후 이루어지는 것이 순서라고 본다. 현 단계에서의 누언 연구는 향가 연구자를 잘못된 길에 빠지게 할 것이다. 초기 연구자들에게 누언의 연구를 일시 유예할 것을 권유하고, 대신 훗날의 연구자들에게 누언에 대한 본격적 탐색을 위임한다.

5.

향가는 고대 한반도어를 기반으로 만들어진 작품이다

　신라 향가는 누언(한반도어)을 기반으로 창작되기도 하였다.

　향가가 누언을 사용하고 있다는 것은 향가의 연원과 관련하여 매우 중요한 함의를 가지고 있다.

　누언은 고대 한반도어를 기반으로 하고 있기에 향가는 중국이나 일본의 문학이 아니라 우리 민족의 문학이라 말할 수 있다. 향가는 고대 한민족이 만든 문학 장르임이 분명하다. 세계 어디에서도 찾을 수 없는 우리만의 문학장르이다.

　신라 향가는 물론, 고려향가, 일본 향가 모두에 누언이 사용되고 있었다. 향가는 한국어를 기반으로 만들어져 있기에 한국어를 모르는 중국인이나 일본인은 향가해독에 원천적으로 한계를 가질 수 밖에 없다. 따라서 일본의 향가집인 만엽집 역시 한국인의 도움이 아니라면 해독할 수 없을 것이다.

　다음은 누언이 사용된 사례이다.

　① 신라 향가: 〈서동요〉
　善化公主主隱 他密 只 嫁良置古
　선화공주님은+他 남 타+密 몰래 밀+只+嫁 시집가다 가+良 길하다 라+置 두다 치+古 옛 고

=善化公主主隱 他密 嫁良置古

=선화공주님은 남몰래 (섹스를) 가라치고(가르치고)

② 고려 향가: 〈청전법륜가〉

無明土 深以 埋多 煩惱熱留 煎

무명토+深 깊다 심+以 써 이+埋 묻다 매+多 많다 다+번뇌열+留 머물다
류+煎 끓이다 전

=무명토 깊이 묻다 번뇌열류 끓여
=무명토 깊이 묻어 번뇌열로 끓여

③ 일본 향가: 일본 만엽집 15번가

伊理 比沙之

伊 너 이+理 다스리다 리+比 함께하다 비+沙 뱃사공 사+之 가다 지
=그대는 (나라를) 다스리면서 (나와) 함께하사지
=그대는 (나라를) 다스리면서 (나와) 함께하셨지

세도(世道)와 누언(陋言)으로
열근(劣根)한 사람들을
심원(深遠)의 세계로 이끌었다

향가의 세계는 심원하다.

깊고도 멀다.

열근(劣根)한 민(民)들을 향가의 세계로 인도하는 일은 결코 쉬운 일이 아니었다. 그러기에 향가 창작자들은 세속적인 일(世道)을 소재로 하여 재미있게 만들려 노력했고, 민들이 사용하는 비루한 말(陋言)로 만든 노랫말을 열근(劣根)한 사람들 앞에 던져 그들의 관심을 끌고자 했다. 세속적인 일(世道)이란 유희와 오락의 공연이었고, 비루한 말(陋言)이란 중국어가 아닌 우리말을 뜻했다.

이것은 열근한 민들을 심원한 세상으로 이끌고자 했던 하나의 방편이었다.

특히 창작자들이 자신들에게 익숙한 정격한문으로 그들의 의도를 백 퍼센트 표현하지 않고, 구태여 누언으로 표기했다는 향가 표기의 취지는 '중국과 말이 달라 스스로의 뜻을 펼치지 못하는 백성을 위해 스물여덟 글자를 만들었다'는 세종대왕의 한글 창제 취지와 판박이로 닮았다.

간과해 왔던 사실이지만 '향가 창제문'이라 할 수 있는 글이 《균여전》 서문에 기록되어 있었다. 향가 연구에 있어 모르면 안 되는 중요한 내용이다. 우리 민족의 언어 표기에는 한글창제에 앞서 향가창제가 있었던 것이다.

> **夫詞腦者 世人戱樂之具**
> 무릇 사뇌라고 하는 것은 세상 사람들이 놀이하는 용도로 썼던 도구다.

> **故得涉淺歸深 從近至遠**
> 얕은 곳을 건너야 깊은 곳에 다다를 수 있고, 가까운 곳으로부터 가야 먼 곳에 이를 수 있다.

> **不憑世道 無引劣根之由**
> 세속의 도리에 기대지 않고서는 열근한(劣根)한 사람들을 인도할 수 없다.

> **非寄陋言 莫現普因之路**
> 비루한 말에 의지하지 않고는 넓은 인연의 길을 표현할 수 없다.

이 구절들은 향가의 일반이론에 대해 설명하는 빛나는 글이다. '향가학 개론'이라 할 만한 글이다. 일반인들에게 향가의 실체를 깨닫게 하기에는 어려움이 있으므로 세속적인 일(<서동요>, <처용가> 등)을 소재로 하거나 표음문자에 해당하는 우리말(陋言)을 사용함으로써 어리석은 민을 이끌고자 했다.

그러나 창작자들이 만들어 낸 이러한 표기 방식은 창작법을 완전히 잃어버린 후대인들에게 향가의 실체를 파악하는 데 있어 큰 장애물이 되고 말았다.

우리말(陋言)로 해독될 수 있는 문자들은 표의문자로 가보려는 시도를 원천적으로 막았다.

앞선 사람들로부터 창작법을 전수받았던 이들은 세속적인 소재나 우리말 표기를 단순한 방편 쯤으로 생각했겠으나, 창작법을 전수받지 못한 후대인들의 눈을 가려 향가의 실체로 가는 길을 막았다.

민을 이끌기 위한 수단이 오히려 한국 연구자들과 일본국에서 《만엽집》의 해독을 최초로 시도했던 '이호(梨壺)의 5인', 그리고 이들을 이은 연구자들의 바쁜 길을 가로막거나 잘못된 길로 이끄는 원인이 되고 말았다.

※ '이호(梨壺)의 5인'은 951년에 촌상(村上)천황의 명에 의해 소집되어 《만엽집》의 해독을 최초로 시도하였다. 원순(源順) 등 5인이었다. 일본인들의 향가 연구는 1,000년이 넘었으나 그들 역시 누언 표기의 덫에서 빠져나오지 못하고 있다.

7.
일부 문자는
중의적으로 기능한다 1

향가를 기록해놓은 일부 문자는 두세 가지의 역할을 하기도 한다.

〈원왕생가〉
願往生 願往生 慕人有如
원왕생 원왕생 모인유여
원왕생 원왕생 하고 (극락을) 그리워하는 사람이 (이 땅에 남아) 있으면 아니될 것
이다

위 구절에 나오는 '有'는 두 가지 의미로 쓰이고 있다.
① 하나는 '고기를 제수로 올리라'는 보언으로 기능한다. 보언에 대
해서는 후술한다.
② 또 한편으로는 "그리는 사람 '있음'이여"에서 '있다'라는 의미의 누
언으로 사용되고 있다.

이렇게 두 가지 이상의 기능을 하고 있는 용법을 중의적 기능이라
한다.

8

일부 문자는
중의적으로 기능한다 2

　향가 창작자들은 한자를 이용해 뜻과 누언(=한반도 고대어) 두 가지를 표기하고자 했다.

　중의적 표기법=뜻+누언(=한반도 고대어)

　소리와 뜻을 동시에 한 글자로 표기하고자 하는 중의적 표기법을 극명하게 보여주는 사례가 신라왕의 칭호인 '마립간(麻立干)'에 있다. '마립간' 해독의 번쩍이는 아이디어는 필자의 지인 류을선 군이 제시하였다.

　마립간에 대해 신라 김대문의 해석에 따르면 '마립은 국어의 말뚝, 함조(諴操)를 의미한다. 함조(諴操)는 자리를 정하여 준다는 뜻이다.' 하였다. 김대문이 어렵게 말하고 있으나 누언으로서의 '마립간(麻立干)'은 현대어 '머리(頭) 칸'에 해당하는 한반도 고대어일 것이다. 한자의 뜻으로는 '조칙을 세우는 칸', 즉 '율령을 만드는 왕'이란 뜻을 담고 있는 것이다.

　마립간=수장(뜻)+머리칸(누언, 발음)
　*麻 조칙 마(중국어 발음으로는 ma), 立 서다 립(중국어 발음으로는 li), 干 칸 간

　마립은 현대 국회의 입법 권능을 말하고 있다.

마립간은 역사적으로 법(율령)을 만드는 왕이었다. 마(麻)를 조칙으로 해독하는 사례는 만엽집 작품에서 상당량 발견되고 있다.

《삼국사기》에 따르면 마립간이라는 칭호를 사용하던 신라의 왕은 19대 눌지(417~458)부터, 20대 자비, 21대 소지, 22대 지증 등 4대의 왕이다.
《삼국유사》에는 17대 내물(356~402), 18대 실성, 19대 눌지, 20대 자비, 21대 소지, 22대 지증(500~514)까지 6대의 왕을 마립간이라 칭하였다.
서기 417~514년 근 100여년간에 이르는 마립간의 시대에 신라는 율령국가 건설에 매진하고 있었을 것이다.

정체불명의 고대유물 하나가 발굴되었다고 하자. 그리고 거기에는 그것이 무엇인지를 말하는 설명문이 있었다. 그것은 한자로 표기되어 있었다.
많은 사람들이 설명문을 연구한 결과 해독 방법은 두 가지로 압축되었다.
하나는 한자를 표음문자로 읽어 뜻을 추정해 나가는 방법이고, 하나는 한자의 본령인 표의문자로 보고 그 의미를 추적하는 것이다.
필자의 연구결과 한자를 표의문자로 읽어 뜻을 추정한 다음, 그 의미를 뜻하는 고대인의 발음을 찾아가는 방법이 옳은 방법이자 순서였다.

위 두 가지 방법 사이에는 접근하는 순서가 절대적으로 중요하였다.
① '한자는 표의문자로 기능한다'라는 향가 창작법을 도구로 하여 먼저 향가의 의미를 확정하고
② 이후 '이러한 의미를 어떻게 고대언어로 표현하였는가' 하는 순서로 연구되어야 하는 것이다.
이것이 온당한 순서였다.

그러나 지금까지 '만요가나(萬葉假名)'와 '향찰'에 의한 향가연구는 역순에 근거한 풀이법이었다. 역순으로의 풀이로는 결코 성공으로 이를 수가 없을 것이다. 그러기에 필자는 현 상황에 있어 누언에 의한 풀이를 극력 피하여야 한다고 주장하고 있는 것이다.

　사실 향가 문자의 고대어 발음을 찾아내었다고 한들 이것이 경천동지할 일은 아닐 것이다. 고대 중국의 여러 작품들을 한나라 발음, 당나라 발음, 송나라 발음으로 각각 읽은들 내용에 있어 무슨 큰 차이가 있겠는가. 또한 로미오와 줄리엣을 셰익스피어 당시의 원어로 공연하는 것과 현대 한국어 발음으로 공연하는 것에는 별반 다를 바가 없을 것이다. 필자는 작품이 갖는 의미가 발음이 갖는 의미보다 훨씬 더 중요한 본질이라고 본다.

　발음에 의한 향가연구는 보조적 수단일 뿐이다.

　고대 한반도어의 연구는 고대 언어학을 중심으로 이루어져야할 부분으로서 필자의 능력 범위를 벗어난다. 향가 연구는 먼저 한반도와 일본의 향가에 대한 완독을 마쳐 향가의 전모를 드러낸 다음, 누언에 대한 연구가 뒤따라야 할 것이다. 그러나 이 둘은 서로를 배척하는 관계가 아니고 상호 보완적일 것이다.

9.
가언(歌言)과 청언(請言)과
보언(報言)의 발견

　필자는 연구 초기 가설을 세웠다. 향가는 무엇인가의 내용을 한자로 적어 놓았고, 그 한자들은 표의문자로 기능할 것이라는 가설이었다.

　필자뿐 아니라 지난 천여 년 이래 향가와 《만엽집》을 연구한 이들 모두도 필자와 비슷한 생각을 했을 것이다. 그러나 이러한 생각에 바탕을 둔 풀이는 곧바로 난관에 부딪히게 된다. 풀다 보면 반드시 몇몇 정체불명의 문자들이 나타나 해독을 방해하기 때문이다. 마땅한 해법을 찾지 못하게 된 과거의 연구자들은 대부분 '한자가 표의문자로 기능한다'라는 기본 가설을 버렸을 것으로 추측된다.

　이해의 편의를 위해 《균여전》에 있는 〈청불주세가(請佛住世歌)〉의 첫 구절을 예로 들어 설명해 보겠다.

　훗날 해독해 낸 〈청불주세가〉의 첫 구절은 이렇다.

　　〈청불주세가〉
　　皆 佛體 必于 化緣盡 動賜 隱 乃
　　개 불체 필우 화연진 동사 은 애
　　모든 부처님께서 중생을 가르치는 인연을 다하고 적멸로 이동해 주다 독자분들은 위의 한자 뭉치에서 어떻게 해서 이러한 뜻이 나오게 되느냐고 되물을 것이다. 지금부터 향가를 어떻게 풀었는지 그 과정에 대한 이야기를 해보겠다.

12개 문자를 살펴보자.

언뜻 보면 해독이 될 것 같기도 한데 몇몇 문자들이 있어 생각을 막는다.

아마도 옛사람들이 향가를 사뇌가(詞腦歌)라고 한 이유는 노래 가사가 두뇌(腦)를 마구 교란한다고 해서 그랬을 것이다. 비속어로 '가사가 골 때리는 노래'라고 한 것이다.

위의 구절을 해독하다 보면 특히 필우(必于)와 은애(隱乃) 4글자가 문제가 된다. <청불주세가>만이 아니다. 향가의 모든 문장에는 이와 같이 반드시 풀이를 방해하는 몇몇 글자들이 나타난다. 결국 향가 해독의 성패는 이러한 문자들을 이해하는 데 달려 있다는 결론에 이르게 되었다.

필자는 풀이를 방해하는 이러한 글자들의 성격을 이해하기 위해 생각의 흐름을 교란하는 문자들만을 따로 모아 보았다. 사전을 뒤져 의미를 찾아보고, 동일한 문자가 다른 곳에서는 어떻게 쓰이는가를 서로 비교해보기도 하고, 계량화도 시도해 보았다. 기나긴 고통의 시간과 엄청난 노력, 강도 높은 몰입이 있었다. 쌓았던 탑이 무너지기도 했다. 시행착오는 필자의 의지를 꺾기도 했다. 모든 걸 쏟아부어도 이들 글자들은 한사코 정체를 드러내지 않으려 했다.

[기연]

그러던 중 마침내 기연의 날이 오고야 말았다. 그 때는 신라 향가 〈원왕생가〉에 한참 골똘하게 빠져 있었다.

출구가 없이 꽉 막힌 좁은 방속에 갇혀 있던 어느 날 필자는 대한민국 향가 해독의 초석을 놓으신 양주동 박사님의 묘소를 찾아보기로 했다. 고통 속에 빠져 있던 필자는 양주동 박사님과의 대화를 나누어 보고자 한 것이었다. 그분의 묘석 앞에 앉아 산 아래 계곡을 바라보며 자문자답하고 있을 때 영감 하나가 떠올랐다.

叱古音(鄕言云報言也)
질고음(향언운보언야)
질고음은 향가의 말로 '보언'이라 한다

'혹시 〈원왕생가〉 원문 '향언운 보언야(鄕言云 報言也)'라는 구절 속에 들어 있는 보언(報言)이라는 두 글자가 하나의 단어가 아닐까'

이 날의 이 영감이 향가에 대한 모든 걸 바꾸었다.

순간적 영감을 단서로 하여 추적 작업을 벌였더니 '보언(報言)'이라는 두 글자는 '보(報)'와 '언(言)'으로 따로 노는 낱개의 문자들이 아니고 고대 향가 창작자들이 사용했던 하나의 단어 '보언(報言)'이었다는 사실이 밝혀진 것이다.

보언(報言)=報(알리다 보)+言(말 언)

훗날 알게 된 사실이지만, '보언(報言)'이란 무대에서 배우가 행해야 할 연기의 내용을 작자가 연출자나 배우에게 '알려주는 말'이었다.

향가는 시와 같은 노랫말(歌言)과 이질적 문자집단인 보언(報言)이라는 종류의 문자들이 뒤섞여 있었음을 알 수 있게 되었다.

※향가=노랫말(歌言)에 해당하는 문자들+노랫말과는 관계없이 배우에게 연기를 지시하는 보언(報言)이라는 문자들

향가는 혼합체였다.

향가는 단일한 내용이 아니라 노랫말에 연기의 내용이 섞여 있었다. 향가는 노랫말(歌言)에 해당하는 문자들과 보언(報言)에 해당하는 문자들이 혼합되어 있는 구조체였던 것이다.

〈청불주세가〉 첫 구절을 살펴보자.

이 구절 12글자 역시 노랫말에 해당하는 문자와 보언에 해당하는 문자가 섞여 있다.

개불체	필우	화연진	동사	은	내
皆佛體	必于	化緣盡	動賜	隱	乃
皆佛體	(必于)	化緣盡	動賜	(隱 乃)	

=노랫말 해당 문자(皆佛體 化緣盡 動賜)+보언에 해당하는 문자(必于 隱乃)

〈청불주세가〉 첫 구절 속 노랫말에 해당하는 문자의 사전적 의미를 나열해 보겠다. 정체불명의 문자들을 빼버리고 남은 문자들이 노랫말이다.

개 불체 화연진 동 사
皆 佛體 化緣盡 動 賜
=모두(皆)+부처님(佛體)+가르치다(化)+인연(緣)+다하다(盡)+옮기다(動)+주다(賜)

=모두+부처님+가르치다+인연+다하다+옮기다+주다

=모든 부처님께서 (중생을) 가르치는 인연을 다하고 (적멸로) 이동해 주다

이들 한자의 뜻을 순서대로 나열하자 지금까지 혼란스러움 속에서 흐릿하게 보였던 향가의 뜻이 드러났다. 향가가 천년의 어둠 속에서 자태를 드러낸 것이다.

[보언]

노랫말 다음으로 추적해야 할 것은 해독을 가로 막고 있던 정체불명의 문자 즉 보언이 무엇인가에 대한 답을 찾는 일이었다.

신라 향가 14편에서 보언(報言)의 사례들을 따로 모아 추적해 보기로 했다. 수많은 시행착오 끝에 보언의 성격이 점차 윤곽을 드러내기 시작하였다.

보언의 첫 단서는 〈원왕생가〉에서 얻을 수 있었다.

보언의 성격을 깨닫게 해준 〈원왕생가〉의 첫 구절은 다음과 같다.

遣 無量壽佛前+乃
건 무량수불 전+내
보내리(遣) 무량수불(無量壽佛) 전(前)+에
보내리 무량수불 전에

이 구절에 있는 '내(乃)'라는 문자에서 해독이 막혔다. '내(乃)'라는 글자가 표의문자가 아니었던 것이다. 무량수불 전 '에'로 해독되어야 할 것 같았다. 즉 소리글자로 읽히는 것이 아닌가 싶었다.

이것이 만일 표음문자라면 만들어놓은 지금까지의 표의문자 가설이 무너지게 된다. 세워놓은 가설에 따르면 향가를 표기한 모든 문자는 표의문자여야 했기 때문이다.

가설이 무너질 위기를 직감한 필자는 다시 한번 '내(乃)'라는 문자가 가진 뜻과 발음을 네이버 한자 사전을 통해 확인해보았다. 네이버 한자 사전에 따르면 이 문자는 다음과 같이 15가지의 뜻을 가지고 있었다.

1. 이에 내, 2. 그래서 내 … 15. 노 젓는 소리 애

이 글자가 뜻으로 사용되려면 사전 속 15가지 뜻 중 하나여야 할 것이다.

하나하나 구절에 대입을 하며 따당성을 따져 보았다. 검토 끝 가장 유력한 것으로 떠오르는 대상은 15번째의 뜻 '노 젓는 소리 애'라는 쓰임이었다. 뱃사공들이 노를 저으며 부르는 소리였다.

무량수불전(無量壽佛前)+'애(乃)'
무량수불전(無量壽佛前)+'노 젓는 소리'

〈원왕생가〉의 작자는 무엇인가 이유가 있어 무량수불전(無量壽佛前)이라는 구절 다음에 '노 젓는 소리 애'라는 글자를 써두었을 것이다.

표음문자 '내'라는 소리가 아니고 표의문자 '노 젓다'라는 뜻을 써둔 이유를 밝혀야 하는 것이다.

답은 불교의 내세관에 있었다. 불교에서는 사람이 죽으면 그의 영혼이 배를 타고 고해를 건너 극락의 무량수불에게 찾아 간다고 하였다. 고해의 바다를 왕래하는 배의 이름은 반야용선(般若龍船)이다.

무량수불전(無量壽佛前) 다음에 덧붙여 놓은 내(乃)자를 반야용선을 저어 고해의 바다를 건너가는 뱃사공들의 노 젓는 소리나 행동으로 본다면 답이 될 것도 같았다. 뱃사공들이 노를 저어 무량수불에게 가고 있는 것이다. 노 젓는 소리기에 이 글자는 '내(乃)'라는 발음으로 읽는 게 아니고 '애(乃)'로 읽혀야 했다.

배가 바다를 건너는 것은 불교의 내세관만이 아니었다.
고대 그리스 신화에도 저승의 뱃사공이 나오고 있었다. 뱃사공 카론(Charon)이 망자의 영혼을 태워 저승의 강인 스틱스(Styx)강을 건너고 있었다. 그는 망자들로부터 뱃삯을 받고 있다.

우리나라 전통 장례풍습에서도 망자에 게 여비를 주는 전통이 있다. 고대 왕릉을 발굴할 때 돈꿰미가 나오고 있고, 현대의 상여 줄에도 지전을 꽂아 주고 있다. 우리 민족 고대의 문화에서 망자의 영혼이 저승의 뱃사공에게 쥐여 준다는 여비의 내세관이 우리에게까지도 전해져 있는 것이다.

뿐만 아니었다. 저승배의 유물은 이집트 피라미드에서도 발굴되고 있다. '태양의 배'라는 저승배가 그것이다.

수수께끼가 풀렸다. 무량수불전(無量壽佛前) 다음에 놓인 '애(乃)'라는 문자는 저승바다를 건너가던 사공의 노 젓는 소리나 행동이었던 것이다.

〈원왕생가〉의 이 구절을 도표화하면 다음과 같다.

한국어	견	무량수불전	애
원문	遣	無量壽佛前	乃
노랫말	遣	無量壽佛前	
보언			乃

노랫말을 통해서는 '보내리, 무량수불 앞'이라고 노래를 부르고 있었다. 그리고 '애(乃)'라는 글자는 작자가 배우에게 '뱃사공이 노를 젓는 연기를 하라'고 지시하는 문자로 보아야 했다. 노를 젓고 뱃노래를 불러야 했다.

이 구절에는 노래가 있고 연기가 있었다. 뮤지컬이나 연극, 마당놀이와 같은 종합예술의 한 장면이 묘사되고 있는 것으로 보아야 했다.
뜻밖에도 향가는 시가 아니었던 것이다. 향가는 뮤지컬이나 연극, 마당놀이의 대본이었던 것이다. 그렇다면 '애(乃)'는 현대 연극 대본이나 영화 시나리오에서의 지문(地文)으로 보아야 했다.

이제 신라, 고려 향가에 수십 번에 걸쳐 나오는 '애(乃)'자에 대한 전수 조사에 들어갔다. 지금까지의 생각이 맞는지를 확인하는 작업이었다.
예외가 없이 모두가 '노를 저어라'라는 지시어로 사용되고 있었다.

이것이 보언이었다.
보언은 노랫말이 아니고 뮤지컬이나 연극 대본의 지문이었다.

고려 향가 〈청불주세가〉를 통해 이러한 가설이 맞는지 확인해 보겠다. 첫 구절의 문자들을 분류하면 다음과 같다.

한국어	개불체	필우	화연진	동사	은	내
원문	皆佛體	必于	化緣盡	動賜	隱	乃
노랫말	皆佛體		化緣盡	動賜		
보언		必于			隱 乃	

위의 분류에서 필우(必于)라는 글자가 보언에 해당한다.

　必 반드시 필/于 아! 감탄사 우

이 두 글자는 '반드시 탄식하라'고 지시하는 문자다.

작자가 배우들에게 부처님이 열반에 들 때의 장면을 연기하면서 반드시 탄식해야 한다고 알려주는 문자였다.

또한 위 구절 끝에 나오는 '애(乃)'라는 문자 역시 '노를 저어라'는 지시어다. 부처님께서 열반에 드신 후 고해의 바다를 건너고 있는 것이다. 부처님께서는 뱃사공들이 노를 젓는 반야용선을 타고 극락으로 가셨던 것이다.

부산 통도사에 가보면 반야용선 그림이 있다. 통도사 뿐만이 아니다. 전국 여러 사찰과 무속 신앙에까지 반야용선이 발견되었다. 우리 민족의 고대 문화가 향가 속에 들어와 있었던 것이다.

한국 민속신앙사전에 반야용선은 다음과 같이 서술되어 있다.

"불교에서 차용한 무속 용어로 굿을 받은 망자가 좋은 곳으로 가기 위해 타고 간다는 배. 종이 등으로 만들어 굿에 이용한다. 불교의 반야용선은 사바세계에서 피안(彼岸)의 극락정토로 건너갈 때 타고 간다는 상상의 배이다."

향가문장은 '노랫말+보언'이었다.

모든 향가문장은 노랫말에 해당하는 문자와 보언에 해당하는 문자들을 합친 것이다. 이는 노랫말이 아닌 모든 문자가 보언이라는 뜻이다.

[청언]

보언의 추적은 여기에서 끝나지 않았다.

향가 속 보언들을 다각도로 조사한 결과 보언은 두 가지의 성격으로 또다시 분류되었다.

① 한 가지의 성격은 애(乃)와 같이 배우에게 연기가 어떠해야 하는지 알려 주는 것이었다. 노를 저어라(乃)든지 탄식한다(于)든지 하는 것이다.
② 이것 말고도 또 한 가지 성격이 있었다. '천지귀신에게 무엇인가를 청하는 성격의 문자그룹'이었다. 청하는 문자였기에 별도로 분리하여 필자는 이들을 청언(請言)이라고 이름하였다.

넓은 의미의 보언(報言)
=연기의 내용을 알리는 문자그룹(報言)
+천지귀신에게 청하는 문자그룹(請言)

〈청불주세가〉 첫 구절에도 청언(請言)이 있었다.

한국어	개불체	필우	화연진	동사	은	내
원문	皆佛體	必于	化緣盡	動賜	隱	乃
노랫말	皆佛體		化緣盡	動賜		
보언		必于				乃
청언					隱	

여기에서의 은(隱)은 '가엾어 하다'라는 뜻으로 사용되고 있다. 천지귀
신에게 부처님을 잃은 중생들을 '가엾어 해 달라'고 청하는 문자였다.

이것은 애(乃)와 같이 연기의 내용을 알리는 문자와는 성격이 달
랐다. 천지신물에게 작자가 비는 청(請)을 전달해주는 소리이면서 동
시에 의미로 기능하고 있었다.

은(隱)=은(소리)+가엾어 해 주소서(뜻)

앞에서 향가의 모든 문자는 반드시 뜻으로 기능한다고 하였다.

다만 청언만이 이 가설에 어긋나고 있었다.

청언으로 사용되는 문자는 소리로 사용되는 일방 뜻으로도 동시에
기능하고 있었다.

청언 '은(隱)'의 경우 한반도 고대어 '은'에 해당하는 소리였고, 뜻으
로는 '가엾어 해 주소서'라고 비는 내용이었다.

창작집단이 천지귀신에게 비밀리 전하고 있기에 청언(請言)은 인간
과 신 사이의 암호라고 할 수 있었다. 고대인이 이 글자에 해당하는
소리를 내면 천지귀신이 이 소리를 듣고, 동시에 뜻을 알아들어 청을
이루어 주도록 되어 있는 메커니즘이었다.

청언이란 천지귀신을 부리는 마성(魔聲)이었다. 향가는 천지귀신을 감동시키거나 굴복시켰다. 청언이 장치되어 있기에 향가는 소원을 이루어 주는 마력의 노래가 되었다.

[향가=노랫말(歌言)+청언(請言)+보언(報言)]

결국 향가문장의 구조는 다음과 같았다.

향가문장
=노랫말+넓은 의미의 보언
=노랫말　+청언　+좁은 의미의 보언(=보언)
=노랫말(歌言)+청언(請言)+보언(報言)

이로써 향가문장의 핵심 구조가 밝혀졌다.

향가문장은 노랫말, 청언, 보언이라는 세가지 이질적 기능을 하는 문자들로 구성되어 있었다.

10.
노랫말(歌言)은
향가의 줄거리다

　향가를 표기해놓은 한자들은 문자들마다 담당하고 있는 기능이
있다. 그중의 한 가지 기능은 노랫말이다. 노랫말은 노래의 가사이며
향가의 줄거리에 해당한다. 지금까지 연구자들은 향가를 시로 보아왔
고, 향가의 문자들은 시어를 표기한 것으로 간주해 왔다. 그러나 검
토결과 일부 문자들만이 이에 해당하였다.

　향가 해독 중 중요한 일은 노랫말과 노랫말이 아닌 한자를 구분해
내는 일일 것이다. 이를 해낼 수 있다면 향가해독은 사실상 끝이라
할 것이다.

　노랫말과 노랫말이 아닌 문자를 구분하여 〈서동요〉 첫 구절을 분
류하여 도표화하면 다음과 같다.

〈서동요〉 첫 구절

원문	善化公主主	隱	他密	只	嫁	良	置	古
노랫말	善化公主主		他密		嫁		置	
보언		隱		只		良		古

※보언=청언+좁은 의미의 보언

노랫말에 해당되는 문자는 '善化公主主 他密 嫁 置' 등 9글자였다. 이 글자들을 표의문자로 보고 한국어 어순에 따라 해독하면 '선화공주님은 남모르게 시집가 두다'로 해독된다.

선화공주주	타밀	가	치
善化公主主	他密	嫁	置
선화공주님은	남모르게	시집가	두다

표의문자로 풀어낸 이것이 첫 구절의 노랫말이다. 무대에 오른 배우가 불러야 할 노랫가사이다.

그러나 이 구절을 누언으로 풀면 '선화공주님은 남모르게 가르치고'이다. 남모르게 무엇인가를 가르치고 있다고 풀린다. 누언의 풀이는 향가의 심원한 세계로 가지 않고 지적 수준이 낮은 사람들에게 향가의 개략적 취지만을 알려주기 위한 방편일 뿐이다. 본서에서는 누언에 대한 접근은 최소한에 그치고자 한다. 향가의 본류가 아니기 때문이다. 향가의 본질을 모른 채 누언으로의 풀이는 연구자들을 주화입마로 빠지게 한다.

향가의 해독은 노랫말 해독으로만 끝나는 게 아니다. 보언(=좁은 의미의 보언+청언)까지도 풀어야 첫 구절의 해독을 마치게 된다.

11.
청언(請言)은
청하는 문자다

청언이란 향가 창작집단이 천지귀신에게 자신들이 바라는 것을 이루어지게 해 달라고 청(請)하는 뜻을 담아놓은 문자(言)다.

청언에 해당하는 문자는 표의와 표음 두 가지로 동시에 기능한다.
표의문자의 뜻은 창작집단이 천지귀신에게 청하는 것이다.
표음문자는 소리를 표기하는 문자이다. 표음기능은 누언에 해당한다. 고대인들의 말소리이다.

고대인들은 인간의 말소리는 천지 귀신을 감동시키거나 제압한다고 믿었다. 말에 귀신을 부리는 힘이 있다고 생각한 것이다. 이로 보아 그들은 말을 신성시하였음이 분명하다. '말이 씨가 된다'는 현대의 속담도 이러한 전통에서 나왔을 것이다.

※기독교 구약 창세기 1장 3절에서도 언어의 힘을 믿는 신앙체계가 있다. "하느님께서 말씀하시기를 '빛이 생겨라' 하시자 빛이 생겼다."

천지귀신은 청언을 통하여 창작집단의 소원을 알아 듣고, 그들의 청을 들어주었다. 귀신을 움직이는 핵심적 힘은 청언으로부터 나온 것이다.
이것이 향가가 가진 주술성이었다. 향가가 가진 이 힘에 의하여 적이 물러났고, 병이 나았고, 남녀 간 사랑이 이루어졌고, 바다의 파도가 가라앉았고, 국난이 극복되었다.

향가에서 청언으로 사용되는 문자들의 몇몇 예를 나열한다. 소리와 뜻에 주목해 주기를 바란다.

- 隱(가엾어 하다 은): 가엾어 해 주소서
- 古(십 대나 입에서 입으로 전하다 고): 오래도록 전해 주소서
- 良(길하다 라): 길하라
- 里(이웃 리): 이웃이 되게 해 주소서
- 利(이익 리): 이익이 되게 해 주소서
- 如(맞서다 여): 맞서 주소서

예로서,
선화공주님+'은'(善化公主主+'隱')이라고 말하면
천지귀신은 '은'이라는 소리를 듣고 이 소리를 '선화공주님을 가엾어 해 주소서'라고 알아듣는다는 메커니즘이었다.

12.
보언은
연극대본의 지문(地文)이다

　넓은 의미의 보언이란 향가문자 중 노랫말이 아닌 모든 문자를 말한다.

　예 향가문자
　　• 향가문자=노랫말+넓은 의미의 보언
　　• 넓은 의미의 보언=청언+좁은 의미의 보언
　　• 향가문자=노랫말+청언+보언(=좁은 의미의 보언)

　보언은 〈원왕생가〉의 원문에 기록되어 있는 용어다.

　叱古音(=鄕言云 報言也)
　질고음(=향언운 보언야)
　질고음은 향가의 용어로 보언이다

　추적 결과 '질(叱)'과 '음(音)'은 좁은 의미의 보언이었고 '고(古)'는 청언이었다. 질(叱)은 '꾸짖으라', 음(音)은 '소리를 내라', 고(古)는 '십 대나 입에서 입으로 전해달라'는 의미를 갖고 있었다. 즉 노랫말 외의 모든 문자는 보언이었고, 보언은 좁은 의미의 보언과 청언으로 분류되었다.

보언(報言)이란 '알리다 보(報)'+'말 언(言)'으로 구성되어있다.

보언은 연극이나 뮤지컬, 마당놀이 대본에 있어 지문(地文)에 해당하는 기능을 하고 있었다. 지문이란 희곡에서 해설과 대사를 뺀 나머지 글을 말한다. 작자가 극의 연출자, 배우 등에게 연기할 내용을 '알려주는(報) 말(言)'이다.

보언이 있기에 향가는 시가 아니라 뮤지컬 등 종합예술의 성격을 가지게 되었다. 고대인들은 집단적으로 놀이를 하며 즐겼다. 노래와 연기와 음악이 어우러진 종합무대 예술이었다. 고대인들의 집단놀이가 향가라는 글로 표기되었다. 그래서 향가를 세인희락지구(世人戱樂之具)라고 하였다. 세상 사람들이 즐기는 놀이라는 뜻이다.

희락(戱樂)이라는 어휘의 성격을 드러내주는 사례가 《삼국유사》 가락국기에 나온다. 희락(戱樂)의 뜻은 삼국유사에서 '단체 놀이'라는 뜻으로 쓰이고 있었다. 다음은 희락(戱樂)이라는 용어가 나오는 삼국유사 가락국기의 일부이다.

> '수로왕을 사모해서 하는 <u>놀이(戱樂)</u>가 있다. 매년 7월 29일 백성들과 이졸들이 승점에 올라가서 장막을 치고 술과 음식을 먹으며 환호하면서 동쪽과 서쪽을 바라본다. 건장한 사내들이 좌우로 나뉘어서 한쪽은 망산도에서 말을 타고 한쪽은 뱃머리를 띄워 물에서 서로 밀면서 북쪽 고포를 향해 앞다투어 달려간다. 이것은 옛날 유천간과 신귀간 등이 허황후가 오는 것을 바라보고 급히 수로왕에게 보고하던 흔적인 것이다(有戱樂思慕之事...君之遺跡也)'

보언은 향가의 결정적 요소다.

만일에 보언이 없다면 그것은 향가가 아니다. 단순한 한역시에 불과할 것이다. 보언의 존재 유무는 향가와 시를 구분하는 기준이 된다. 지문이 없으면 더 이상 연극대본이 아닌 것과 같은 이치다.

보언은 하나의 문자로 된 것도 있고, 여러 개의 문자로 된 것도 있다. 심지어 문장 전체가 보언으로만 구성되는 경우까지 있었다. 하나의 문자로 된 보언은 단음절 보언, 여러 개의 문자로 구성된 보언은 다음절 보언, 문장으로 된 보언은 문장보언이라 할 것이다.

㉫ 보언
- 惡(죄인을 형벌로써 죽이다 악): 무대에서 죄인을 형벌로써 죽이는 연기를 하라
- 以(따비 이): 따비로 땅을 파라
- 只(외짝 척): 과부의 연기를 하라
- 必于(반드시 필, 탄식하다 우): 반드시 탄식하라

악(惡)이라는 보언은 죄인을 형벌로써 죽이라는 뜻을 가지고 있다. 이 문자가 나오면 무대 위의 배우는 죄수를 매로 친다든지, 목을 벤다든지 하는 형벌을 가하여 죄인을 죽이는 장면을 연기해야 했다.

지금까지의 인식을 뒤집는 대반전의 보언 하나를 설명한다.
〈서동요〉의 첫 구절에는 '척(只)'이라는 보언이 나온다.

한국어	선화공주주	은	타밀	척	가	라	치	고
원문	善化公主主	隱	他密	只	嫁	良	置	古
노랫말	善化公主主		他密		嫁		置	
청언		隱				良		古
보언				只				

보언으로 '척(只)'이 나온다. 향가에서 '척(只)'은 외짝, 즉 과부라는 뜻을 가지고 있다.

우리가 알고 있던 선화공주님은 이 보언에 의해 신분이 무엇이었는지 알 수 있다. 공주님께서는 시집을 갔다가 과부가 되어 살고 계시던 공주였던 것이다.

무대에 나서는 배우는 이 보언의 알림에 따라 과부가 된 선화공주 역을 연기해야 했을 것이다.

청언 '은(隱)'은 '가엾어 해 주소서'라는 뜻을 가지고 있다. 공주를 가엾다고 했다.

왜 가엾어 해달라고 했는지 그에 대한 답이 보언에 나온다. 선화공주가 혼자 살고 있던 과부였기 때문에 '가엾게 여겨달라'고 청하고 있는 것이다. 맛동이는 과부 선화공주에게 접근했던 것이다. 청언과 보언의 내용이 아귀가 척척 들어맞는다.

향가는 보언에 따라 무대에서 연기되었다. 이를 세상 사람들이 즐기는 놀이였다(世人戱樂之具)라고 하였다. 세도(世道)라고도 한다.

'척(只)'을 연기할 때 배우들은 그 당시 과부들이 어떻게 지냈는지 그녀들의 생활상을 연기하였을 것이다. 배우들의 연기에는 고대인의 생활과 문화, 신념체계가 녹아있다. 그러기에 보언은 고대사회의 이면을 들여다보는 새로운 도구가 될 것이다.

<서동요> 첫 구절 '선화공주주은 타밀 척 가라치고(善化公主主隱他密只嫁良置古)'를 누언(陋言)으로 보면 '선화공주님은 (무엇인가를) 남모르게 가르치고'의 고대어 발음으로 읽었을 것이다.

'嫁良置古'가 '가라치고'로 읽히고 있다. 한자의 발음이 현대어 '(무엇인가를) 가르치다'로 읽히고 있는 것이다. 누언으로 보면 신라 향가 창작법은 고대 한반도어를 기반으로 하고 있음을 알 수 있다.

분명히 이것은 의도적으로 기록해 놓은 것이다. 선화공주가 무엇인가를 가르치고 있다고 했다. 서동요를 해독해본 결과 선화공주는 어린 하인들에게 섹스를 가르치고 있었다. 상세한 내용은 후술하겠다.

누언이란 한자를 모르는 일반 대중들의 흥미를 끌기 위해 동원된 방편이었다. 그러나 향가는 누언이나 세도에 그치는 것이 아니었다. 향가의 한자들은 누언이나 세도 라는 방편술의 뒤에서 자신들이 담당하고 있는 본래의 기능을 수행하고 있었다. 그것이 바로 향가의 깊고도 먼 심원한 세계였다.

13

향가의 문장은
서기체(誓記體)로 표기되어 있다

[임신서기석, 국립 경주박물관 소장]

향가를 연구하다 보면 필연적으로 만나는 문제가 '문장은 어떤 방식으로 구성되어 있느냐'이다.

신라인들은 자신들만의 독특한 문장표기법을 개발하여 사용하고 있었다. 그를 증명하는 유물이 경주에서 발견되었다. 유물은 30cm 정도

크기의 돌이었고, 거기에는 수많은 글자가 빼곡히 새겨져 있었다.

임신서기석(壬申誓記石)은 1934년 발견되었다. 돌에 새겨진 내용은 신라 화랑들의 충성 맹세였다. 그러나 향가 연구자들에게는 서기석의 내용보다 거기에 새겨진 문자들의 표기법이 관심의 대상이 되어야 할 것이다.

壬申年 六月 十六日 二人幷誓記
天前誓 今自 三年 以後 忠道 執持 過失无誓
若 此 事 失 天 大罪 得 誓…이하 생략

임신년 6월 16일에 두 사람이 함께 맹세해 기록한다. 하늘 앞에 맹세한다. 지금부터 3년 이후에 충도를 집지하고 허물이 없기를 맹세한다. 만일, 이 일을 잃으면 하늘에 큰 죄를 얻을 것을 맹세한다…이하 생략

[서기체=표의문자, 한국어 어순법, 조사어미 생략법]

이 돌에 새겨진 표기법의 특징은 다음과 같다.
① 한자가 표의문자로 쓰이고 있다.
② 중국어 어순이 아니라 고대 한반도인이 사용하던 말의 어순에 따라 표기되어 있다. 정격 중국어에 따르면 '천전서(天前誓)'라는 구절은 '전천서(前天誓)'가 되어야 할 것이다. 그러나 한국어 어순에 따라 '천전서(天前誓)-하늘 앞에 맹서하다'로 쓰여 있는 것이다.
③ 조사나 어미 따위가 생략되어 있다. 이러한 법칙을 조사어미 생략법이라 하겠다.

서기석에 새겨진 이러한 세 가지 특징을 가진 표기법을 총칭하여 '서기체(誓記體)'라고 하여 왔다. 서기체라는 이름은 임신서기석(壬申誓記石)의 이름에서 따왔다.

[한민족 문장 표기법]

서기체는 한국인이 만든 최초의 우리 민족 고유의 문장 표기법이다. 훗날 1,000여년 후 조선시대에 들어 세종대왕께서 100% 우리말 표기가 가능한 한글을 창제하셨지만, 향가 창작자들이 세종대왕에 앞서 우리말의 문장표기법을 만들어 낸 것이다.

임신서기석의 이러한 표기법에 의해 향가문장이 표기되어 있었다. 이러한 서기체의 특징은 향가해독의 결정적 도구로 사용되었다.

서기체 표기법은 일개인이 만든 것이 아니라 국가에 의해 만들어지고 사용되도록 강제되었다고 보아야 할 것이다.

이러한 표기법을 기초로 하여 만들어진 향가는 창작되었다기보다 한글창제처럼 국가 권력에 의해 '창제'되고 사용되었다고 보아야 할 것이다. 실로 위대한 탄생이었다. 필자는 그 국가 권력을 고조선일 것으로 추정한다. 상세한 내용은 후술한다.

필자는 임신서기석을 보물(보물 1411호)에 그치지 말고 마땅히 국보로 승격시켜야 한다고 본다. 우리 민족이 이루어 낸 언어학적 금자탑이기 때문이다.

향가 문장에서 노랫말 표기법은 예외 없이 '표의문자', '한국어 어순법'과 '조사·어미 생략법'에 따르고 있었다. 즉 서기체로 쓰여 있었다.

특히 한국어 어순법은 향가 해독에 있어 아무리 강조해도 지나치지 않을 중요한 법칙이었다.

한국어 어순법을 모르고는 향가를 풀 수 없었다.

14

향가의 문장은
세 줄로 꼰 금줄과 같다

향가 문장의 기본 구조는 '향가=노랫말+청언+보언'이다.

비유법을 써서 말하면 금줄과 같은 형태다. 노랫말에 청언과 보언이 끼워져 있다. 문자로 이루어진 새끼줄이라 할 것이다.

① 향가문자 일부는 노랫말의 기능을 하고 있다. 향가의 뼈대를 이루고 있다.

② 일부는 청언이다. 향가 창작 집단이 천지신물에게 청하는 의미를 담은 소리이다. 표음문자+표의문자로 동시에 기능한다. 천지신물을 감동시키거나 제압하는 마력을 가진 문자다.

③ 나머지는 보언이다. 공연할 때 극의 연출과 관련된 내용을 알려주는 문자이다. 현대 연극이나 뮤지컬 대본에서의 지문(地文)이다. 보언이 있기에 향가는 종합 무대예술의 대본의 성격을 갖는다.

신라 향가 〈모죽지랑가(慕竹旨郎歌)〉 한 구절을 도표로 만들어 금줄 구조를 확인해 보겠다. 정교하게 꼬여 있는 원문 가닥을 풀어내면 다음과 같이 풀린다. 향가 창작은 문자를 조립하는 것이고, 향가 해독은 조립된 문자를 푸는 것이라 할 것이다. 역순이다. 향가 해독을 향가의 용어로 말하면 〈도솔가〉 배경기록에 나오는 '해향가(解鄕歌)'라고 할 것이다.

다음은 〈모죽지랑가〉의 구절이다.

한국어	호지사	오	은	모사
원문	好支賜	烏	隱	貌史
노랫말	好支賜			貌史
청언			隱	
보언		烏		

원문을 살펴 보면 노랫말과 청언, 보언에 해당하는 문자들이 서로 꼬여 있었다.

이 구절은 '사랑하고 지탱해 준 망인이시어'로 해독된다.

오(烏)와 은(隱)은 보언과 청언의 기능을 함과 동시 누언으로서 노랫말로도 기능하는 등 이중 기능을 하고 있다. 신라인들은 '사랑하고 지탱해 주오은 망인이시어'라고 이해했을 것이다.

원문을 풀어낸 가닥들은 다음과 같이 기능한다.

① 노랫말: 사랑하고 지탱해주오은 망인이시어
② 청언: 隱 가엾어 해 주소서
③ 보언: 烏 탄식하라

세 종류의 이질적 기능을 하는 문자들이 꼬여 문장을 구성하고 있다. 일부 문자는 서로 다른 두 가지 기능을 하는 이중적 기능을 하고 있어 노랫말 청언 보언이라는 세 가지 기능을 가진 문자들을 녹여 붙이고 있다.

향가에 힘을 갖게 하는 청언이 문장 속에 들어 있어 창작집단의 소원을 이루어 주는 힘을 갖도록 하고 있다. 금줄이 강력한 진경벽사(進慶辟邪)의 힘을 가지고 있듯이 세 줄로 꼬인 향가 문장 역시 마력의 힘을 갖도록 되어 있었다. 그 힘은 주로 청언으로부터 나왔다.

특히 금줄을 향가 문화에 비추어 해석할 수 있음을 주목한다.

붉은 고추는 불길의 색을 뜻했고, 숯은 불로 태우겠다는 위협을 상징하는 것으로 추정된다. 붉은 고추와 숯을 매단 금줄은 접근하면 태워 숯으로 만들어버리겠다고 잡신을 위협하는 고대 한민족 전통 종교의 도구였다.

불로 천지귀신을 위협하는 장면은 일부 향가에서 발견된다.

① 〈구지가〉에서 거북이에게 '머리를 내놓지 않으면 구워 먹겠다' 하고,

② 〈해가〉에서도 동해용을 '그물로 잡아 구워먹겠다'며 위협하고 있다.

불로 굽겠다 함은 고대인들이 천지귀신에게 가할 수 있는 가장 강력한 위협이었을 것이다.

세 줄로 꼰 향가가 주술성을 가진 힘의 노래였듯이 숯과 고추를 꽂은 새끼줄도 주술성을 가지고 있었다. 향가는 민족문화의 원형에 맞닿아 있다.

15.
파자법이
사용되고 있다

일부 향가의 한자들은 파자법으로 사용되기도 하였다.

예

- 古=十+口. 십 대나 입에서 입으로 전하다 고
- 武=止(그치다 지)+戈(창). 무기를 거두다
- 薯=十+十+四+者. 스물네 놈
- 世=十+十+十+十. 삼십
- 松=木+公. 관 속에 들어 있는 분

16

생략형 한자가
사용되고 있다

일부 향가의 한자들은 생략형으로 사용되기도 하였다.

예

- 立=粒 낟알 립
- 自=鼻 코 비
- 須=鬚 수염 수
- 逢=縫 꿰매다 봉
- 兒=麑=구십 세 늙은이 예

17.
지(之)는
장례행렬을 뜻했다

고대인들의 전통적 장례행렬 모습이 그려진 토기 유물이 2019년 대한민국 경주 쪽샘지구 발굴 현장에서 공개되었다.

[경주 쪽샘지구 행렬도, 국립 경주박물관 소장]

이 그림에는 불교가 국가의 지도이념이 되기 전 고대 동북아 지역의 장례행렬이 생생하게 그려져 있다. 우리 민족의 토착 고대 신앙을 기반으로 한 장례행렬 그림이었다.

토기의 그림은 4단으로 구성되어 있다.

위로부터 1단의 기하학적 무늬는 밤하늘의 별로 판단된다. 우리 민족의 고대 신앙에 따라 별이 빛나는 야심한 시각에 망인의 영혼이 저승으로 가고 있다. 별이 빛날 정도로 맑은 날씨라서 배가 저승바다를 어려움 없이 건너갈 수 있을 것이다. 고인돌 덮개 등 고대 석조 구조

물에 새겨진 다양한 별자리 그림들도 이러한 내세관과 연결되어 있을 것이다.

2단의 기하학적 무늬는 1단의 그림과 비슷한 것 같지만 다르다. 장례행렬에서의 만장으로 판단된다. 만장에는 그를 애도하는 문구가 씌어 있을 것이다. 《만엽집》에서는 만장을 '수(穗, 이삭)'라는 문자로 은유하고 있다. 이삭 같다고 해서 이렇게 비유했을 것이다.

3단에는 본격적인 장례행렬이 그려져 있다.
① 선두에 말을 탄 무사가 나가고 있다. 저승에서 와 망인의 영혼을 안내해 가는 무사다. 현대적 개념으로는 저승사자다. 《만엽집》에서는 무사(將, 武)로 표기된다.
② 그 뒤에 세 사람이 노를 젓고 있다. 남자 두 명+여자 한 명이다. 고대에는 여자도 뱃사공 일을 하고 있었음을 알 수 있다. 고대의 저승은 바다 건너에 있었고, 망인은 물가(阿)나 나루(津)에서 저승배(舟)를 타고 바다를 건너가야 했다. 향가에서 노 젓는 모습은 '乃(노 젓는 소리 애)'라는 한자로 표기되고 있다.
③ 그 뒤에는 두 사람이 활을 쏘는 모습이 그려져 있다. 신라와 고려 향가에서는 '의(矣)'로 표기되고 있으며, 《만엽집》에서는 '대(弖, 음역자 대)' 등으로 표기되고 있다. '활을 쏘라'는 보언이다. 다수 작품을 분석해본 결과, 활 쏘는 동작이 갖는 의미는 '적시(指 가리키다 지)'하는 것이었다. 아마도 활로 천지귀신에게 목적물을 가래켰을 것이다. 여기서는 바로 뒤에 그려진 사슴을 가리키고(指) 있다. 저승사자에게 망인이 사슴이라는 것을 가리키고 있는 것으로 판단된다.
④ 사슴은 망인이고 이 그림의 주인공이다. 신분은 황족을 은유한다.

⑤ 다음으로 여러 마리의 개가 망인을 둘러싸고 저승길을 가고 있다. 《만엽집》을 보면 망인은 개를 데리고 가고 있다. 뱀도 그려져 있다. 개와 뱀은 망인을 보호하는 역을 담당하였을 것이다. 뱀은 독사로 판단된다. 〈도솔가〉에서 파(巴)라고 하여 뱀을 뜻하고 있다.

⑥ 맨 뒤에도 말 탄 저승무사가 그려져 있다. 《만엽집》에서 저승무사의 숫자는 일정하지 않았다. 적을 때는 2명이, 많을 때는 30명이 오기도 하였다.

맨 아래 4단 기하학적 무늬는 파도(波)의 모습이다. 바다에 잔잔한 파도가 치고 있다. 망인이 건너야 할 저승바다가 잔잔하게 해달라는 청을 향가와 《만엽집》에서는 '이(爾=尒=아름다운 모양 이)'라는 문자로 표기하고 있다.

경주에서 발굴된 장례 행렬도 속의 이러한 내용이 신라·고려·만엽 향가에 수도 없이 나타나고 있다. 일부 작품은 장례 행렬도를 있는 그대로 똑같이 묘사했다고 보아도 틀리지 않을 정도였다.

신라 향가와 일본 《만엽집》의 작품들에 무수히 나오는 '之(가다 지)'라는 문자에 그림 속의 장례행렬을 대입하여 해독하면 무리가 없음이 확인되었다. 따라서 지(之)는 고대의 장례행렬을 뜻한다고 보아야 할 것이다. 지(之)의 의미를 모르고는 향가 해독이 불가능하다.

문장의 과감한 생략

향가에는 문자가 과감하게 사용되고 있다.

한두 개의 문자만으로 문장전체를 나타내는 사례가 비일비재하였다.

생략법이 사용된 문장을 해독하기 위해서는 해당 작품의 의미뿐만이 아니라 향가 전체에 대한 전반적 지식까지 필요했다.

예 〈모죽지랑가〉 첫 구절

去 隱 春
皆理 米 毛 冬居叱
沙 哭 屋尸以 憂 音

(사람들이 굶어 죽어) 가는 봄
(그대의) 모든 다스림이 (끝났습니다)
곡하는 상제들의 소리

괄호 안에 해당하는 문자들이 생략되었다. 〈모죽지랑가〉 자체에 대한 이해나 향가 전반에 대한 지식이 부족하면 풀 수가 없을 것이다. 향가 창작법으로 향가를 푼 다음 생략된 부분을 상상하여 용의 눈을 그려야 했다. 그리기에 풍부한 상상력을 요구했다.

19.
고유명사는 작품의 창작의도와
긴밀히 연결되어 있다

향가에 고유명사가 언급되는 경우가 있다.

고유명사는 이름 그 자체를 의미하기도 하지만, 고유명사를 구성하는 한자의 뜻은 작품의 창작 의도와 긴밀히 연결되어 있었다.

고유명사가 가진 의미를 통해 작품의 창작의도를 추적하고, 그 창작의도를 도구 삼아 해독하는 법을 '고유명사법'이라고 하겠다.

예

耆婆郎 미워하다 기+모습의 형용 파+사내 랑

신라 향가 〈찬기파랑가(讚耆婆郎歌)〉에 기파(耆婆)라는 고유명사가 나온다. 〈찬기파랑가〉는 화랑도의 기강 해이를 바로 잡으려 했던 '기파(耆婆)'라는 화랑을 찬미하는 작품이다. 기파가 가진 한자의 뜻을 풀면 '미워하는 모습(耆=미워하다 기, 婆=모습의 형용 파)'이다. 이름을 구성하는 '기(耆)'와 '파(婆)'라는 한자의 뜻이 '화랑도의 기강 해이를 미워하다'와 긴밀히 연계되고 있음을 알 수 있다.

거의 모든 고유명사에 이러한 현상이 나타나고 있다. 향가의 해독에 있어 고유명사법은 향가 창작 의도를 간파하는 데 결정적 역할을 한다.

미화법(美化法)은
아름답게 꾸미는 법칙이다

향가의 내용에는 남녀 간의 사랑 이야기인 연가, 저승에 가는 이야기, 국난 극복에 대한 이야기 등 다양한 종류가 있었다. 가장 많은 수의 작품은 망인을 저승에 편히 보내기 위해 만들어진 작품이었다.

이들을 '눈물가'라고 명명한다.

신라 향가에는 눈물가로 〈모죽지랑가〉와 〈신충가〉, 〈찬기파랑가〉가 있다. 〈모죽지랑가〉는 신라 효소왕(692~702년) 연간 대기근이 들었을 때 화랑 죽지랑이 휘하 낭도들을 돌보아 주었다고 미화하는 내용이고, 〈신충가〉는 신라 효성왕(737~742년)을 충성스러운 신하를 발탁하는 등 다스림에 있어 뛰어난 기량을 지닌 분이었다고 미화하고 있다. 〈찬기파랑가〉는 신라 경덕왕(742~765년) 때 승려 충담이 기강이 해이해진 낭도들을 바로잡으려다 처형된 '기파'를 충성스러운 화랑으로 미화하고 있다.

고대의 우리민족은 사람이 죽으면 그의 영혼이 저승 바다나 고해의 바다를 건넌다고 믿었다. 만일 바다를 건널 때 풍랑이 치면 배가 침몰하거나 바다를 건널 수 없게 되었다. 망자의 영혼이 풍랑이 치는 저승 바다를 건너려 할 때 산자들이 눈물가를 부르면 영혼이 자신을 칭찬하는 이야기를 듣기 위해 가던 발걸음을 멈추었다. 이어 향가의 힘에 의해 바다의 풍랑이 가라앉았고 이때 영혼은 잔잔한 바다를 건 널 수 있었다.

눈물가는 저승길을 떠나는 망자를 돕기 위해 만들었다. 망자의 영혼을 움직이기 위해 그의 생전 업적을 수집하였고, 수집한 결과를 꾸몄다. 그렇게 해서 만들어진 것이 눈물가이다. 눈물가 창작의 확고한 원칙이 미화법이었다.

미화법에 특히 유의해야 할 사항이 있다.

향가 창작에 사용된 미화법의 개념이 타 분야로까지 확장되어 역사 기술의 기준으로까지 자리 잡게 되었다. 특히 일본에서 이러한 현상이 두드러졌다. 그들은 역사서 속의 인물과 사건을 미화법으로 다수 서술해 놓았다.

이에 반해 한국 역사서술의 기준은 춘추필법이었다. 춘추필법은 비판적인 태도로 오직 객관적인 사실에만 입각하여 역사를 기록하는 태도를 의미한다. 한국은 사실을 있는 그대로 기록하고자 했고, 일본은 사실을 꾸미고자 했다.

한국은 춘추필법인 데 반해 일본 역사가들은 미화법을 채택함으로써 한일 간에는 역사에 대해 메꿀 수 없는 근본적 인식 차이가 생겨났다. 역사서술의 방법 차이로 인해 한일 간에는 고대사를 둘러싼 충돌을 피할 수 없게 되었다.

일본의 고대사를 바로 잡으려면 미화법으로 서술된 것을 바로 잡아야 할 것이다.

21.
중구삭금(衆口鑠金)과
군무(群舞)

향가는 고대 동북아의 땅에 울려 퍼지던 힘의 노래였다.

그들에게 향가는 자신들을 지켜주던 종교였다. 고대인들은 자신들의 힘만으로는 극복하지 못할 불가항력의 어려움이 있으면 노래를 지어 부르고 춤을 추며 천지의 귀신에게 도와달라고 호소했다. 향가는 귀신을 감동시켰고, 신물을 위협했다. 귀신들은 이에 호응해 그들의 청을 들어주었다.

그러나 무심하게도 신들은 그들을 외면하기도 하였다. 그럴 때면 고대인들은 향가의 힘이 미흡하여 천지의 귀신을 설득하지 못했다고 생각했다. 이에 따라 고대인들은 향가가 가진 힘을 강화시키고자 여러 가지 방법을 연구하였다. '중구삭금(衆口鑠金)'과 '군무(群舞)'였다.

중구삭금(衆口鑠金)이란 말은 '여러 사람이 하는 말은 쇠를 녹인다'는 뜻을 가지고 있으며 신라 향가 〈헌화가〉의 배경설화에 나오는 구절이다.

중구삭금은 여러 명이 부르는 떼창을 의미한다. 혼자 부르는 것보다 여러 사람이 부르면 향가가 가진 힘이 더욱 커진다고 생각한 것이다.

춤도 마찬가지였다. 혼자 추는 춤보다 여럿이 추는 떼춤이 향가의 힘을 강화시킨다고 생각했다. 그래서 향가 공연에는 수많은 사람이 동원되어 집단으로 춤을 추었다.

향가 공연에 중구삭금과 군무라는 방법이 동원된 사례는 신라 향가 〈해가(海歌)〉가 대표적이다.

〈海歌〉의 배경기록 내용이다.

> 강릉태수 순정공이 아내와 함께 부임 길에 올랐는데, 도중에 바다의 용이 나타나 아내 수로부인을 끌어안고 물속으로 들어가 버렸다. 갑작스러운 사태에 어찌할 줄 모르는 순정공에게 한 노인이 나타나 말했다.
> "여러 사람이 하는 말은 쇠를 녹인다(衆口鑠金)는 말이 있습니다. 사람들을 불러 모아 몽둥이로 언덕을 치면서 노래를 부르게 하십시오. 용이 두려워하지 않겠습니까."
> 순정공이 그 말대로 노래를 지었다.
> 사람들을 시켜 노래를 부르고 몽둥이로 언덕을 치게 했더니 놀란 용이 수로부인을 내놓았다.

향가는 한 사람이 공연해도 힘을 가지지만, 여러 사람이 부르는 노래와 무리 지어 추는 군무는 쇠를 녹이고, 천지신물을 제압하였다.

22

만엽집(萬葉集)과
삼대목(三代目)

향가의 힘을 키우는 제3의 방법으로 중구삭금과 군무 외에도 여러 작품을 함께 묶어 책자화하는 방법이 있었다.

고대인들은 향가가 한 편 한 편 낱장으로 돌아다니는 것보다도 책자로 묶어 놓으면 더욱 큰 힘을 갖게 된다고 보았던 것으로 보인다.

이러한 방법은 역사적으로 종종 사용되었다.

① 고려에서는 거란과 몽골의 침입을 불력의 힘을 막아내고자 초조대장경과 팔만대장경을 조판하였다.

② 일본에서도 이러한 사례가 있다. 의도가 명확히 드러난 것이 《만엽집》 권제1이다. 《만엽집》 권제1을 해독한 결과 일본 천무천황의 후손들이 자신들만의 후손으로 황위가 계속되고, 정통성이 만세에 이어지기를 천지귀신에게 청하기 위해 작품을 엄선하여 《만엽집》 권제1을 엮었음이 분명하였다. 이와 관련된 상세한 내용은 김영회의 향가3서 중 제3권 《일본 만엽집은 향가였다》를 참고하기 바란다.

③ 신라에서도 이러한 방법이 사용되었다. 신라 진성여왕 때 향가

집 삼대목(三代目)을 편찬한 것이다. 진성여왕 당시는 반란과 민란이 이어지던 시기였다. 이때 신라왕실에서는 향가를 국난극복에 이용하기 위하여 향가의 힘을 증폭시키기로 하였다. 과거 효험을 보았던 향가를 여러 편 모아 《삼대목》이라는 이름으로 책자화(888년)한 것이다. 삼대목이라는 이름은 신라 상대, 중대, 하대에 만들어진 향가를 모은 향가집이란 뜻이다.

고려의 《삼국유사》역시 국가 위기상황에서 만들어졌다. 일연 스님이 《삼국유사》를 편찬했던 시기는 몽고의 침입에 의해 민족이 멸절의 위기에 처했던 때였다.

일연 스님이 삼국유사 편찬을 마치고 입적에 들며 '《삼국유사》에 우리민족을 흥하게 할 비기(秘記)가 들어 있다'고 하였다는 말이 전해온다. 향가 해독결과 필자는 전해오는 이 말이 사실일 것으로 판단하게 되었다. 일연 스님이 숨겨놓은 비기(秘記)는 삼국유사 속의 향가였던 것이다.

삼대목의 저자 신라의 대구화상과 삼국유사의 저자인 고려의 일연 스님은 자신들이 처했던 국가적 위기를 한편의 향가 작품으로는 해결될 수 없는 큰 위기로 보고 여러 작품들을 모아 향가집을 만들었을 것이다.

《삼대목》과 《삼국유사》를 편찬하며 수록할 향가의 작품들은 치밀하게 검토하였을 것이다. 특히 《삼국유사》의 작품들은 모두 국난 극복을 위한 작품들이 주종을 이루고 있었다. 이로보아 필자는 《삼대목》의 일부 작품들이 《삼국유사》에 전재되었을 것으로 본다.

23

대구법(對句法)과
초신성(超新星)

인문과학이 자연과학과 다르다 하더라도 입증에 있어 자연과학의 취지는 십분 존중되어야 할 것이다.

향가문자는 표의문자이다.

그렇기에 향가와 《만엽집》 연구에 있어 여러 과제 중 하나는 '작품에 사용된 문자의 의미를 어떠한 방법으로 추적할 것인가' 하는 문제다.

동북아 고대인들의 한자 사용법을 현대의 우리는 잘 모른다. 현대의 우리에게 익숙하다고 해서 고대인도 그러한 의미로 사용했을 것이라고 생각하는 자세는 성급하다. 사전을 찾아보면 한자 하나가 30~40여 개의 뜻을 갖고 있는 경우도 있다. 향가와 《만엽집》을 해독한다는 것은 고대인이 사용한 문자의 의미를 찾는 문제라고 보아도 크게 틀리지 않을 것이다.

향가문자의 의미를 확정하는 과정에 있어서도 어떠한 방법으로 추적해야 신뢰를 얻을 수 있는가 하는 문제 역시 뒤따른다. 찾아낸 결과가 심증에 의한 것이라면 결과가 맞는지 여부와는 관계없이 논쟁이 뒤따를 수밖에 없다. 의미 확정의 수단 역시 객관성이 확보되어야 할 이유다.

주목할 방법 중 하나로 대구법이 있다. 대구법이란 문장의 단조로움을 없애고 변화를 주는 방법이다. 예를 들면 '낮말은 새가 듣고 밤말은 쥐가 듣는다'와 같은 표현법이 대구법이다.

《만엽집》3번가의 한 구절을 사례로 든다. 대구법이 사용되어 있었다.

朝 庭 ○ ○取 撫賜
夕 庭 伊 ○○ 緣 立之
아침에 궁중에서 (그대는 나를) 받아들여 어루만져 주었고,
저녁에 궁중에서 그대는 (나를 받아들여) 인연을 맺으셨지

여러 문자가 대구를 이루고 있지만 여기에서는 '조(朝)'와 '석(夕)'에 대해 설명한다. '조(朝)'와 '석(夕)'이 현대인들에게 익숙한 한자라고 해서 섣불리 '아침'과 '저녁'이라는 뜻으로 단정해서는 해독에 오류가 나기 쉽다. 그런 사례가 부지기수였다.

《만엽집》 작품에서 '朝'는 '아침'과 '조정' 등의 의미로 사용되고 있고, '夕'의 경우 '저녁'과 '한 움큼'으로 사용되는 경우도 있었다. 하지만 본 작품에서의 '朝'와 '夕'은 문자들의 전후 관계로 보아 대구 관계가 분명하기에, '아침'과 '저녁'으로 의미를 확정할 수 있는 것이다.

초신성이라는 별이 발견되었다.
질량이 큰 별이 급격한 폭발을 일으키면서 엄청나게 밝아지는 현상이다. 초신성에 대한 연구를 거듭한 결과 초신성이 별과 별 사이의 거리를 측정하는 도구로 사용할 수 있음을 알게 되었다. 우주에서의 거리

측정이 지금까지의 심증을 떠나 과학적으로 가능하게 된 것이다.

   향가 문자의 의미 확정에는 우주에서의 거리 측정 사례처럼 심증을 뛰어넘어 객관적으로 증명하는 방법이 필요하다. 대구법은 문자들의 상호 관계에 의해 의미를 확정할 수 있기에 의미를 추적하는 과학적 도구가 될 수 있다. 향가에 있어 대구법은 천문학에 있어 초신성에 해당한다고 할 수 있을 것이다.

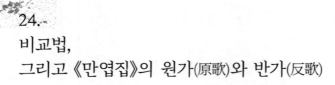

24.
비교법,
그리고 《만엽집》의 원가(原歌)와 반가(反歌)

문자의 의미를 확정하는 수단으로 대구법 외에 비교법이 있다. 비교법이란 동일하거나 유사한 내용을 표기해 놓은 글이 여러 개일 경우, 이들을 비교하여 문자가 가진 뜻을 파악해 내는 방법이다.

비교법은 고대문자 해독에 있어 결정적 역할을 한다. 해독법에 있어 제일가는 지위를 갖고 있다. 비교법은 역사적으로 이집트 그림문자 해독 과정에서 진가를 발휘했다.

많은 암호학자, 언어학자들이 이집트 문자 해독에 나서서 엄청난 노력을 기울였다. 그들은 거의 2세기에 걸쳐 이집트 문자는 한자와 같은 표의문자일 것이라고 가정하고 있었다. 그러나 그림문자는 훗날 표음문자로 확인되었고, 200여 년의 연구가 잘못된 가정에 토대를 두고 있었기에 실패를 거듭하였다는 사실을 알게 되었다. 표음문자 가정에 근거를 둔 무수한 주장은 연금술과 관련된 논문들처럼 일거에 모두 의사과학(pseudo science)이 되고 말았다.

이집트 그림문자 해독은 1799년 'Rosetta Stone'이 발견되면서 주목을 받기 시작했다. 나일강 삼각주에 위치한 '로제타' 마을에 주둔하고 있던 나폴레옹의 군사들이 공사 중에 오래된 비석 하나를 발견하였다.

'Rosetta Stone'이라고 이름 붙인 돌비석에는 상단에 이집트 그림문자, 중단에 민중문자, 하단에 고대 그리스문자가 새겨져 있었다. 연구자들은 돌비석 하단에 새겨진 고대 그리스어로 된 문장은 해독할 수 있기에, 만일 비석에 동일한 내용이 기록되어 있다면 단순하게 비교하는 것만으로도 이집트 문자들을 충분히 해독할 수 있을 것이라 생각했다. 비교법 활용을 전제로 생각한 것이다. 그러나 그 뒤로도 20년 이상의 세월이 흘러야 했다.

이때 영국 출신 토머스 영(Thomas Young,1773~1829)이 등장했다. 그는 14세 때 12개의 언어를 공부했을 정도로 언어의 천재였다.

토머스 영은 상형문자 중 일부 문자가 카르투슈(Cartouche)라고 하는 타원 모양에 둘러싸여 있는 것에 주목했다. 그리고 타원 안에 있는 문자가 이집트 왕의 이름일 것이라고 추측했다.

그는 Rosetta Stone의 카르투슈(Cartouche) 안에 씌어 있던 이집트 문자들을 일단 그리스어 부분에 있는 '프톨레마이오스'라는 왕의 이름으로 가정하고 각 문자들을 서로 비교해보았다. 몇 개의 그림 문자를 표음문자인 그리스어로 가정할 수 있게 되었다. 간단한 것이지만 드디어 첫 단서가 잡힌 것이다.

토머스 영의 업적은 이집트 문자를 표음문자로 가정하고 각각의 소리를 찾으려고 했다는 점이다. 모두가 표의문자로 보고 있을 때 그것을 부정하고 표음문자로 생각했다는 것은 놀라운 아이디어가 되었다.

그러나 이집트 그림문자 해독에 최종 성공한 사람은 프랑스의 장 프랑수아 샹폴리옹(Jean-Francois Champollion, 1790~1832)이었다. 그는 1821년부터 1822년까지 Rosetta Stone을 집중적으로 연구하였다.

그는 '필래(Philrae)'에서 발견된 오벨리스크에 그리스어와 이집트 그림 문자로 쓰인 문장에서 '클레오파트라(Cleopatra)'의 이름을 찾아 냈다. 그리스어로 표기된 클레오파트라(Cleopatra)의 알파벳과 이집트 그림 문자로 표기되어 있는 클레오파트라(Cleopatra)의 알파벳을 서로 비교해 봄으로써 이집트 그림문자들이 표음문자라는 사실을 입증하게 되었다.

1822년 마침내 샹폴리옹에 의해 이집트 그림 문자의 비밀이 풀렸다. 칠흑 속의 고대 이집트 문명을 밝혀내게 되었다.

비교법으로 얻은 승리였다. 인류문화사에 있어 가장 중대한 사건을 비교법이 같이했다.

필자의 향가 해독도 이와 흡사한 방향 전환의 끝에서 이루어진 것이다. 대다수의 연구자가 향가문자를 표음문자로 보고 있었지만, 필자는 〈원왕생가〉 첫 구절에서 단서를 얻어 표음문자가 아니고 한자의 본령인 표의문자로 되어 있을 것이라는 가정을 세웠던 것이다.

해독 결과 《만엽집》에도 Rosetta Stone의 '프톨레마이오스'와 필래 (Philrae)의 오벨리스크에 새겨져 있는 '클레오파트라'와 비슷한 지점이 있었다. 바로 원가(原歌)와 반가(反歌)였다.

반가(反歌)는 '원가를 반복(反)하는 노래(歌)'란 뜻이다. 이들은 같은 사건을 달리 반복하여 표현하고 있기에 문자들을 비교해 봄으로써 의미를 추적할 수 있었다.

비교법은 혼란스러운 문자의 의미를 객관적으로 확정해주는 수단이 되어주었다.

향가의 정의,
신라 향가 창작법을 설계도로 하여
만들어진 작품

신라 향가 14편을 구성하고 있는 문자들을 분석하여 '신라 향가 창작법'을 역추적해 낼 수 있었다.

지금까지 소개한 법칙들은 신라 향가 14편에서 뽑아 낸 것이다. 신라 향가 모두는 이러한 법칙들에 따라 만들어져 있었다.

향가는 신라 향가 창작법을 설계도로 한 작품들이다. 반대로 향가가 아닌 문학 작품 중 향가 창작법에 따라 만들어진 작품은 없었다. 논리적으로 보아 신라 향가 창작법에 따라 만들어진 작품들은 향가였다. 신라 향가 창작법은 무엇이 향가이고 무엇이 향가가 아닌지를 판정하는 기준이 된다.

필자는 신라 향가 창작법을 고려 향가인 〈보현십원가〉 11편에 적용해 보았다. 모두 신라 향가 창작법에 따라 만들어져 있었다.

보현십원가는 향가였다.

나아가 일본《만엽집》600여 편에 적용해 보았다. 이들 역시 한 편의 예외 없이 신라 향가 창작법에 의해 만들어져 있었다. 따라서 일본《만엽집》의 작품들은 향가였다.

앞에서 향가는 고대 한반도어를 기반으로 만들어져 있기에 우리민족의 작품이라고 하였다. 따라서 향가는 우리민족 고유의 향가가 한반도에서 동해바다를 건너 일본 열도로 건너갔음을 알 수 있다.

26.
새로운 향가 4편의 발견

　향가의 정의에 의해 지금까지 한역시로 알려진 일부작품들이 향가였음이 밝혀진다.

　고구려 〈황조가〉와 가야의 〈구지가〉, 헌화가의 〈해가〉, 〈처용가〉 속의 〈지리가〉는 한역시가 아니라 향가였다. 이들 4편의 작품은 철저하게 향가 창작법에 따르고 있었다. 이로써 온전한 내용이 전해오는 향가는 기존의 25편 외 4편이 추가되어 총 29작품으로 늘어나게 되었다. 추가 발견을 기대한다.

　신라 향가 창작법은 향가 연구가 나아가야 할 새로운 길을 제시한다.
　① 지난 100여 년간 완독해 내지 못했던 신라와 고려 향가를 완독하게 한다.
　②《만엽집》4,516편은 물론 향가로 밝혀진 일본의 역사서《고사기》와《일본서기》등의 운문도 남김없이 완독해 내게 할 것이다.
　③ 새로운 향가의 창작을 가능하게 할 것이다.
　④ 고대의 작품들을 복원해 무대에 올리는 것도 의지 문제일 뿐이다.

　본서에서는 신라 시대의 향가 14편을 '신라 향가', 고려 시대 향가 11편은 '고려 향가', 일본에 전해 오는 향가는 '일본 향가',《만엽집》에 수록된 작품들을 '만엽 향가'라 부르고자 한다.

향가루트,
향가의 탄생과 소멸

향가는 고조선에서 만든 한민족의 문학 장르로 판단된다. 고조선 왕실에서 국가의 제천 의식 등에 사용되었을 것이다. 고조선 멸망 후 부여, 고구려, 동예, 옥저, 마한, 진한, 변한 등의 소국이 건국되었고 향가는 이곳으로 전파되어 국가적 제천 의식 등에 사용되었을 것이다.

현전하는 최고(最古)의 향가는 B.C 17년 고구려 유리왕이 만든 〈황조가〉이다. 다음으로 기록에 남은 향가는 신라에서 발견된다. A.D 28년 신라 노례왕 때 만들어진 〈도솔가〉이다. 이후 A.D 42년 구지봉에서 〈구지가〉가 만들어진다. 모두가 국가적 행사에 사용되었다.

향가는 서기 300년대를 전후하여 동해를 건너 일본으로 도거(渡去)하였다. 아마도 한반도에서 정치적 기반을 잃은 소국의 최고 정치지도자들이 신라 향가 창작법을 가지고 열도로 갔을 것이다. 일본으로 간 향가는 황실을 중심으로 사용되다가 600~700년대 다수 작품이 만들어 지다가 759년 만엽집 4516번가를 마지막으로 소멸하였다. 일본에서의 향가는 도거 이후 400여 년간 사용되었으며 일본 민족과 일본문화 탄생의 어머니 역할을 하였다.

한반도의 향가는 고려가 건국되고 국가시책으로 추진된 숭불정책으로 인해 소외되기 시작하였다. 그러나 신라 향가 창작법은 승려들을 중심으로 외학(外學)의 대상이 되어 명맥을 유지할 수 있게 되었다. 고려 초기 일연 스님의 〈보현십원가〉 11편이 현전하는 마지막의 작품이 된다. 불가에서 유지된 외학의 전통으로 인해 향가창작법은 살아 남을 수 있었고, 향가 창작법을 알고 있던 일연 스님은 신라 향가 17편(14편+구지가+해가+지리가)을 《삼국유사》에 수록하였다. 일연 스님의 위대한 편찬 작업에 의해 신라 향가가 오늘에 전해질 수 있게 되었다.

한반도의 향가는 새로 발견된 향가를 포함 모두 29편(신라 향가 14편+균여향가 11편+황조가+구지가+해가+지리가)에 이른다. 향가 창작법은 숭유억불 정책이 시행되던 조선 초기까지 살아 남았을 것이다.

한반도의 향가는 고조선 멸망(B.C 108)으로부터 삼국유사 편찬 시(A.D 1281)까지만 하더라도 최소 1,389년간 한민족과 함께 유구한 역사를 같이한 민족의 주류 문화였다. 일본의 400여 년에 비할 수 없이 길다.

신라 향가 창작법의 발견과 향가의 여정에 대한 보다 상세한 내용은 김영회의 향가 3서 중 제1권 《향가루트》를 참고해 주시기 바란다.

28

향가의 전통과
한글창제

한국어와 중국어의 차이를 극복하기 위해 우리 민족은 고민을 거듭해 왔다. 이두 등 각종 언어학적 방법들이 검토되었고, 마침내 한국어 어순법과 누언 표기가 고안되었다. 이러한 성과물을 종합해 낸 것이 향가 표기법을 포함한 향가 창작법이었다.

이두표기법 사례

經成內 法者 楮根中 香水散尒 生長令只彌

경을 이루는 법은 닥나무 뿌리에 향수를 뿌리며 생장시키며

-신라 화엄경 사경 조성기

향가 표기법은 고려조에 들어와 승려사회에서 불교 외의 외학(外學)으로 전수되고 있었다.

師之外學 尤閑 於詞腦

대사는 외학으로 특히 사뇌를 잘하시었다.

-均如傳 第七 歌行化世分者, 혁련정 서문

혁련정이 쓴 위 균여전 서문은 향가가 불가에서 불경 외의 학문으로 전수되고 있음을 시사하고 있다. 불가에서 이어지던 외학의 전통

에 힘입어 고려 초 균여 대사(923~973)는 〈보현십원가〉 11편을 창작하였으며, 고려말 일연 스님은 《삼국유사》에 향가 17편(신라 향가 14편 + 〈구지가〉 + 〈해가〉 + 〈지리가〉)을 수록할 수 있었다.

혁련정의 서문, 그리고 균여 대사와 일연 스님이 향가를 다루었다 함은 고려왕조 내내 향가 창작법이 전수되고 있었다는 증거이다. 우리말을 표기함에 있어 우리말과 중국어의 언어학적 차이점과 그에 따른 불편 해소 방안이 지속적으로 연구되고 있었음을 의미한다.

고려시대를 관류하던 사뇌가를 외학으로 공부하던 전통은 일연 스님 (1206~1289)을 마지막으로 하여 끊어지지 않았을 것이다. 그보다는 불가를 중심으로 하여 조선조까지 이어졌다고 보는 편이 합리적일 것이다.

조선 초기였던 세종 25년(1443) 한글이 돌연 창제되었고, 1446년 반포되었다. 일연 스님이 입적(1289) 한지 154년이 지난 후이며, 고려 멸망(1392) 후 51년 만의 일이었다. 고려멸망과 한글 창제까지의 시간적 거리는 거의 동시로 보아야 한다. 특별한 사정이 없는 한 향가 표기에 대한 언어학적 성과의 축적이 한글창제 시점까지 문제없이 전달될 수 있는 짧은 기간이라 할 것이다.

① 우리말 표기를 둘러싼 언어학적 연구가 불교계를 중심으로 외학으로써 진행되고 있었다.
② 그 성과가 조선 말까지 오랫동안 축적 되고 있었다.

승려들 사이에 축적되어 오던 언어학적 지식이 마침내 임계점에 이르러 폭발했다. 한자어를 날로 이용해 우리말을 표기하기보다 새로운 발음기호를 만들어 사용한다면 훨씬 더 간편할 것이라는 데까지 생각이 미쳤을 것이다. 이러한 아이디어는 향가를 전수해 오던 승려 집단 내에서 떠올랐을 것이고, 그들이 마침내 새로운 발음기호(한글)를 만들어 내었을 것이다.

이러한 아이디어와 초기의 발음기호가 특수한 경로를 통해 세종대왕에게 전해졌을 것이다. 세종대왕이 이를 수용하고 추가연구를 통해 가다듬어 우리민족은 한글이 창제, 반포되는 위대한 순간을 맞이할 수 있었을 것이다.

향가 표기법을 검토해보면서 향가 작자들이 우리말과 중국어의 차이를 놓고 고민하였음을 어렵지 않게 알 수 있다. 또한 훈민정음 해례본에 나오는 '나랏말싸미 듕귁에 달아 문자와로 서르 사맛디 아니할쌔…'라는 세종대왕의 성지 역시 천년을 두고 지속되어 왔던 표기법을 둘러싼 향가 창작자들의 고민과 완전히 일치한다.

한글이 내포하고 있는 언어학적 원리 등을 검토해보면 한글이라는 문자 체계가 일개인의 천재성이나 세종 재위기간(25년)이라는 단기간의 노력으로 만들어질 수 없는 거대한 언어학적 성과물이라는 사실에는 상당수가 공감하고 있다.

즉 조선왕조실록 등 각종 기록에는 비록 나타나지 않지만 누군가가 언어학적 축적의 결과물을 제시해 주었을 것이다. 당시 여건을 보면 그러한 학술적 성과물을 가지고 있던 집단은 향가를 전수해 왔던 불교계말고는 있을 수 없다. 한글창제에는 향가를 외학으로 전수해 오던 승려집단의 도움이 있었을 것으로 추정할 수도 있는 것이다.

향가는 고대사회 우리 민족문자의 정화였다.
천년 향가가 한글창제로 이어지는 오솔길이었을 수도 있다.

제2장

신라 향가 14편

본 장은 《삼국유사》 수록 14편에 신라 향가 창작법을 적용해 풀어낸 결과이다. 필자가 해독해 낸 결과는 수정될 수 있다. 수정은 향가문자의 의미를 확정하는 과정에서 필자와의 견해 차이에서 비롯될 것이다. 집단 지성에 의해 보다 철저한 향가문자 의미확정이 이루어지기를 희망한다.

《삼국유사》 수록 작품들의 내용을 해독해낸 결과 신라가 국가적 위기에 처했을 때 국난극복을 위한 목적으로 만들어진 작품들로 평가된다.

《삼국유사》 편찬 시기는 몽고의 침입으로 민족이 존망지추에 처했을 때였다. 저자인 일연 스님(1206~1289)께서는 열반에 들기 전에 '《삼국유사》에는 민족을 살릴 만한 비기(秘記)가 숨어 있으니 이 비기를 찾으면 우리민족은 멸망하지 않고 흥성하리라'라는 유언을 남겼다고 하는 말이 전해온다.

필자는 숨겨놓았다는 비기를 《삼국유사》 속 향가로 본다. 일연 스님께서 신라 향가집 삼대목에서 본 14편의 작품들을 추려 내 《삼국유사》에 숨겨놓았을 것으로 추정한다. 비기(秘記)라는 표현은 매우 적합하였다.

찾아 낸 민족의 비기가 우리 민족과 대한민국을 영원히 흥성하게 해 주기를 희망한다. 주옥과 같은 작품을 남겨주신 일연 스님께 감사드린다.

1.
도솔가(兜率歌)

今日此 矣 散花唱 良
巴 寶白 乎隱 花 良
汝 隱 直等 隱 心 音矣命叱使以惡只
彌勒 座主 陪 立羅良

지금 해가 계속 이어짐에 산화공덕을 베풀고 도솔가를 부르라
보배와 같이 빛나오는 꽃이라
너희들은, 혜성에 맞서는 무리들은 마음에 미륵불을 모시라

1) 단서

혜성의 출현은 고대국가에서 동서양을 막론 국가적 흉조였다. 혜성을 사라지게 하기 위하여 향가를 지어 불렀다.

760년(경덕왕19) 4월 1일 해가 둘이 나타나서 열흘 동안 없어지지 않았다. 향가의 창작일이 명기되어 있는 몇 안 되는 작품이다. 왕명에 따라 월명사(月明師)가 궁의 조원전(朝元殿)에 제단을 만들어 놓고, 산화공덕(散華功德)을 베풀고, <도솔가>를 지어 불렀다. 그러자 혜성의 괴변이 사라졌다. 도솔이란 미륵불을 말한다.

해독 결과 '혜성의 괴변을 사라지게 해 달라'는 내용이 구체적으로 표기되어 있지 않다. 본문을 구성하는 37개 문자 중 '가엾어 해 주시라'(3개의 隱), '길하게 해 달라'(3개의 良)는 6문자가 '우리를 가엾게 여겨 혜성의 괴변을 사라져 길하게 해달라'고 청하는 문자로 판단된다.

이들 6문자가 천지귀신을 감동시켜 소원을 이루어 주는 마력을 가진 문자, 청언이다.

〈도솔가〉의 배경기록에는 향가의 성격을 알 수 있는 중요한 사항들이 언급되고 있다.

- 신라인들이 향가를 숭상한 것은 풍습이었다(羅人尙鄕歌者尙矣).
- 대개 향가는 시경의 송과 같은 종류이다(蓋詩頌之類歟). 그러므로 이따금 천지귀신을 감동시킨 것이 한둘이 아니었다(故往往能感動天地鬼神者非一).

신라인들이 향가를 숭상한 것은 향가가 힘을 가진 노래였기 때문이었다.

위에서 언급된 시경의 송(頌)이란 종묘의 제가(祭歌)와 무곡(舞曲)이다. 종묘의 제사에서 대상인물을 칭송하는 데 사용되었다. 후대에 와서는 죽은 자의 생전 공적을 그의 영혼에게 아뢰는 것으로 변화되었다. 칭송하여야 했기에 송은 내용을 꾸몄다. 이렇게 하였기에 송은 대상을 감동시킬 수 있었다. 눈물가의 미화법을 말한다.

※송(頌)은 성덕의 형용을 찬미하고 이룬 공을 신명께 고하는 것 (頌者 美 盛德之形容 以成功 告於神明者也, 시경 대서)
※주례(周禮) 정주(鄭注)에서는 송을 "덕을 칭송하여 넓게 꾸미는 것"이라 하였다. 주례정의(周禮正義)에서는 "송이라는 것은 꾸미는 시를 말한다"라고 하였다. 고려에 들어와 송은 주로 불덕을 칭송하거나 불경에 대한 경건한 종교적 외경심을 노래하는 데 사용되었다.

향가는 죽은 자를 감동시키는 데에서 더 나아가, 천지귀신을 감동시켜 산자들의 뜻을 이루는 목적으로 사용되고 있다.

죽은 자의 공적을 꾸며 칭송하는 송의 성격은 다수의 향가로 입증된다. 〈찬기파랑가〉, 〈신충가〉, 〈모죽지랑가〉, 《만엽집》의 다수 작품 등은 죽은 자의 업적을 미화하여 칭송하고 있다.

《삼국유사》가 편찬된 고려에 와서 송은 주로 불덕을 칭송하거나 불경에 대한 경건한 종교적 외경심을 노래하는데 사용되었다는 점은 균여의 고려 향가 11편 모두가 부처님과 관련된 점으로 보아 확인될 수 있다.

시경의 송이 종묘의 제가(祭歌)와 무곡(舞曲)이라는 점은 향가가 가무희(歌舞戲)로 이루어진 종합예술이라는 점과 통하고 있다.

향가가 시경의 송과 같은 종류라고 한 점에 유의해야 한다. 향가는 노랫말, 청언, 보언으로 이루어진 종합예술이다. 내용적으로는 대상을 미화함과 동시 천지의 귀신을 감동시키는 작품이다. 이러하였기에 향가를 송이라 하지 않고, 송과 유사한 종류라고 하였다. 즉 향가와 송은 성격이 비슷할 뿐 다른 장르로 보아야 할 것이다.

본 향가 배경기록은 향가를 가리키며, '기사왈(其詞曰)'이라고 했다. 향가를 구성하는 모든 문자, 즉 노랫말+청언+보언을 '사(詞)'라 한 것이다.

본 향가의 배경기록에 향가의 기능이 불교에 의해 대체되고 있음을 암시하는 대목이 있어 눈길을 끈다.

하늘에 해가 둘이 되어 열흘이나 지속되는 괴변이 일어나자 왕실에서 처음 검토한 대책은 전통적 방법인 향가가 아니라, 산화공덕을 베풀자는 불교적 방법이었다.

그를 위해 선택된 승려가 월명사였다. 월명사는 자신은 국선지도(國仙之徒)에 속해 있어 불교 노래는 잘하지 못하고(不閑聲梵), 향가를 해독(解鄉歌)하고 있을 뿐이라 했다. 그러자 경덕왕은 '비록 향가를 쓰더라도 좋다(雖用鄉歌可也)'라고 하였다.

경덕왕 당시에 이르면 향가는 이미 국가나 사회의 위기 극복에 있어 우선권을 신흥 외래 종교인 불교에 내어주고, 전통적인 국선지도에 의해 전수되고 있었다. 이 사실은 향가의 대체재가 불교였다는 사실을 암시하고 있다.

2) 풀이

(1) 今日此 矣 散花 唱 良
지금 해가 계속 이어짐에 산화공덕을 베풀고 노래를 부르라
○矣 활을 겨누어 쏘라
○良 길하라

• 今 이제 금
• 日 해 일
• 此 계속 이어지는 발자국 차. 향가와 《만엽집》에서 '계속 이어지는 발자국'이라는 의미로 사용되고 있다. 이에 따르면 본 향가의 첫 구절인 '今日此'라는 문자들은 '지금 해가 계속 이어지다'로 해독된다. 해가 진 다음 다시 해가 이어진다, 즉 혜성의 출현을 말하고 있다.
• 日此 해가 계속 이어지다. 혜성이 해를 뒤따르다.
• 矣 활을 쏘다 의 [보언] 《만엽집》 1803번가에 정확히 겨냥하다는 의미로 사용되고 있음이 확인된다. 지시적 기능을 하고 있다. 矣는 화살촉 모양의 삼각형(厶, 마늘 모) 아래 '화살 시(矢)'라는 글자가 놓여 있다. 즉 화살 모양의 문자다. 형성문자로서 '날아가서 일정한 곳에 멈춘다'라는 뜻을 가지고 있다 [보언] 여기서는 활로 혜성을 겨누고 있다.
• 散 흩다 산
• 花 꽃 화 [보언] 꽃을 뿌리다

- 散花 배경기록에 나오는 산화공덕으로 본다. 이를 제외한 나머지 문자들은 한국어 어순으로 표기되었다. 한국어 어순에 따르면 花散으로 구성되어야 한다. 散花 자체가 하나의 단어로서 굳어진 것으로 보인다.
- 唱 노래하다 창. 향가 〈도솔가〉를 노래하다. 배경기록에 이때 부르는 노래를 〈도솔가〉라 하였다. 향가 부르는 것을 唱이라 하였다.
- 良 길하다 량. ~라 [청언] 당시 량(良)은 '라'로 발음되었던 것으로 보인다. 이하에서는 '라'로 통일한다.

■ 巴 寶白 乎隱 花 良
보배와 같이 빛나오는 꽃이라
○巴 뱀이 나가라
○乎 감탄하라
○隱 가엾어 해 주소서
○良 길하게 해 주소서

- 巴 뱀 파 [보언] 독사로 해독한다. 독사가 혜성을 공격한다. 경주 쪽샘지구 행렬도에 뱀이 나타난다.

- 寶 보배 보
- 白 빛나다 백
- 乎 감탄사 호 [보언]
- 隱 가엾어 하다 은.~은. [청언] 맹자의 惻隱之心에 隱이 '가엾어 하다'로 사용되고 있다.
- 花 꽃 화
- 良 길하다 라.~라 [청언]

■ 汝 隱 直等 隱 心 音矣
너희들은, 혜성에 맞서는 무리들은 마음에
○隱 가엾어 해 주소서
○音 음률소리를 내라
○矣 활을 겨냥하여 쏘라

- 汝 너 여. 너희들. 월명사(月明師)가 주재하는 산화공덕에 참여하는 관련자들을 가리키는 말이다.
- 隱 가엾어 하다 은.~은. [청언]
- 直 대적하다 직. 배경기록 풀이는 殷重直心으로 풀고 있다. 은근하고 정중하고 '바른' 마음으로 풀고 있다. 필자는 괴변에 대적하다로 푼다.
- 等 무리 등
- 隱 가엾어 하다 은. ~은. [청언]
- 心 마음 심
- 音 음률 음 [보언]
- 矣 활을 쏘다 의 [보언] 《만엽집》 제1803번가에 矣가 "활을 겨누어 명중시키듯이

정확하게"라는 의미로 사용되었음을 확인할 수 있다.

■ 命叱使 以惡只
• 命 명령하는 투로 말하라 명 [보언] 산화공양 참석자들에게 명령하는 투로 말하라고 지시하는 기능을 한다.
• 叱 꾸짖다 질 [보언]
• 使 시키다 사 [보언] 월명사(月明師)가 미륵불을 마음에 맞으라고 명령 투로 시킨다.
• 命叱使 [다음절 보언] 혜성에게 명령하는 투로 꾸짖고 시키라

• 以 따비 이 [보언] 상형문자로서 따비나 가래를 본뜬 글자. 따비로 땅을 파다는 의미. 고려향가 〈청전법륜가〉에 '以'가 따비임을 입증하는 구절이 나온다. 국가지정 문화재 보물 제1823호로 지정된 농경문 청동기에 보언 이(以)가 의미하는 장면이 그려져 있다. 농경문 청동기는 국립 중앙 박물관에 소장되어 있다. 출토지는 대전광역시로 전한다. 청동기시대 작품으로 보고 있다. 이(以)는 농경문 청동기 속 그림처럼 따비로 땅을 파는 동작을 의미한다.
• 惡 죄인을 형벌로써 죽이다 악 [보언]
• 只 외짝 척 [보언]
• 以惡只 [다음절 보언] 따비로 땅을 파고, 죄인을 무거운 형벌로써 죽여, 처를 과부로 만들어버리라
• 命叱使 以惡只 모두가 보언이다.

■ 彌勒 座主 陪 立羅良
미륵을 모시라
○座主 좌주들이 나가라
○立 낟알을 바치라
○羅 징을 치라
○良 길하라

• 彌勒 미륵
• 座主 좌주 [다음절 보언] 참석한 사람들을 말한다.
• 陪 모시다 배 [미륵불을 모시다] 倍=모시다 배(陪)의 고자(古字). 《만엽집》 957번가에도 출현한다.
• 立 낟알(껍질을 벗기지 아니한 곡식의 알) 립 [보언] 낟알을 제수로 차리다. 《만엽집》 2803번가에서 立이 '낟알'이라는 의미로 사용되고 있다.
• 羅 징 라 [보언] 징을 치다. 향가의 공연에서 악기가 출현하고 있다.
• 良 길하다 라.~라 [청언]
• 直等 隱 心 矣 彌勒 陪 良 맞서는 무리들은 마음에 미륵을 모시라

도천수대비가(禱千手大悲歌)

膝肹古召旅二尸掌音毛乎攴内良

千手觀音叱前良中

祈以攴白屋尸置内乎多

千隱手叱千隱目肹

一等下叱放

一等肹除惡攴

一等沙隱賜以古只内乎叱等邪

阿邪也

吾良遺知攴賜尸等焉放冬矣

用屋尸慈悲也根古

무릎을 꿇고 천수관음을 부르며 두 사람이 손바닥을 침이라

천수관음 앞이라

기도하나니, 눈을 뜨게 해 달라

천수천목이여

한 무리(民)는 지옥으로부터 놓아 주시되

한 무리(臣)는 지옥에서 놓아주는 대상에서 제외해 주시라

둘은 한몸이라

한 무리(民)에게는 베풀어 주고

아미타불이여

우리들은 한몸이라
이 땅에 남아있을 때 민(民)을 위해 이룬 신(臣)들의 업적을 알려지도록(知) 하
고, 민들에게 은혜를 베풀어 주고(賜), 민을 지옥의 고통에서 놓아 주어야(放) 할
것이다
자비를 베풀고

1) 단서

신라 경덕왕(742~765) 때 희명(希明)이 지은 작품이다.《삼국유사》권3
분황사 천수대비 맹아득안조(芬皇寺 千手大悲 盲兒得眼條)에 전한다.

경주 한기리(漢岐里)에 사는 여자 희명의 아이가 태어난 지 5년 만
에 시각 장애인이 되었다. 희명이 아이를 안고 분황사 왼쪽 전각 북벽
에 그려진 천수대비 그림 앞으로 나아가 노래를 만들어 부르고 기도
하게 하였더니(作歌禱之) 다시 눈을 뜨게 되었다.

해독이 어려운 향가이다.
한기리(漢岐里)를 고유명사법으로 보고 천수관음은 지옥의 고통에
서 벗어나게 한다는 부처님임에 착안해야 접근이 가능하다. 희명이
분황사 본존불이 아니고 북벽 천수대비 그림에 빈 이유는 눈을 잃은
지옥과도 같은 고통 속에서 살고 있는 민을 고통에서 벗어나게 해 달
라 하기 위해서였다.

고유명사법이 두 개 구사되고 있다.
① 하나는 어머니 이름 희명(希明)이다. 아이의 눈이 뜨이기를 희망

한다는 뜻이다. 5세 아이는 민(民)을 말하고, 희명은 신(臣)을 말한다.

안민가(安民歌)에 신(臣)은 아이를 사랑하여야 하는 어머니, 민(民)은 어여쁜 아해로 비유되어 있다. 〈안민가〉와 〈도천수대비가〉는 둘 다 경덕왕대의 작품이고, 동일한 비유법을 사용하였고, 민을 사랑하자는 동일한 메시지를 가지고 있다. 〈도천수대비가〉와 〈안민가〉는 동일 작가의 작품일 가능성도 검토 되어야 할 것이다. 〈도천수대비가〉의 작자는 충담사일 것이다. 그렇다면 충담사는 〈도천수대비가〉, 〈찬기파랑가〉, 〈안민가〉 세편을 지은 것이다.

② 또 하나의 고유명사는 한기리(漢岐里)이다. 경덕왕이 한화정책(漢)을 적극 추진하여 당시 선진국인 당나라 제도를 본받자는 정책을 추진하고 있는데, 귀족들의 반발에 부딪혀 한화정책(漢)이 갈림길(岐)에 서있다는 뜻이다.

이 무렵 경덕왕은 한화(漢化)정책을 추진하였다. 뜻은 민들의 삶을 보살피자는 것이었다. 경덕왕대 한화정책과 관련된 역사적 기록으로는 지방 9개주와 군현 명칭을 중국식으로 바꾸고(757년), 중앙관부 관직 명칭 역시 중국식으로 변경(759년)해 나간 것으로 되어 있다. 전국적 국가 조직 개편이었다.

경덕왕과 신하들 사이에는 한화정책을 두고 큰 시각 차이를 보였다. 왕은 중국 제도를 들여와 민의 고통을 해결하고자 하였으나, 신은 자신들의 이익을 침해하는 것으로 보았다.

본 작품은 어머니라고 해야 할 신하들이 아이에 해당하는 민들을 지옥과도 같은 고통 속에서 해방시키도록 해달라는 취지로 만들어진 작품이다.

본 향가는 소기의 성과를 거둔 것으로 보인다.

① 배경 기록에 아이의 눈이 띄었다고 했다.
② 755, 757년 중국식 지명개정이 지속적으로 이루어졌다. 한화정책이 지속되었다는 것은 귀족들의 반발이 완화되었다는 뜻일 것이다. 따라서 〈도천수대비가〉는 755년을 전후해 만들어진 작품으로 보아야 할 것같다.
③ 본 작품이 삼국유사에 실린 것 역시 효과를 거두었다는 증거이다.

경덕왕은 귀족들의 반발을 무마하기 위해 일부 당근을 제시하였던 것으로 보인다. 녹읍제를 부활시킨 것이 그것이다. 녹읍은 귀족들에게는 일종의 영지와 같은 것으로 신문왕 때 귀족들의 힘을 약화시키려 폐지하였었는데 이때 부활시킨 것이다.

왕과 귀족의 갈등이 일시 봉합되었으나 내부적으로는 계속 곪아 갔을 것이다. 그것은 경덕왕 사후 곧바로 대규모 난이 연달아 일어난 것으로 쉽게 짐작할 수 있다.

경덕왕대에 만들어진 작품으로 5편의 향가가 남아 있다. 신라 향가 14편 중 5편이라 하면 비중 면에서 압도적이라 할 만하다. 경덕왕을 '향가의 왕'이라 불러도 부족함이 없을 것이다.

경덕왕대 작품 5편은 경덕왕 당시의 혼란을 주제로 하고 있다. 이들을 연대기 식으로 나열해 시계열적 의미를 찾아보겠다.

① <도천수대비가>는 경덕왕 14년(755)을 전후해 만들어진 것으로 보인다. 경덕왕이 한화정책을 추진하자, 신화와 귀족들이 크게 반발하였다. 이들을 무마하기 위해 녹읍제가 부활되었다. 강력한 중앙집권제에 균열이 생겼다. 녹읍제의 부활이 신라쇠락의 단초가 된 것으로 보인다.

② <제망매가>는 755년에 만들어졌다. 그해 전국적으로 큰 흉년이 들었고, 전염병까지 퍼져 고을마다 백성들이 굶주리고 병들어 죽었다.

③ <도솔가>는 760년 작품이다. 4월 1일 혜성이 나타나서 열흘 동안 없어지지 않았다. 혜성은 전쟁과 역병 등 불길한 조짐으로 인식되었다. 위기를 느낀 왕실에서 향가 공연을 실시해 혜성의 괴변을 처리하였다.

④ <찬기파랑가>는 <안민가>에 앞서 지어졌다. 화랑들의 기강 해이가 심해졌다. 기파랑이 이를 비판하면서 많은 낭도들을 처형하였다. 귀족들이 문제를 제기하였고, 기파랑이 문책되었다. 왕에 대한 충성조직인 화랑도의 기강은 걷잡을 수 없이 문란해져 갔다.

⑤ <안민가>는 765년 3월 3일 만들어졌다. 충담사가 왕에게 신하들이 민들을 가혹하게 처벌하는 등 민심이 흉흉하다고 간언하였다. 귀족들이 녹읍을 바탕으로 민들을 장악해 민들에 대해 사형까지 마음대로 처하는 등 힘을 키우고 있었다.

경덕왕은 <안민가>가 만들어지고 3개월 후 사망하였다. 중앙집권적 권력의 누수, 귀족과의 갈등, 화랑도의 기강해이 등 각종 현안의 해결을 미완의 과제로 남기고 떠나간 것이다.

혜공왕 즉위 3년째 각간 김대공이 난을 일으킨 것을 시작으로 전국에서 96각간이 반란을 일으켰다. 이후 2~3년마다 귀족들은 갖가지 이유로 칼을 들고 싸워댔다.

싸움의 물적 기반은 녹읍이었고, 인적 기반은 왕에 대한 충성심이 사라진 화랑과 낭도들이었을 것이다.

역사에서는 경덕왕까지를 신라의 중대, 혜공왕부터 신라 멸망까지를 신라의 하대라고 한다. 경덕왕 대에 만들어진 5편의 향가는 중대와 하대의 교체기의 일어난 사건들을 노래로 말하고 있었다. 향가란 노래로 쓰인 역사였다.

2) 풀이

■ 膝 肹古 召 旀 二 尸 掌 音毛乎攴内良
무릎을 꿇고 (천수관음을) 부르며 두 사람이 손바닥을 침이라
○肹 소리를 울리라
○古 오래도록 전하게 해달라
○旀 바닥에 손을 짚으라
○尸 시신을 보이라
○音 손바닥 치는 소리를 내라
○毛 털이 난 배우가 나가라
○乎 탄식하라
○攴 매로 치라
○内 저승배가 강안으로 떠나라
○良 길하라

• 膝 무릎 슬. '무릎을 꿇다'로 해독한다.
• 肹 소리 울리다 힐 [보언]
• 古 十代나 입에서 입으로 전하다 고. ~고 [청언]
• 召 부르다 소
• 旀 땅이름, 하며 며. [보언] 땅바닥에 손을 짚으라. [누언]
• 二 두 이. 희명과 5세 아. 〈안민가〉에 나오는 臣과 民을 말한다.

98   천년 향가의 비밀

- 尸 시체 시 [보언]
- 掌 손바닥으로 치다 장
- 音 음률 음 [보언]
- 毛 털 모 [보언] 털이 난 배우들
- 乎 감탄사 호 [보언]
- 攴 치다 복 [보언]
- 內 안 내 [보언] 저승배가 강안으로 떠나다.
- 良 길하다 라. ~라 [청언]

■ 千手觀音 叱 前 良中
천수관음 앞이라
○叱 꾸짖으라
○良 길하라
○中 두 토막을 내라

- 千手觀音 천수관음. 좌우 각각 스무 개의 손이 있고, 그 손은 각각 하나의 눈을 쥐고 있다. 40수(手) 40안(眼)이다. 지옥의 고통에서 벗어나게 한다고 한다.
- 叱 꾸짖다 질 [보언]
- 前 앞 전. 분황사 왼쪽 전각 북벽에 그려진 천수대비 그림 앞.
- 良 길하다 라. ~라 [청언] 지옥의 고통에서 벗어나게 해 달라
- 中 두 토막 내다 중 [보언] 눈을 멀게 하는 귀신에게 두 토막 내 죽이겠다는 위협의 동작. 문자를 상형으로 보아 두 토목 내는 모습을 뜻한다. 만엽집 2803번가에서 中이 "두 토막 내다"로 사용되고 있음이 확인된다.

■ 祈 以攴 白 屋尸 置 內乎多
기도하나니, 밝음을 베풀어 달라(눈을 뜨게 해 달라).
○以 따비로 땅을 파라
○攴 몽둥이로 치라
○屋尸 무거운 형벌로 다스려 시신을 만들라
○內乎多 저승배가 강안으로 떠나자 탄식을 많이 하라.

- 祈 바라다 기. 기도하다로 해독.
- 以 따비 이 [보언] 상형문자로서 따비나 가래를 본뜬 글자. 따비로 시신을 묻을 자리를 파다. 고려향가 〈청전법륜가〉에 '以'가 따비임을 입증하는 구절이 나온다.
- 攴 치다 복 [보언]
- 白 밝다 백. 눈을 뜨다로 해독한다.
- 屋 무거운 형벌로 다스리다 옥 [보언]

- 尸 시체 시 [보언]
- 屋尸 옥시 [다음절 보언] 무거운 형벌로 다스려 시체로 만들다.
- 置 베풀다 치
- 白置 백치. '눈을 뜨게 하는 은혜를 베풀다'로 해독.
- 內 안 내 [보언] 저승배가 강안으로 떠나다.
- 乎 감탄사 호 [보언]
- 多 많다 다 [보언]

■ 千 隱 手 叱 千 隱 目 肹
천수천목이여
○隱 가엾어 해주소서
○叱 꾸짖으라
○隱 가엾어 해 주소서
○肹 소리 울리라

- 千 일천 천
- 隱 가엾어하다 은. ~은. [청언]
- 手 손 수
- 叱 꾸짖다 질 [보언]
- 目 눈 목
- 千手千目 천수관음은 좌우로 각각 스무 개의 손이 있고, 그 손은 각각 하나의 눈을 쥐고 있어 40수(手) 40안(眼)의 모양을 하고 있다. 이에서 천수천목이 나왔다.
- 肹 소리 울리다 힐 [보언]

■ 一 等 下 叱 放
한 무리(民)는 지옥으로부터 놓아 주시되
○叱 꾸짖으라

- 一 한 일
- 等 무리 등
- 一等 한 무리. 백성들로 해독
- 下 아래 하. 지옥
- 叱 꾸짖다 질 [보언]
- 放 풀다 방
- 下放 하방. 지옥의 고통에서 풀어 달라 천수관음은 지옥의 고통에서 벗어나게 하는 관음임.

• 一等下放 새로운 개혁정책인 한화정책에 의해 民들을 지옥의 고통으로부터 해방시키다.

■ 一等 肹 除 惡攴
한 무리(귀족들)는 제외해 주시라
○肹 소리 울리라
○惡攴 죄인을 형벌로써 다스려 치라

• 一 한 일
• 等 무리 등
• 除 제외하다 제. 臣들은 제외해 달라
• 惡 죄인을 형벌로써 죽이다 악 [보언]
• 攴 치다 복 [보언]

■ 二 于萬 隱 吾 羅
둘은 한몸이라
○于萬 아! 감탄을 매우 많이 하라
○隱 가엾어 해 주소서
○羅 징을 치라

• 二 두 이. 희명과 5세 아
• 于 아! 감탄사 우 [보언]
• 萬 매우 많다 만 [보언]
• 于萬 [다음절 보언] 감탄을 만 번은 하라
• 隱 가엾어 하다 은. ~은. [청언]
• 吾 우리 오. 한몸으로 해독.
• 羅 징 라 [보언]

■ 一等 沙隱 賜 以 古 只內乎 叱等邪
한 무리(民)에게는 베풀어 주고.
○沙 저승의 뱃사공이 나가라
○隱 가엾어 해 주소서
○以 따비로 땅을 파라
○古 오래도록 전해 달라
○只內乎 외짝이 배가 강안으로 떠나가자 탄식하라
○叱 꾸짖으라
○等邪 (구천을 떠도는) 무리 귀신이 나가라

- 一 한 일
- 等 무리 등
- 一等 한 무리. 民
- 沙 사공 사 [보언] 《만엽집》 270번이 사공임을 입증한다.
- 賜 은혜를 베풀다 사
- 以 따비 이 [보언] 고려향가 〈청전법륜가〉에 '以'가 따비임을 입증하는 구절이 나온다.
- 古 십 대나 입에서 입으로 전하다 고. ~고. [청언]
- 只 외짝 척 [보언] 과부를 만들다
- 內 안 내 [보언] 저승배가 강안으로 떠나가다
- 乎 감탄사 호 [보언]
- 叱 꾸짖다 질 [보언]
- 等 무리 등 [보언]
- 邪 요사한 귀신 사 [보언] 망자의 영혼
- 等邪 [다음절 보언] 무리귀신

■ 阿 邪也
아미타불이여
○邪 구천을 떠도는 영혼이 나가라
○也 제기의 물로 손을 씻으라

- 阿 아름답다, 물가 아. 아미타불. 원래는 저승배가 떠나는 나루터 물가이나 불교가 향가 안으로 들어오면 아미타불로 사용되고 있다.
- 邪 요사한 귀신 사 [보언] 아직 극락에 가지 못한 영혼
- 也 주전자 이 [보언] 제사 중 물을 담아 손을 씻는 제기. 향가에서는 누언 '야'로 발음한 것으로 보인다.

■ 吾 良 遺 知 支 賜 尸 等 焉 放 冬 矢
우리들은 (한몸이)라
(이 땅에 남아있을 때 민을 위해 이룬 臣들의 업적을) 알려지도록(知) 하고, (민들에게 은혜를) 베풀어주고(賜), 민을 지옥의 고통에서 놓아 주어야(放) 할 것이다.
○良 길하라
○支尸 몽둥이로 쳐 시신을 만들라
○焉 오랑캐가 나가라
○冬 북을 치라
○矢 활을 쏘라

- 쯈 우리 오
- 良 길하다 라. ~라 . [청언]
- 遺 남기다 유
- 知 알리다 지. 생전의 업적을 알리다.
- 攴 치다 복 [보언]
- 賜 주다 사
- 尸 시체 시 [보언]
- 等 무리 등
- 焉 오랑캐 이 [보언]
- 放 놓다 방
- 冬 북소리 동 [보언]
- 矣 활을 쏘다 의 [보언] 《만엽집》 1803번가에서 矣가 '활을 겨누어 쏘다'라는 의미로 사용되었음을 확인할 수 있다.

■ 用屋尸 慈悲 也根 古
자비를 (베풀)고
○用 시신을 담을 나무통을 내놓으라
○屋尸 무거운 형벌로 다스려 시체를 만들라
○也 제기의 물로 손을 씻으라
○根 뿌리 제수를 올리라
○古 오래도록 전하라

- 用 나무통 용 [보언] 나무통에 시신을 넣으라
- 屋 무거운 형벌로 다스리다 옥 [보언]
- 尸 시체 시 [보언]
- 屋尸 옥시 [다음절 보언] 무거운 형벌로 시체로 만들다.
- 慈悲 자비
- 也 주전자 이 [보언] 제사 중 물을 담아 손을 씻는 제기. 향가에서는 누언 '야'로 발음한 것으로 보인다.
- 根 뿌리 근 [보언] 뿌리로 만든 제수로 판단된다.
- 古 십 대나 입에서 입으로 전하다 고. ~고. [청언]

3.
모죽지랑가(慕竹旨郎歌)

去 隱 春

皆理 米毛多居叱

沙 哭 屋尸以 憂 音

阿 多音乃叱

好支賜 烏隱 貌史

年數就 音 墮支行 齊 目煙廻 於尸

七史伊衣逢 烏 支 惡 知作 乎

下是

郎 也

慕理 尸 心

未行 乎

尸 道 尸 蓬次 叱

巷中宿 尸 夜 音有叱

下是

사람들이 굶어 죽어 가는 봄

그대의 모든 다스림이 끝났습니다

곡하는 상제들의 소리

아미타불이여

백성들을 사랑하고 지탱해주셨사오은 망인이시어.

세월이 여러 번 되풀이 흘러 무너진 분을 지탱하여 장례를 지냅니다

윗분들이 향불을 피웁니다

일곱 분이 그대의 수의를 만들고, 손발들이 그대의 생전 업적을 알리는 글을 만

들고 있습니다

그대의 낭도들이 여기에 있습니다

죽지랑이여

그리워합니다, 다스리시던 마음을

아직도 그대의 장사를 지내지 못하고 있습니다

길에는 여기저기 굶어 죽은 사람들의 시신이 버려져 있고

장례 치르는 쑥봉대가 줄을 잇고 있습니다

거리에서 자야 하는 밤

그대의 낭도들이 여기에 있습니다

1) 단서

〈모죽지랑가〉는 신라 효소왕 대(692~702년)의 화랑 죽지에 대한 눈물가이다. 죽지랑의 생전 업적을 수집하여 미화하였다. 미화법(美化法)이 구사되었다.

배경기록은 다음과 같다.

죽지랑(竹旨郎)은 죽만(竹曼) 또는 지관(智官)이라 하였다. 죽만랑(竹曼郎) 무리에 득오실(得烏失)이 있었다. 그는 화랑도의 명부인 풍류황권에 이름이 있어서 날마다 출근하였는데 10여 일 동안 보이지 않았다. 죽지랑이 그의 어머니를 불러 아들이 어디에 있는지를 물었다.

"모량부(牟梁部)의 익선(益宣)이 제 아들을 부산성(富山城)의 창고지기로 임명하였습니다. 말을 달려 급히 가느라고 죽지랑께 인사를 드리지 못하였습니다."

죽지랑이 말하였다.

"그대의 아들이 개인적 일로 갔다면 찾아갈 일이 없겠지만 공무로 갔으니 내 찾아가 대접을 해야겠소."

그리고 떡과 술을 가지고 하인들과 길을 떠났다. 낭도 137명도 의장을 갖추고 따라갔다. 부산성에 이르러 문지기에게 득오실이 어디에 있는지 묻자 말하였다.

"지금 익선(益宣)의 밭에 있습니다.
관례에 따라 부역을 하고 있습니다."

죽지랑이 밭으로 가서 떡과 술을 득오실에게 먹였다. 그리고 익선에게 휴가를 청하여 득오실과 함께 돌아가게 해달라고 하였으나 익선이 허락하지 않았다.

그때 관원인 간진(侃珍)이 추화군의 능절조(能節租) 30섬을 징수하여 성안으로 운반하고 있었는데 죽지랑이 부하를 중시하는 모습을 아름답게 여기고, 익선이 융통성이 없는 것을 추하게 여겼다. 그래서 거두어 가던 30섬을 익선에게 주고 휴가를 요청하였으나 여전히 허락하지 않았다. 그래서 진절(珍節)이 타던 말의 안장을 함께 주자 그제야 허락하였다.

조정의 화주(花主, 화랑을 관리하던 직책)가 이 말을 보고받고 익선을 잡아다가 추함을 씻어 주려 하였는데 익선이 도망가 숨자 그 맏아들을 잡아왔다.

그때는 한겨울 매우 추운 날이었다. 성내의 연못에서 목욕을 시켰는데 곧 얼어 죽고 말았다.

득오곡이 죽지랑이 죽자 그를 사모하여 노래를 지었다. 이것이 〈모죽지랑가〉이다.

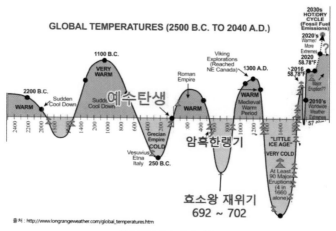

※암흑한랭기의 세계 기후표

작품이 만들어지던 시기에는 지구적으로 한랭기가 극에 이르고 있었다. 서기 600~800년 사이 지구에는 한랭화가 진행되었다. 지질학적 용어로 암흑 한랭기(DACP: Dark Age Cold Period)라고 한다. 이때 진행된 한랭기는 효소왕대(692-702)에 절정에 이르렀다.

당시의 한랭기 때문에 바이킹이 추위를 피해 남하하여 유럽을 약탈하고 침략했으며, 마야 문명이 기근으로 멸망했다. 아시아에서도 당 제국과 신라에 기근이 발생해 잦은 민란이 발생하였다. 당나라의 분열로 인한 5대10국 시대와 신라의 분열로 인한 후삼국 시대가 초래되었다는 이론이다.

배경기록에도 한랭기를 암시하는 구절이 있다.

'때는 한 겨울로서 극한의 추운 날이었다(時仲冬極寒之日). 익선의 맏아들이 궁궐의 연못에서 동사했다'라고 하는 구절이 그것이다.'

배경기록에 다수의 고유명사가 등장한다. 신라 향가 중 가장 많은 고유명사가 나오고 있다. 이들을 고유명사법으로 풀면 극심한 한파 및 흉년과 연결될 수 있다. 한두 개의 고유명사가 그렇다면 우연이라고 할 수 있을 것이다. 그러나 다수의 고유명사가 다 그러하고, 배경기록에도 관련 사항이 나오고 있어 우연이라고 보기 어렵다.

① 득오곡(得烏谷): 얻다 득+환호하는 소리 오+곡식 곡. 곡식을 얻었다. 곡식을 얻도록 해달라. 사람의 이름에 오(烏)와 같은 감탄사가 들어 있는 경우가 다수 발견된다. 일본서기 소잔오존(素盞嗚尊)이라는 신의 이름에도 '오(嗚, 탄식소리 오)'라는 감탄사가 포함되어 있다. 고유명사에 소원을 비는 주술적 기능을 추가하였을 것이다.

② 죽지(竹旨): 음식 죽+맛있는 음식 지. 흉년이 되어 먹을 것이 없자 죽도 맛이 있다.

③ 죽만(竹曼): 음식 죽+길게 끌다 만. 죽지랑의 다른 이름이다. 죽지랑 자신도 오랫동안 죽만 먹어야 했던 것이다. 기근으로 죽만 먹는 세월이 지속되었다.

④ 지관(智官): 지혜롭다 지+벼슬 관. 지혜로운 관리. 죽지랑의 다른 이름이다. 기근이 지속되었으나 죽지랑은 지혜롭게 일을 처리하는 관리였다.

⑤ 익선(益宣): 돕다 익+베풀다 선. 돕고 베푼다. 이름으로 보면 돕고 베풀어야 했으나, 내용에 나오는 익선은 전혀 베풀지 않았다. 향가는 작명법에 있어 역설적 방법도 썼다. 선익(宣益)을 익선(益

宣)이라고 뒤집어 놓았을 것이다. 즉 도와주어야 하는데 도와 주지 않았다는 뜻이다. 〈원왕생가〉 배경기록에서 엄장(嚴莊)의 이름이 동일 사례다. 위엄있고 엄숙하다는 뜻의 장엄(莊嚴)을 엄장(嚴莊)으로 뒤집어 놓음으로써 정반대의 성격을 나타낸 것이다.

⑥ 능절미(能節米): 응당 절약해야 하는 쌀
⑦ 간진(侃珍): 안락하다 간+맛있는 음식 진. 안락하고 맛있는 음식
⑧ 부산성(富山城): 부유하다 부+메 산+성 성. 부유함이 산같은 성. 등

위의 이름들은 공통적으로 먹고사는 문제를 의미하고 있다. 흉년의 원인은 이상한파였을 것이다. 추론해 보면 당시 극한의 추위가 있었고 무수한 사람이 추위에 의한 흉년으로 죽도 먹지 못하고 있다는 뜻이다.

배경기록으로 추정해 보면 조정에서 다음과 같은 기근 대책을 반포한 것으로 보인다. '재산이 있는 자(富山城)는 곡식을 풀어라(得谷). 이를 어길 시 가족은 물론 출신 지역이 같은 자들까지도 연좌제를 적용해 벌을 내린다'라는 엄명이었을 것이다.

그렇게 보아야 익선의 아들을 대신 처벌하고 '익선과 동향인 모량리(牟梁里) 사람들을 관공서에서 내쫓고, 승려도 되지 못하도록 하였다'라는 등 배경기록에 나오는 여러 가지 이야기가 납득될 수 있다.

일본 《만엽집》 3802번가도 암흑 한랭기와 연결지어 해독될 작품이 있다. 비슷한 시기에 만들어졌을 것으로 추정된다.

향가는 시경의 송(頌)에 해당한다고 했다. 송(頌)이란 사람이 죽고 난 후 그를 추모하는 글이다. 그러기에 망인의 업적을 미화하여 기렸

다. 여기서는 '백성들을 사랑하고 지탱해주셨사오은 망인이시어'라고 죽지랑을 미화하고 있다. 신라 향가 14편 중에서 〈찬기파랑가〉, 〈모죽지랑가〉, 〈신충가〉들이 송(頌)에 해당하는 작품이다.

2) 풀이

■ 去 隱 春
(사람들이 굶어 죽어) 가는 봄
ㅇ隱 가엾어 해 주소서

• 去 가다 거. 이상한파로 인한 봄 흉년으로 사람들이 굶어죽다.
• 隱 가엾어 하다 은.~은. [청언]
• 春 봄 춘
• 去隱春 거은춘. '그대가 가는 봄'으로 해독될 수도 있으나 전체적 내용으로 보면 '사람들이 굶어 죽어 가는 봄'으로 해독함이 타당하다.

■ 皆理 米毛冬居叱]
(그대의) 모든 다스림이 (끝났습니다).
ㅇ米 쌀을 제수로 바치라
ㅇ毛 털이 난 배우가 나가라   ㅇ冬 북을 치라
ㅇ居 무덤을 설치하라   ㅇ叱 꾸짖으라

• 皆 다 개. '모든 것'으로 해독된다.
• 理 다스리다 리. 죽지랑의 다스림으로 해독
• 米 쌀 미 [보언] 제수로 바치는 쌀
• 毛 털 모 [보언] 털이 난 배우들
• 冬 북소리 동 [보언] 저승 가는 배 뱃사공들이 고수(鼓手)의 북소리에 맞추어 노를 젓는다.
• 居 묘 거 [보언]
• 叱 꾸짖다 질 [보언] 뱃사공들을 꾸짖다.

■ 沙 哭 屋尸以 憂 音
곡하는 상제들의 (소리)
ㅇ沙 뱃사공이 나가라

110   천년 향가의 비밀

○屋尸以 무거운 형벌로 다스려 시체로 만들고 묻기 위해 따비로 땅을 파라
○音 소리를 내라

• 沙 저승의 뱃사공 [보언]　　　　　　　　• 哭 울다 곡
• 屋 죄인을 무거운 형벌로 다스리다 옥 [보언]
• 尸 시체 시 [보언]
• 以 따비 이 [보언] 상형문자로서 따비나 가래를 본뜬 글자. 따비로 땅을 파다는
의미. 고려향가 〈청전법륜가〉에 '以'가 따비임을 입증하는 구절이 나온다.
• 憂 상제 우
• 音 음률 음 [보언]

■ 阿 冬音乃 叱
아미타불이여
○冬音乃 뱃사공들이 북소리에 맞추어 노를 저어라
○叱 꾸짖으라

• 阿 아미타불의 생략형. 저승배가 닿는 물가 아.
• 冬 북소리 동 [보언]
• 音 소리 음 [보언] 앞에 冬이 위치해 있다. 북치는 소리
• 乃 노 젓는 소리 애 [보언]
• 叱 꾸짖다 질 [보언]
• 冬音乃叱 [다음절 보언] 영혼이 반야용선을 타고 북치는 소리에 맞추어 사공의
노 젓는 소리와 함께 고해의 바다를 건너 아미타불의 극락으로 가고 있다. 叱은 노
를 힘껏 저으라 꾸짖고 있다.
阿+冬音乃叱은 〈원왕생가〉의 無量壽佛前+乃와 의미맥락이 같다. 영혼을 반야용선
에 태워 북소리에 맞추어 노 저어 고해의 바다 건너
아미타불에게 인도한다. 신라시대 배의 노를 저을 때 북소리에 맞추어 노를 저었
고, 사공들이 노를 잘 젓지 못하면 꾸짖었음을 알 수 있게 한다.

■ 好支賜 烏隱 貌史
백성들을 사랑하고 지탱해주셨사오은 망인이시어.
○烏 탄식하라　　　　　　　　　○隱 가엾게 해 주소서

• 好 사랑하다 호　　　　　　　　• 支 지탱하다 지
• 賜 주다 사　　　　　　　　　　• 烏 환호하는 소리 오 [보언]
• 隱 가엾어 하다 은.~은 [청언]
• 貌 사당 모　　　　　　　　　　• 史 아름답다 사 [미칭접미사]

•貌史 모사. 망인의 존칭어. 죽지랑

■ 年數就 音 墮支行 齊目
세월이 여러 번 되풀이 흘러 무너진 분을 지탱하여 장례를 지낸다.
○音 소리를 내라
○齊 제사 곡식을 올리다
○目 우두머리가 나가라

•年 해 년　　　　　　　　•數 여러 번 되풀이하다 삭
•就 길을 떠나다 취　　　　•音 소리 음 [보언]
•墮 무너지다 휴. 〈신충가〉에 동일 의미 용례가 있다.
•支 지탱하다 지　　　　　•行 장례지내다 행
•齊 제사에 쓰이는 곡식 자 [보언]
•目 우두머리 목 [보언] 죽지랑

■ 煙廻 於尸
향의 연기가 돌며 오릅니다.
○於 탄식을 하다
○尸 시신이 나가라

•煙 연기 연. 향을 피워 타오르는 연기
•廻 돌다 회
•煙廻 향의 연기가 선회하고 있다
•於 감탄사 오 [보언]　　　•尸 시체 시 [보언]

■ 七史 伊衣逢 烏支 惡 知作 乎
일곱 분이 그대의 수의를 만들고, 손발들이 그대의 생전 업적을 알리는 글을 만들고 있습니다
○烏 탄식하다
○惡 무거운 형벌로써 죽이다
○乎 탄식하다

•七 일곱 칠　　　　　　　•史 아름답다 사 [미칭접미사]
•伊 너 이　　　　　　　　•衣 옷 의. 수의로 해독
•逢 꿰매다 봉. 絳=逢　　　•烏 탄식하다 오 [보언]
•支 손과 발 지. 아랫사람들로 해독

• 惡 죄인을 형벌로써 죽이다 악 [보언]
• 知 알리다, 드러내다 지
• 作 만들다 작   • 乎 감탄사 호 [보언]

■ 下是
아랫 사람들이 여기에 (모여 있습니다).

• 下 아랫사람 하. 죽지랑 휘하에 있던 낭도들을 가리킨다. 배경기록에 따르면 죽지
  랑은 풍류황권에 이름을 올린 화랑이었으며, 거기에는 137인 정도의 낭도가 있었
  다. 〈찬기파랑가〉에서도 下를 아랫사람이라는 의미로 사용하고 있다.
• 是 여기 시. 〈찬기파랑가〉의 是는 '바로잡다, 여기'라는 의미이다. 〈모죽지랑가〉
  의 是는 '여기'로 해독한다.
• 下是 아랫 사람들이 여기

■ 郞 也
죽지랑이여
○也 제기의 물로 손을 씻으라

• 郞 사내 랑. 화랑 죽지
• 也 주전자 이 [보언] 제사 중 물을 담아 손을 씻는 제기. 누언 '야'로 발음한 것으
  로 보인다.

■ 慕理 尸 心
그리워합니다, 다스리시던 마음을.
○尸 시신을 보이라

• 慕 그리다 모   • 理 다스리다 리.
• 尸 시체 시 [보언]   • 心 마음.
• 慕理心 누언으로는 그리워하는 마음

■ 未行 乎尸 道 尸 蓬次 叱
아직도 그대의 장사를 지내지 못하고 있습니다.
길에는 (여기저기 굶어 죽은 사람들의 시신이 버려져 있고), 장례 치르는 쑥봉대가
줄을 잇고 있습니다.
○乎 탄식하라
○尸 백성들의 시신이 보이다
○叱 꾸짖으라

- 未 아직 ~하지 못하다 미
- 乎 감탄사 호 [보언]
- 道 길 도
- 行 장사지내다 행
- 尸 시체 시 [보언]
- 尸 시체 시 [보언]
- 尸道尸 길 주변에 시신이 널부려져 있다. 유사 사례로 〈혜성가〉에 道尸掃尸星이 나온다. 혜성은 병란 등 사람이 죽어 나가는 것을 예고하는 흉한 별이었다.
- 蓬 쑥 봉 [보언] 장례 시 태우는 쑥 묶음인 쑥봉대로 해독. 전통 장례에서 시신의 냄새를 막기 위해 불붙인 쑥봉대를 여기저기 들고 다니거나, 쑥으로 코를 막기도 한다.
- 次 행렬 차. 장례행렬이다.
- 叱 꾸짖다 질 [보언]

■ 巷中宿 尸 夜 音有叱
길에서 자야 하는 밤이 (있습니다)
ㅇ尸 시신을 보이라
ㅇ音 소리를 내라
ㅇ有 고기제수를 올리라
ㅇ叱 꾸짖으라

- 巷 거리 항
- 中 두 토막내다 중 [보언]
- 宿 자다 숙. 상여가 백성들의 장례 행렬에 밀려 나가지 못하고 있기에 길거리에서 자다
- 尸 시체 시 [보언] 백성들의 시신
- 夜 밤 야
- 音 음률 음 [보언]
- 有 값비싼 고기를 손에 쥐다 유 [보언]
- 叱 꾸짖다 질 [보언]

■ 下是
아랫 사람들이 여기에 (모여 있습니다).

- 下 아랫 사람 하. 풍류황권에 소속되어 있던 낭도
- 是 여기 시
- 下是 하시. 휘하에 있었던 낭도들이 장례를 치르러 모여 들었다는 뜻

서동요(薯童謠)

善化公主主 隱 他密 只 嫁 良 置 古
薯 童房 乙
夜 矣 夘 乙 抱遺去 如

선화 공주님은 남모르게 시집가 두고
스물네 놈의 어린 하인들 방으로 가
깊은 밤에 어린 하인 놈들과 누워 뒹굴며 안아 아미타불에 보내 주러 다니시면
아니되지요.

1) 단서

본 향가는 백제 무강왕(武康王)의 작품이다.

배경 기록으로 〈서동요〉의 창작시기를 검토하면 진평왕 재위
(579~632) 중, 백제 무왕 즉위 (재위 600~641) 전에 만들어진 작품이
다. 진평왕이 579년 즉위하였고, 무왕이 600년 즉위하였으므로 〈서
동요〉는 579년에서 600년 사이 만들어졌을 것이다.

작자는 무강왕(武康王)이다. 일연 스님은 '고본(古本)에는 무강왕으

로 되어 있으나 백제에는 무강왕이 없다'고 하면서 비슷한 이름을 가진 무왕으로 수정했다(古本作武康非也百濟無武康).

그러나 향가에 대한 전면적인 해독이 이루어져 그 실체에 대한 충분한 지식이 확보되기까지 원본을 함부로 수정할 일이 아니다. 일연 스님의 수정 입장에 반대한다.

고유명사법으로 풀이해 보면 무왕이 아니고 무강왕이라고 해야 본 작품의 취지에 보다 더 부합된다. 무(武)를 파자법으로 보면 '창을 멈추다'이다.

武 = 止 그치다 지 + 戈 창 과
康 = 편안하다 강

전쟁을 멈추고 평화롭게 지내게 해달라는 의미가 된다. 이로 보건대 본 작품은 선화공주와 무강왕을 혼인시켜 신라와 백제가 평화롭게 지내도록 하기 위해 만든 작품이다. 동성왕과 소지왕 때 있었던 1차 혼인동맹에 이은 2차 혼인동맹이다.

다음은 배경기록에 나타난 사실들이다.

진평왕의 셋째 딸로 선화(善花) 공주가 있었다.
선화(善化) 공주라고도 하였다.
善花는 아름다운 꽃, 善化(善 뛰어나다 선, 化 가르치다 화)는 '가르침에 뛰어나다'는 의미를 가지고 있다. 선화는 자용·절대이고(섹스기법을 가르치는 데) 능한 공주였다.

백제 수도 남쪽 연못가에 한 과부가 살고 있었다. 그는 아들 하나를 두었다. 이름이 장(璋)이었다. 장(璋)은 어려서 마를 캐어 생활을 유지하였다. 그래서 서동이라 불렸다.

서동은 선화공주가 예쁘다(자용절대)는 말을 듣고, 머리를 깎고 월성으로 들어갔다. 머리를 깎는다는 것은 분명 상징체계인데 아직 잘 모르겠다.

아이들에게 마를 나누어 주니 그들이 서동을 따랐다. 서동이 〈서동요〉를 지어 그 아이들에게 부르게 하니 노래가 만경(滿京)하였다. 동요는 아이들의 입을 통해 전파시키는 중구삭금의 한 기법이었다.

노래를 사실로 믿은 백관(百官)들의 극간으로 인해 공주는 멀리 유배 가게 되었다.

공주는 어머니가 준 한 말의 금을 가지고 유배를 가다가 서동을 만났다. 공주는 서동을 따라오게 하면서 유배지로 가는 도중 몰래 정을 통했다. 배경기록의 몰래 정을 통했다는 잠통(潛通)이다. 섹스 기법을 발휘해 서동을 꽉 잡았다는 뜻이다.

백제로 온 선화공주는 서동의 안내로 산더미 만큼의 금을 발견하여 용화산 사자사 지명(知命)법사의 도움을 받아 신라로 보냈다. 지명법사의 이름을 고유명사법으로 풀면 선화공주에게 내린 진평왕의 명을 알고 있었다는 뜻이다.

진평왕은 서동을 존경하게 되고, 늘 편지를 보내 안부를 물었다. 그 이후 서동은 백제에서 인심을 얻어 왕이 되었다.

왕이 된 서동은 왕비의 청으로 용화산 아래 연못가에 미륵사를 지었다. 진평왕은 수많은 장인을 보내 절 짓는 일을 도왔다.

삼국사는 무강왕을 법왕의 아들이라고 하나, 고본(古本)에는 과부의 아들이라고 하였다. 자세한 내용은 알 수 없다. 〈서동요〉가 실려 있던 출전을 고본(古本)이라고 하였다. 고본으로 보아 책자이다. 필자는 신라의 향가집 '삼대목'으로 추정한다.

배경기록을 역사적 기록과 해독된 내용과 관계 지어 요약하면 다음과 같다.

진평왕대에 신라와 고구려 백제 간 전투가 격화되었다. 진흥왕 대의 대대적 영토 확장에 따른 부작용이었다. 이러한 때에 과정이야 어떠하든 향가의 힘에 의해 선화공주와 서동이 화촉을 밝혔다.

그녀는 금 한 말을 가지고 갔는데, 백제에서 금을 발견한 공주가 다시 신라로 산더미 같은 금을 보내게 되었다. 금을 백제(서동)는 진흙(泥土)처럼 여겼으나 신라(선화)는 천하지보(天下至寶)로 여기고 있었다.

서동은 신임을 얻었고, 드디어 무강왕으로 즉위하였다. 진평왕은 백제로 사찰 건축 기술자를 보내 전북 익산의 미륵사 건축을 돕는다. 즉 공주를 사이에 두고 신라와 백제는 서로 신뢰하고 번영을 함께하는 사이가 되었다.

고유명사법에 의한 해독은 다음과 같다.

선화(善化)공주는 '가르침에 뛰어난' 공주라는 뜻이다. 공주가 쫓겨난 다음 서동을 만나 처음 한 일이 잠통(潛通)이다. 섹스기법으로 여장을 잡았다는 뜻이다.

무강왕(武康王)의 이름이 가진 뜻은 창을 멈추고 평화롭게 지낸다는 뜻이다.

무강왕(武康王)의 어렸을 때 이름은 장(璋)이었다. 장(璋)이란 제후를 봉할 때 의식에 쓰던 홀로서 왕을 뜻한다. 왕이 될 사람이란 의미다.

서동(薯童)의 서(薯)는 파자하여, 十+十+四+者로 본다. 그러면 서동(薯童)은 二十四者(스물네 놈)의 아이놈이 된다.

선화(善化) 공주는 섹스를 가르치는 데 뛰어난 공주였다. 특히 후배위에 발군의 능력을 가지고 있다고 묘사되고 있다. '원을포(夘乙抱)' 속의 '을(乙)'이 그것이다. 누워 뒹굴고(夘), 안으면서(抱) 몸을 구부린다(乙)는 뜻이다. 이는 후배위 자세다.

선화공주는 장(璋)에게 시집가며 그에게 섹스를 잘 가르쳐 꼼짝 못하게 하고 신라와 백제를 화친하게 하라는 염원을 띄고 있었다. 향가의 힘으로 백제와 신라 간 결혼동맹을 다시 맺어 공동의 번영과 평화를 누리자는 것이 〈서동요〉 창작 의도였다.

향가 창작의 목적인 청언은 '隱(가엾어 하다 은)', '良(길하다 라)'이다.

선화공주는 과부(只)였다. 과부이기 때문에 '가엾어 하다 은(隱)'이라는 청언이 사용되고 있다. 과부가 되어 있던 선화공주를 불쌍하게 여겨 여장에게 시집가게 해, 백제와 신라 두 나라 간 금도 선물하고 절도 짓는 등 길한 일(良)이 생기도록 해 달라는 것이 청언에 담긴 소원이다.

중구삭금을 위해 공주의 자극적 일탈행위를 줄거리로 하여 노랫말을 만들었다. 그리고 그 노랫말은 여러 명의 아이들이 불러 월성에 가득 찼으니(滿京) 향가의 힘은 중구삭금에 의해 극단적으로 강력해졌을 것이다.

2) 풀이

■ 善化公主主 隱
선화(섹스기법 가르침에 뛰어난) 공주님은
○隱 (과부임을) 가엾어 해 주소서

- 善 뛰어나다 선
- 化 가르치다 화
- 善化 선화. 고유명사법이 사용되었다. 배경기록에는 공주를 '善花인데 善化라고
  도 한다'하고는, 정작 향가 원문에는 善化라고 표기하였다. 작자의 창작 의도가
  善化에 있었던 것이다.
- 선(善)이 '잘하다'라는 의미로 쓰이는 사례는 다음과 같다.
  〈도솔가〉 배경기록: 피리를 잘 불었다(善吹笛).
  〈우적가〉 배경기록: 향가를 잘했다(善鄕歌) 등.
  고유명사법에 의하면 선화(善化)는 가르치는 데 뛰어난 공주라는 뜻이 된다.
  선화는 신라 진평왕의 셋째 딸이다. 그렇다면 선덕여왕(善德女王)과 자매 사이
  다. 그러나 선화공주(善化公主)라는 이름은 《삼국유사》 향가와 배경 설화를 제
  외하고는 역사서에 이름을 올리지 않는다. 혹시 귀족의 딸이었을 수도 있다.
- 公 제후 공
- 主 주관하다 주
- 公主 공주. 공주라는 칭호는 옛날 중국에서, 왕이 딸을 제후에게 시집보낼 때 삼
  공(三公)에게 일을 맡겨 주관하게 하였던 데서 유래되었다.
- 主 님 주
- 隱 가엾어 하다 은.~은. [청언] '선화공주님은'이라는 누언으로 표기 되었다. 누언
  은 고대인들이 한자를 이용해 우리말을 표기하는 방법을 고민한 끝에 나온 표기
  법이다. 이러한 언어학적 고민 끝에 만들어진 것이 향가이다. 향가의 전통은 신
  라 초까지 승려들 사이에 외학(外學)이라는 형태로 이어졌고 이러한 전통 위에
  세종대왕에 의해 한글이 창제되었을 것으로 판단된다. 세종대왕의 한글창제에 어
  떠한 형태로든 향가를 외학으로 배워온 승려들의 참여가 있었을 것으로 보인다.
  직접적 증거는 없다하지만 정황상 유력하게 추정될 수 있는 승려로는 신미(信眉)
  대사가 있다.

■ 他密 只 嫁 良 置 古
남 모르게 시집가 두고.
ㅇ只 과부가 나가라
ㅇ良 길하라
ㅇ古 십 대에 걸쳐 입에서 입으로 전하라(남 모르게 시집가 두고 벌인 일을 오래도
   록 전하라)

- 他 남 타
- 密 비밀로 하다 밀
- 只 외짝 척 [보언 척(只)은 '외짝'으로서 '과부'라는 뜻이다. '공주님께서 남모르게
  시집가 두었다'는 부분에서 과부가 무대에 나가 연기하라고 지시하고 있다. 즉 〈

서동요〉의 작자는 선화공주를 과부로 설정하고 있다.
- 嫁 시집가다 가
- 良 길하다 라. ~라 [청언]
- 置 두다 치 〈원왕생가〉에도 置가 '두다'라는 의미로 쓰이고 있다.
- 古 십 대나 입에서 입으로 전달하다 고. ~고 [청언] 파자법.
- 他密 只 嫁 良 置 古 누언으로는 '남모르게 가르치고'가 된다. 섹스기법을 '밤에 어린 하인들에게 남모르게 가르치고'라는 뜻으로 읽힌다.

■ 薯童房 乙
스물네 놈의 어린 하인들 방으로 (가)
O乙 절을 하라

- 薯=十+十+四+者=이십사자=스물네 놈, 파자법
  薯는 파자하여 二十四者(스물네 놈)로 해독한다. 필자는 薯를 파자로 해독해야 한다고 본다.
  그 근거는 이 정도 되어야 섹스를 가르침에 뛰어나다(善化)라고 할 수 있고, 결혼 동맹을 끌어낼 수 있는 실력 있는 여자로 볼 수 있을 것이기 때문이다. 만일 薯를 마로 해독한다면 작품의 내용은 특별하지 않고 평이한 수준에 불과하다.
- 童 어린 하인 동.
- 薯童 스물네 놈의 어린 하인으로 해독
- 房 방 방
- 乙 구부리다 을 [보언] 어린 하인들이 공주가 방으로 찾아가자 구부리고 절하는 동작을 하라는 지시어다.

■ 夜 矢 夘 乙 抱遣 去 如
깊은 밤에 (스물 네 놈의 어린 하인들과) 누워 뒹굴며 안아 (아미타불에) 보내려 가면 되나요?(=안 된다, 그러니 서동에게 시집가야 한다)
O矢 활을 겨누어 쏘라
O乙 후배위하라
O如 맞서라

- 夜 깊은 밤 야
- 矢 활을 쏘다 의 [보언] 활이 겨누는 대상은 '누워 뒹굴다'이다.
- 夘 누워 뒹굴다 원. '공주가 아이들과 누워 뒹굴다'로 해독한다. 《삼국유사》의 원문 글씨가 '묘(卯)'인지 '원(夘)'인지가 불분명하여 논란이 있었다. 조선 중종 때 판본인 정덕본 원문을 보면 '묘(卯)'에 해당하는 글자가 불분명하였다. 그러나 조선 초기 고판본을 보면 '누워 뒹굴다 원(夘)'이라는 글씨가 확연하다. 필자는 조선 고

판본의 글자대로 이를 '누워 뒹굴다'라는 의미를 가진 '원(夗)'으로 본다.
- 乙 구부리다 을 [보언] 남녀가 누워 뒹굴며 몸을 구부리는 자세는 후배위 자세이다. 과부 공주는 스물네 놈의 어린하인들 방에 깊은 밤마다 찾아가 누워 뒹굴며 후배위 등 여러 섹스기법을 가르친다. 가르침에 능하다는 것은 후배위를 가르치는 것이었다. 가여운 일을 하지 않도록 시집보내 달라.
- 抱 안다 포
- 遣 보내다 견. 극락에 보내다
- 去 가다 거. 하인들 방으로 가다
- 遣去 견거. 아미타불에 보내러 하인들에게 간다. 遣去=遣賜去 '공주가 방으로 가 어린 하인들과 누워 뒹굴며 후배위를 가르치고 안아주는 등 극락에 보내러 간다'는 의미가 된다. '공주가 가르침에 능하다(善化)'는 어절에 합당한 해독이다.
- 如 맞서다 여 [청언]

신충가(信忠歌)

物 叱 好支 栢史

秋察 尸 不冬 爾 屋支 墮 米

汝 於多支 行 齊 敎因 隱

仰 頓 隱面 矣 改 衣 賜 乎 隱 冬 矣 也

月 羅 理 影 支 古

理因 淵 之 叱

行 尸 浪

阿 叱沙 矣 以支 如 支

兒史 沙 叱 望

阿 乃

世理 都之 叱 逸 烏隱 第 也

後句亡

사람들을 사랑하고 지탱하셨던 잣나무 같으신 분이 무너졌음이여

그대를 장례지냅니다, 가르침에 말미암아

우러르고 조아리는 얼굴에 옷을 바꾸어 주심이야

달의 다스림은 그림자처럼 오래도록 드리워질 것이고

그대의 다스림에 따라 그대의 육신을 화장하여 바다로 가 뿌립니다

장례를 치르자니 눈물이 흐릅니다

저승에 가시면 아니 됩니다

그대를 우러러 봅니다

저승배가 물가를 떠나가네.

세상을 다스림에 재덕이 뛰어나온 사람이라는 평판이야

후구

망실되었다

1) 단서

효성왕(재위 737~742)이 왕위에 오르기 전 어진 선비 신충(信忠)과 함께 궁정의 잣나무 아래에서 바둑을 두며 말하였다.

"훗날 내가 그대를 잊는다면 저 잣나무가 증거가 되어 (죽을) 것이다."

그러자 신충이 일어나서 절을 하였다.
몇 달 뒤 효성왕이 즉위하여 공신들에게 상을 주면서 신충을 명단에 넣지 않았다. 신충이 원망하는 노래를 지어 이를 궁정의 잣나무에 붙여 두자 나무가 갑자기 누렇게 말라버렸다. 왕이 괴이하게 여겨 사람을 보내 살펴보게 하였더니 붙여져 있던 노래를 발견해 가져와 바쳤다.
왕이 크게 놀라 말하였다.
"정무가 복잡하고 바빠 가까이 지내던 사람을 잊을 뻔했구나."
곧 바로 신충을 불러 벼슬을 주자 잣나무가 살아났다.

배경기록의 골자는 효성왕이 등극 이전 자신을 도왔던 신하를 중용하지 않아 왕이 어려움에 처했으나 뒤늦게 그를 중용함으로써 왕이 위기를 벗어나게 되었다는 내용이다.

본 작품은 효성왕에 대한 눈물가이다.

효성왕이 생전에 신충을 믿고, 그의 충성심을 알아 보고, 중용하는 등 '다스리는 재주가 뛰어났다'고 미화하고 있다. 미화법(美化法)이 구사되고 있다.

信忠은 고유명사법으로 풀어야 한다. '왕은 신하를 믿고 신하는 왕께 충성을 바쳐야 한다'는 뜻이다. 충성을 가진 신하들을 믿고 써야 한다는 것이 본 작품의 창작의도이다.

궁정의 잣나무는 왕을 상징하고 있다.

잣나무가 갑자기 노랗게 물들었다는 것은 왕이 위기에 처했다는 뜻이다. 충성스러운 신하들을 등용하지 않아 한 때 왕이 위기에 처했으나, 신충을 중용함으로써 위기를 벗어날 수 있었다는 사실을 암시한다.

효성왕 3年 1月 신충을 중시로 삼게 되었다. 신충의 등용은 효성왕 즉위 후 곧바로 이루어진 것이 아니고 2여 년 후의 일이었다.

향가의 배경기록에 따르면 효성왕에게 정치적 위기가 있었고 충성스러운 신하였던 신충에 의해 위기에서 벗어났음을 알 수 있다.

《삼국사기》에서 효성왕이 위기에 처했던 사건은 740년 발발한 파진찬 영종의 반란으로 볼 수 있다. 반란의 원인은 영종의 딸이 효성왕의 후궁이 되어 왕의 총애를 받자, 왕비 혜명부인이 이를 시기하여 후궁을 모살하자 아버지 영종이 반란을 일으킨 것이다.

효성왕의 비 혜명부인은 효성왕의 생모 소덕왕후의 여동생으로 효성왕의 이모이다. 이모와의 근친결혼이다. 소덕왕후와 혜명부인은 모두 당대의 권신이었던 김순원의 딸이었다.

　영종의 반란 제압에 신충이 공을 세웠던 것으로 보인다. 그래야 배경기록에 맞다. 이러한 공으로 신충은 효성, 경덕왕에 의해 중용되었다.

　배경기록에 따르면 신충이 자신을 알아주지 않는 효성왕을 원망하며 글을 써 월성 궁정의 잣나무에 써 붙여 두었다고 했다. 그러나 이 작품은 잣나무에 써두었다는 글이 아니다. 또한 일각에서는 본 작품을 〈원가(怨歌)〉라고도 부르나 내용으로 보아 잘못 지은 이름이다.

　본 작품을 내용에 맞게 부르려면 〈신충가(信忠歌)〉라고 해야 할 것이다.

　본 작품은 효성왕이 742년 5월 재위 6년 만에 사망하였을 때 만든 작품이다. 효성왕은 사망 후 그의 유명에 따라 법류사 남쪽에서 화장하여 유골을 동해에 뿌렸다. 효성왕에게는 후사가 없었고, 그가 사망하자 동복 동생이 왕위를 이어받았다. 그가 경덕왕(742~765)이다.

　이 작품이 만들어지던 742년 쯤이 되면 일본에서는 만엽 향가 창작이 사실상 끝 지점에 이르러 간다. 《만엽집》의 마지막 작품 4516번가는 759년에 만들어졌다. 이후 일본에서는 향가창작법이 소멸한다.

2) 풀이

　■ 物 叱 好支 栢史 秋察尸 不冬 爾 屋支 墮 米
　사람들을 사랑하고 지탱하셨던 잣나무 같으신 분이 무너졌음이여
　○叱 꾸짖다
　○秋察 추관이 나가 조사하라

○尸 시신을 보이라
○釜冬 북을 치지말라
○爾 저승바다여 잔잔하라
○屋攴 무거운 형벌로 다스려 몽둥이로 치라
○米 쌀을 제수로 바치라

• 物 사람 물
• 叱 꾸짖다 질 [보언]
• 好 사랑하다 호
• 攴 지탱하다 지
• 栢 잣나무 백. 신라인들은 왕이나 화랑처럼 휘하에 많은 아랫사람을 거느리며 사
  랑하고 지탱해주던 사람(物好攴栢史)을 잣나무와 같다고 하였다.
  배경기록에 궁정(宮庭)에 백수(栢樹)가 있다고 하였다. 이로써 월성의 궁정에 큰
  잣나무가 있었음이 확인된다. 경주시에서 월성 복원 사업 시 이 잣나무의 위치
  를 찾아내고, 그곳에 멋진 잣나무를 이식하기를 제안한다
• 史 아름답다 사 [미칭접미사]
• 栢史 백사. '잣나무 같으신 분'으로 해독한다. 효성왕이다.
• 秋 가을 추 [보언] 추관(秋官)은 중국 주나라 육관의 하나다. 형률(刑律)을 관장
  하였다. 조선의 형조에 해당한다.
• 察 살피다 찰 [보언]
• 秋察 [다음절 보언] 추관이 나가 조사하다. 제망매가에도 나오는 보언이다
• 尸 시체 시 [보언]
• 秋察尸 추찰시. [다음절 보언] 추관이 조사하여 죽이다
• 不 아니다 부 [보언]
• 冬 북 동 [보언]
• 不冬 [다음절 보언] 북을 치지말라. 즉 저승배가 떠나지 말라
• 爾 아름다운 모양 이 [청언] 《만엽집》에서는 爾의 생략형인 尒가 많이 쓰인다. 爾
  와 尒는 동자(同字)로서 아름다운 모양을 본뜬 글자이다. 저승바다가 잔잔하다.
• 屋 무거운 형벌로 다스리다 옥 [보언]
• 攴 치다 복 [보언]
• 屋攴 [다음절 보언] 무거운 형벌로 매를 쳐 다스리다. 태형
• 墮 무너지다, 황폐해지다 휴
• 米 쌀 미 [보언] 쌀을 제수로 올리다
• 物 好攴 栢史 墮 사람들을 사랑하고 지탱하셨던 잣나무 같으신 분이 무너졌음이
  여. 이 구절의 노랫말은 여섯 글자에 불과하다.

■ 汝 於多攴 行 齊 敎因 隱

그대를 장례 지내제, 가르침에 말미암아
O於多支 탄식하며 많은 사람들이 땅을 치다
O齊 곡식을 제수를 올리라
O隱 가엾어 해주시라

- 汝 너 여
- 多 많을 다 [보언]
- 於 탄식하다 오 [보언]
- 支 치다 복 [보언]
- 於多支 오다복 [다음절 보언] 탄식하며 사람들이 땅을 치다.
- 行 장사지내다 행
- 齊 제사에 쓰이는 곡식 자 [보언] 곡식을 제수로 바치다.
- 敎 가르침 교. 효성왕의 유언
- 因 말미암다, 의지하다 인
- 敎因 교인. 가르침에 의지하다
- 隱 가엾어하다 은 [청언]

■ 仰頓 隱 面 矢 改 衣 賜 乎隱冬矢也
우러르고 조아리는 얼굴에게 옷을 바꾸어 주심이야
O隱 가엾게 여겨 주소서
O衣 관복을 입으라
O隱 불쌍히 여겨 주소서
O矢 활을 쏘라
O也 제기의 물로 손을 씻으라
O矢 활을 쏘라
O乎 탄식하라
O冬 북을 치라

- 仰 우러르다 앙
- 頓 조아리다 돈
- 面 얼굴 면. 신충으로 해독
- 矢 활을 쏘다 의 [보언]
- 改 바꾸다 개. 효성왕이 뒤늦게 신충을 중용하다. 즉위 3년 정월 신충을 중시로 중용하였다
- 衣 옷 의 [보언]
- 改衣 [다음절 보언] 바꾸어 준 관복. 즉 중용하다.
- 賜 주다 사
- 乎 감탄사 호 [보언]
- 隱 가엾어 하다 은.~은. [청언]
- 冬 북소리 동 [보언]
- 矢 화살을 쏘다 의 [보언]
- 也 주전자 이 [보언] 제사 중 물을 담아 손을 씻는 제기. 향가에서는 누언 '야'로 발음한 것으로 보인다.

■ 月 羅 理影 攴古

달의 다스림은 그림자처럼 오래도록 드리워질 것이고

O羅 징을 치라　　　　　　　　O攴 몽둥이로 치라

O古 십 대에 걸쳐 입에서 입으로 전하라

•月 달 월. 효성왕을 은유한다　　　•羅 징 라 [보언]
•理 다스리다 리. 다스림으로 해독한다.
•影 그림자 영. 길게 늘어지다
•攴 치다 복 [보언]
•古 십 대에 걸쳐 입에서 입으로 전해지다. ~고 [청언] 다스림의 그림자가 오래도록
　전해지게 해달라

■ 理因 淵 之叱

(그대의) 다스림으로 말미암아 (시신을 화장하여) 바다로 가 뿌립니다

O之 열을 지어 나아가라　　　　　O叱 꾸짖으라

•理 다스리다 리. 다스림, 효성왕의 遺命으로 해독
•因 말미암다, 의지하다 인. 다스림에 따라 앞서 '教因'이 '가르침으로 말미암아'로
　해독 되었듯이, '理因' 역시 '다스림으로 말미암아'로 해독된다.
•淵 못 연. 동해 바다로 해독한다. 《만엽집》 8번가에서는 웅덩이 沼가 바다라는 의
　미로 사용되고 있다. 淵과 沼의 의미는 규모에 있어 작은 웅덩이 급이 아니었다.
　효성왕의 시신은 법류사 남쪽에서 화장하여 유골을 동해에 뿌렸다.
•之 가다 지 [보언] 之는 개인적 이동이 아니라 장례행렬이 움직이는 모습이다. 경
　주 쪽샘 지구 행렬도.
•叱 꾸짖다 [보언]

■ 行 尸 浪

장례를 치르자니 눈물이 흐릅니다

O尸 시신을 보이라

•行 장사지내다 행　　　　　•尸 주검 시 [보언]
•浪 눈물이 흐르다 랑

■ 阿 叱沙矣以攴如攴

저승에 (가시면) 아니 됩니다

O叱 꾸짖으라　　　　　　　　O沙 저승의 뱃사공이 나가라

O矣 활을 쏘라　　　　　　　　O以 따비로 땅을 파라

○攴 몽둥이로 치라　　　○如 맞서라

- •阿 물가 아. 저승배가 떠나는 물가
- •叱 꾸짖다 질 [보언]
- •沙 저승의 뱃사공 [보언]
- •矣 활을 쏘다 의 [보언]
- •以 따비 이 [보언] 상형문자로서 따비나 가래를 본뜬 글자. 따비로 땅을 파다는 의미 [보언]
- •攴 치다 복 [보언]
- •如 맞서다 여. ~여 [청언]
- •攴攴 복복. 땅을 치고 또 치라
- •叱沙矣以攴攴 [다음절 보언] 꾸짖고, 저승의 뱃사공을 꾸짖어 노를 젓지 못하게 한다. 화살을 뱃사공에게 쏘고, 따비로 땅을 파다. 땅을 치고 또 치다.
본 어절 '阿 叱沙矣以攴 如 攴' 8글자 중에서 阿와 如만 빼고 나머지 6글자가 보언으로 짜여 있다.

■ 皃史 沙叱 望
그대를 우러릅니다
○沙 저승의 뱃사공이 나가라
○叱 꾸짖어 배가 떠나지 못하게 하라

- •皃 사당(祠堂) 모
- •史 아름답다 사. 미칭 어미
- •皃史 망인으로 해독된다. 효성왕을 가리키는 말이다.
- •沙 사공 사 [보언] 저승의 뱃사공으로 해독
- •叱 꾸짖다 질 [보언]
- •望 바라다, 기다리다 망. 望月

■ 阿 乃
저승배가 물가를 떠나가네
○乃 노를 저어라

- •阿 물가 아. 저승배가 떠나는 물가.
- •乃 노 젓는 소리 애. 노 젓는 저승바다의 뱃사공 [보언]
- •阿乃 아애. 고해의 바다를 노 저어 아미타불 극락에 가다. 阿+乃=無量壽佛前+乃 (〈원왕생가〉)와 동일한 어휘 구조다.

■ 世理 都之叱 逸 烏隱 第 也
세상을 다스림에 재덕이 뛰어나온 사람이라는 평판이야
○都 탄식하라
○之 열을 지어 나아가라
○叱 꾸짖으라
○烏 탄식하라
○隱 가엾어 해 주소서
○也 제기의 물로 손을 씻으라

• 世 세상 세
• 理 다스리다 리
• 都 감탄사 도 [보언]
• 之 가다 지 [보언]
• 叱 꾸짖다 질 [보언]
• 逸 재덕이 뛰어난 사람 일. 신충을 믿고, 그의 충성심을 알아 보고, 중용하는 등 다스리는 재주가 뛰어나다.
• 烏 환호하다 오 [보언]
• 隱 가엾어하다 은.~은 [청언]
• 逸烏隱 일오은. 누언으로 '재덕이 뛰어나오은'으로 해독.
• 第 품평하다, 평정하다 제. 본 구절 해독은 배경기록의 해당 구절에 따른다. '신충을 잊고 공신으로 평정하지 않았다(忘忠而 不第之).' 평가를 뜻하는 '第'가 향가원문과 배경기록에 공통으로 나오고 있다. 향가 해독에 있어 배경 기록은 결정적 역할을 하고 있다.
• 也 주전자 이 [보언] 제사 중 물을 담아 손을 씻는 제기.
본 어절 世理都之叱逸烏隱第也 10개 문자 중 노랫말은 4글자(世理逸第, 세상을 다스림에 재덕이 뛰어나다는 평가)뿐이고 보언은 5글자(都之叱烏也)이며, 청언은 1글자(隱)이다. 현란한 보언의 구사다.

■ 後句
뒷구절

後句 후구 [다음절 보언]

■ 亡
망실하다.

• 亡 잃다 망. 후구를 망실하다로 해독

6.

안민가(安民歌)

君隱 父 也
臣隱 愛賜 尸 母史 也
民 焉 狂 尸 恨 阿孩 古
爲賜 尸 知
民 是
愛 尸 知 古 如
窟 理 叱 大 肹 生
以 支 所 音 物 生
此 肹 喰 惡 攴 治 良 羅
此 地 肹 捨 遣 只 於冬 是 去 於丁 爲 尸
國 惡 攴 持 以 支 知 古 如
後句
君 如
臣 多 支
民 隱 如 爲內 尸 等 焉
國 惡 太平 恨 音 叱 如

君은 아버지야
臣은 사랑주시는 어머님이야
民은 어리석음을 한탄해야 하는 어여쁜 아이고

民은 君과 臣이 자신들에게 주는 것이라고는 자신들을 시신이 되게 하는 것 뿐
이라고 알고 있습니다

민이 이렇게 알고 있는 것을 바로 잡아야 합니다
君과 臣이 사랑하는 것이 民들의 시신뿐이라고 民이 알고 있게 하면 안 되지여

움집을 다스려 민들을 살게 하라
지탱해 주어 민이 살게 하라
계속해 (민들의) 먹거리를 다스리라

자신들이 계속 끌려 다니다가 땅에 버려지고 저승에 보내어져 나라가 지탱되고
보전되는 것으로 민들이 알고 있으면 아니 되지여

후구

이것은 君 때문이 아니여
신들이 민을 보전해야 한다
시체 더미가 되는 것이 民의 일이 아니도록 해야 한다
民이 자신들의 죽음으로 인해 나라가 태평하다고 한탄하게 하면 안 되겠지여

1) 단서

〈안민가〉는 신라 경덕왕 당시 충담(忠談)이 만든 향가이다. 《삼국유사》 권2 경덕왕 충담사 표훈대덕(景德王 忠談師 表訓大德)조에 작품의 유래에 관한 배경기록과 함께 전한다.

〈안민가〉는 창작일이 명기되었다. 경덕왕 재위 24년인 765년 3월 3일 작품이다. 이날 경덕왕은 귀정문루(歸正門樓)에 올라 신하들에게 누가 영복승[榮服僧: 화려하게(榮) 옷을 입은 승려, 또는 민의 삶을 번영(榮)하게 해 줄 옷을 입은 승려로 해독 가능]을 데려 오겠느냐고 하였다.

고유명사법으로 본 향가의 창작의도를 알 수 있다.

① 귀정문(歸正門)은 현재 정치가 잘못되었으니 '바름으로 돌아가라'는 의미이다.

歸 돌아가다 귀/正 바르다 정
歸正 바름으로 돌아가다

경덕왕 당시 추진했던 한화정책에 대해 말하고 있다. 경덕왕은 한화정책을 추진하면서 이에 반대하는 귀족들과 심각한 갈등을 빚고 있었다. 향가 창작 집단의 입장에서는 한화정책이 귀정(歸正)이었다.

② 영복승(榮服僧)은 민을 번영하게 할 승려를 의미이다.

榮服僧 민을 번영하게 할 옷을 입은 승려
榮 영화, 무성하다 영/服 옷 복/僧 중 승

신하들은 영복승(榮服僧)의 의미를 화려하게 옷을 입은 승려의 의미로 잘못 알아듣고, 위풍이 있는 대덕을 데려왔다. 그러나 왕은 자기가 바라는 민의 삶을 번영하게 할 승려(榮僧)가 아니라고 하며 돌려보냈다.

그러자 신하들이 다시 나가 누더기 옷을 입고 앵통(櫻筒)을 짊어진 중을 데려오자, 왕이 기뻐하며 맞아 이름을 물으니 충담(忠談)이라고 하였다. 사회적 신분이 높은 자가 초라하게 생활하여야 한다는 의미를 담고 있다. 즉 한화정책은 귀족들에게 불리한 것이었다.

왕이 백성을 다스려 편안하게 할 노래(理安民歌)를 지어달라고 요청하니, 충담은 '리안민가(理安民歌)'를 짓지 않고 〈안민가(安民歌)〉를 지어 바쳤다. 백성을 다스림(理)의 대상으로 보지 말고 편안하게 해 줄 대상으로 보라는 뜻이었다.

왕이 충담을 왕사로 봉하였으나 사양하고 떠났다

본 작품은 가혹한 정치로 말미암아 민심이 이반되어 국가가 위기에 처하자 신하들이 백성들을 사랑하게 해달라고 비는 작품이다.
작품 내용으로 보면 백성들이 거주할 집조차 없었고, 먹고 살 양식이 없는 지경에 처해 있어 생계를 유지할 수 없다고 하였다. 더욱이 백성들을 끌어다 부역을 시키는 과정에서 무수한 사람이 죽어 나갔으며, 형을 엄하게 시행해 몽둥이로 쳐 죽이고 있다고 하였다.

이로부터 3개월 후인 6월 경덕왕이 사망하고, 이어 귀족들의 반란이 줄을 이었다. 경덕왕의 한화정책에 대한 반감이 반란으로 표출되기 시작한 것이다. 〈안민가〉는 신라가 반란의 시대로 들어가기 직전에 만들어진 작품이다. 반란 전야의 상황을 짐작하게 한다.

본 작품은 창작시기와 내용, 사용된 어휘로 보아 〈도천수대비가〉와 동일하다. 따라서 작가도 동일할 것으로 추정한다. 〈도천수대비가〉의 작자는 아마도 충담일 것이다. 그렇다면 충담은 〈도천수대비가〉, 〈안민가〉, 〈찬기파랑가〉 세 편의 향가를 창작하였다.

향가는 모두 25편이 전해 온다. 《삼국유사》 14편, 《균여전》에 11편이다. 향가의 작품 수를 가리키는 말로 '장(章)'과 '수(首)'라는 문자가 쓰이고 있었다. 수(首)라는 문자는 시의 편수 등을 말할 때 주로 쓰이고 있다. 필자는 향가가 종합예술의 대본이라는 특수성을 감안해 편수를 표기할 때 쓰는 '편'이라는 용어를 쓰고자 한다.

2) 풀이

■ 君 隱 父 也
군은 아버지야
○隱 民을 가엾어 해 주소서
○也 주전자 물로 손을 씻으라

•君 임금 군
•隱 (民을) 가엾어 하다 은.~은 [청언]
•父 아비 부
•也 주전자 이 [보언] 물을 담아 제사 중 손을 씻는 제기.

■ 臣 隱 愛賜 尸 母史 也
신은 사랑 주시는 어머님이야
○隱 民을 가엾어 해 주소서
○尸 시신을 보이라
○也 주전자 물로 손을 씻으라

•臣 신하 신
•隱 가엾어 하다 은.~은 [청언]
•愛 사랑하다 애
•賜 주다 사
•尸 시체 시 [보언] 향가의 대상인 천지귀신에게 '청(請)'을 들어주지 않으면 시체로 만들어 버릴 것'이라고 위협하고 있다. 초자연적 현상을 《삼국유사》 제5권 감통 제7 월명사 〈도솔가〉 배경기록에서는 '천지귀신', 〈헌화가〉 배경기록에서는 '신물(神物)'이라고 했다. 이하 향가 청언의 대상을 천지귀신 또는 신물(神物)이라고 한다.
•母 어미 모
•史 아름답다 사 [미칭접미사]
•母史 모사. '어머니'로 해독할 것이 아니라, 母의 뒤에 미칭접미사 '사(史)'가 붙어 있기에 '어머님'으로 해독한다.

•也 주전자 이 [보언] 제사 중 물을 담아 손을 씻는 제기

■ 民 焉 狂 尸 恨 阿孩 古
民은 어리석음을 한탄해야 하는 어여쁜 아이고
ㅇ焉 오랑캐가 나가라
ㅇ尸 시신을 보이라
ㅇ古 십 대나 입에서 입으로 전해주소서

•民 백성 민
•焉 오랑캐 이 [보언]
•狂 어리석다 광. 전체 내용으로 보아 '어리석다'로 의미를 확정한다.
•尸 시체 시 [보언]
•恨 한탄하다 한
•阿 아름답다 아
•孩 어린 아이 해
•古 십 대나 입에서 입으로 전하다.~고 [청언] 오래도록 전하다. '民은 어리석음을 한탄해야 하는 예쁜 아해'라는 점을 오래도록 전하라는 의미다.

■ 爲 賜 尸 知
(民은 君과 臣이 자신들에게) 주시는 것을 (자신들이 시신이 되게 하는 것 뿐이라고) 알고 있습니다
ㅇ爲 가장하라
ㅇ尸 시신을 보이라

•爲 가장하다 위 [보언]　　•賜 주다 사
•尸 시체 시 [보언]　　　　•知 알다 지

■ 民是
민(이 이렇게 알고 있는 것)을 바로잡아야 합니다

•民 백성 민　　　　　　　•是 바로잡다 시
•民是 민을 바로 잡다

■ 愛 尸 知 古 如
(君과 臣이) 사랑하시는 것이 (民들의 시신 뿐이라고 民이) 알고 있게 하면 안 되지여
ㅇ尸 시체가 나가라
ㅇ古 십 대나 입에서 입으로 전하라

○如 맞서라

- 愛 사랑하다 애
- ㄕ 시체 시 [보언]
- 知 알다 지
- 古 십 대나 입에서 입으로 전하다.~고 [청언] 君과 臣이 사랑하는 것이 民들의 시
신이 아니라는 점을 오래도록 전하라
- 如 맞서다 여.~여 [청언]

■ 竆理 叱大肹 生
움집을 다스려 (民들을) 살게 하라
○叱大肹 꾸짖는 소리를 크게 울리라

- 竆 움집 굴. '백성들이 사는 집'으로 해독. '굴'은 지금도 '사람들이 사는 곳'이라는
의미로 쓰이고 있다. 읍면동(邑面洞)의 '동(洞)'이 '굴 동(洞)'인 것이다. 사람들이 사
는 곳, 즉 집이다. 의식주 중 주이다.
- 理 다스리다 리
- 叱 꾸짖다 질 [보언]
- 大 크다 대 [보언]
- 肹 소리울리다 힐 [보언]
- 叱大肹 질대힐 [다음절 보언] 꾸짖는 소리를 크게 울리라
- 生 살다 생.

■ 以 支 所音 物生
지탱해 주어 民이 살게 하라
○以 따비로 땅을 파라
○所 관아의 모습을 설치하라
○音 소리를 내라

- 以 따비 이 [보언] 상형문자로서 따비나 가래를 본뜬 글자. 따비로 땅을 파다는
의미
- 支 지탱하다 지
- 所 관아 소 [보언]
- 音 음률 음 [보언]
- 物 사람 물. 향가에는 물(物)이 '사람'이라는 뜻으로 해독해야 하는 경우가 여러
곳 있다. 신윤복(申潤福)의 '미인도' 제화에 나오는 '붓끝으로 사람의 정신을 전하
다(筆端能與物傳神)'에서도 '물(物)'이 '사람'의 의미로 쓰이고 있다.
- 生 살다 생

■ 此 肹 喰 惡支 治 良羅

계속해 (민들의) 먹거리를 다스리라

O肹 소리를 울리라

O惡攴 죄인을 매로 쳐 죽이라

O良 길하라

O羅 징을 치라=형장의 징소리

- 此 계속 이어지는 발자국 차
- 肹 소리 울리다 힐 [보언]
- 喰 저녁밥 손. 의미가 확장되어 양식으로 해독. 의식주 중 식에 해당한다.
- 惡 죄인을 형벌로써 죽이다 악 [보언]
- 攴 치다 복 [보언]
- 惡攴 악복 [다음절 보언] 죄인을 형벌로써 쳐 죽이다
- 治 다스리다 치
- 良 길하다 라. ~라 [청언]
- 羅 징 라 ~라 [보언] 형장에서 사형을 집행하라는 신호로서의 징소리다.

■ 此地 肹 捨遣 只

(자신들이 계속 끌려 다니다가) 땅에 버려지고 (저승에) 보내어져

O肹 소리를 울리라

O只 과부가 나가라

- 此 계속 이어지는 발자국 [보언] • 地 땅 지
- 肹 소리 울리다 힐 [보언] • 捨 버릴 사
- 遣 보내다 견. 바로 뒤에 只이 나오는 것으로 보아 저승에 보내다로 해독한다.
- 捨遣 사견. 땅에 버려지고 저승에 보내진다.
- 只 외짝 척 [보언] 죽여 처를 외짝(과부)으로 만들어 버리겠다.

■ 於冬是去 於丁爲尸

O於冬是去 於丁爲尸 북 소리 이에 죽어가고 징소리에 시체가 되라

※문장 전체가 보언이다. 문장이 정격 한문으로 표기되어 있다.

- 於 ~에서 어 • 冬 북소리 동
- 是 이에 시 • 去 죽이다 거
- 於 ~에
- 丁 소리의 형용 정. 중국 발음으로 딩(ding). 징소리로 해독한다. 북소리는 진격의 신호고, 징소리는 후퇴를 지시하는 신호로 쓰이고 있음을 알 수 있다. 즉 冬과 丁이 전쟁터에서 군사를 운용하는 신호이다.

• 於丁 어정
• 爲 되다 위
• 尸 주검 시
• 於冬是去 於丁爲尸 어동시거 어정위시 [문장 보언] 북소리에 죽어가고, 징소리에 시체가 되다

■ 國 惡支 持 以 支知 古 如
나라가 지탱되고 보전되는 것으로 알고 있으면 안 되지여
○惡支 죄인을 매로 쳐 죽이라
○以 따비로 땅을 파라
○古 오래도록 전하라
○如 맞서 주시라

• 國 나라 국
• 惡 무거운 형벌로써 죽이다 악 [보언]
• 支 치다 복 [보언]
• 惡支 악복 [다음절 보언] 무거운 형벌로써 쳐 죽이다.
• 持 지탱하다 지   • 以 따비 이 [보언]
• 支 보전하다 지
• 持支 지지. 지탱되고 보전하다로 해독하다.
• 知 알다 지
• 古 십 대가 입에서 입으로 전하다 고 [청언] 民들이 자신들의 희생으로 나라가 지탱된다고 알지 않도록 오래도록 전하라
• 如 맞서다 여.~여 [청언]

■ 後句
후구

• 後 뒤 후   • 句 구절 구
• 後句 후구 [다음절 보언] 뒷구절

■ 君 如
(이것은) 군 때문이 아니여 (=신하들 때문이다).
○如 맞서달라
※君은 민을 위하고자 하나 신들이 반대하고 있다.

• 君 임금 군   • 如 맞서다 여 [청언]

■ 臣 多 支

신하들이 民을 보전해야 한다

• 臣 신하 신
• 多 많다 다 [보언] 많은 신하
• 支 보전하다 지

■ 民 隱如 爲內尸等焉

(시체더미가 되는 것이) 民의 일이 아니도록 해야 한다(=민이 죽지 않도록 해야 한다)

○隱 가엾어 해 주소서 　　 ○如 맞서달라

○內 강안으로 배가 나가라

○尸 시체더미를 보이라

○等焉 오랑캐 무리가 나가라

• 民 백성 민　　　　　　　　　• 隱 가엾어하다 은.~은 [청언]
• 如 맞서다 여 [청언]　　　　　• 爲 가장하다 위 [보언]
• 內 안 내 [보언]　　　　　　　• 尸 시체 시 [보언]
• 等 무리 등 [보언]　　　　　　• 焉 오랑캐 이 [보언]

■ 國 惡 太平恨 音叱如

(民이 자신들의 죽음으로 인해) 나라가 태평하다고 한탄하게 하면 안 되겠지여.

○惡 죄인을 형벌로써 죽이라

○音 소리를 내라

○叱 꾸짖으라

○如 맞서달라

• 國 나라 국
• 惡 죄인을 형벌로써 죽이다 악 [보언]
• 太 크다 태　　　　　　　　　• 平 편안하다 평
• 恨 한탄 한　　　　　　　　　• 音 음률 음 [보언]
• 叱 꾸짖다 질 [보언]　　　　　• 如 맞서다 여 [청언]

7.
우적가(遇賊歌)

自矣 心 米 皃史 毛達 只 將來 呑隱

日遠鳥逸 □□ 過出 知遣
今呑 藪米 去遣省 如
但非乎隱焉 破□主次弗□史
內於都 還 於尸 朗也

此 兵 物叱 沙 過乎
好尸曰沙 也 內乎 呑尼
阿耶
唯只 伊吾 音之叱 恨隱
㫆陵 隱 安攴
尙宅 都乎隱 以多

죽음의 문턱에 이르렀음에도 마음이 그것을 안중에 두지 아니함은

(망실 문자로 인해 해독불가)

계속해서 군사들이 쓰는 무기를 들고 다니는 사람은 관군에게 토벌당하는 재앙을 맞게 된다
재물을 좋아 함이란 가로되 스스로도 안중에 두지 말아야 하고, 남에게도 말려야 하는 것이로다
아미타불이여

오로지 너희들에 대해 내가 한탄함은
물과 언덕의 삶을 어찌하고
오히려 무덤에 묻히려는가 하는 것이로다.

1) 단서

신라 원성왕(재위 785~798)대 작품이다.

원성왕은 혜공왕(재위 765~780) 때에 이찬의 직위에 있었다. 780년
상대등 김양상과 이찬 김지정이 일으킨 반란을 진압했다. 반란의 과
정에서 혜공왕이 난병에게 살해되자 김양상이 선덕왕(재위 780~785)
으로 왕위에 올랐다. 785년 정월 선덕왕이 병으로 죽자 뒤를 이어 왕
위에 올랐다.

본 작품은 원성왕 당시 연이어 기근이 들자 농민들이 도적이 되어
떠돌던 국가적 위기상황을 반영한다.

2~3년마다 대규모의 기근이 휩쓸었다. 살 수 없게 된 농민들이 유
리걸식하다가 떼도둑이 되었을 것으로 보인다. 《삼국사기》에 기록된
당시의 주요한 재해는 다음과 같다.

786년 경주 일대에 기근이 들자 두 차례에 걸쳐 6만여 석의 곡식을
백성에게 나눠주었다.

789년 한산주(황해도, 경기도, 충청도 일부)에 기근이 들자 그곳 백성
들에게 곡식을 나누어 주었다.

790년 큰 가뭄이 들어 한산주와 웅천주(공주 일대)의 백성들에게

곡식을 나누어 주었다.

796년 경주에 기근이 들고 전염병이 돌자 창고를 풀어 백성을 구제했다.

작자 영재(永才)는 재물에 얽매이지 않고(不累於物), 향가를 잘했다(善鄕歌).

영재 스님이 말년에 남악(南岳)에 은거하기 위해 길을 가다가 대현령(大峴嶺)에 이르렀을 때 60여 명의 도적을 만났다. 영재는 칼날 앞에서도 두려워하는 기색이 없이 태연하게 임하였다. 도둑들이 향가를 잘하는 영재 스님을 알아보고 향가를 지어 달라고 했다. 이에 영재 스님이 본 향가를 지었다.

도둑들이 감동하여 비단 2단을 주려 하였다. 그러나 영재스님은 '나는 재물이 지옥으로 가는 근본임을 알고, 이제 이를 피해 깊은 산속으로 들어가 여생을 마치려 하는데 어찌 이런 것을 받겠는가'하며 그것을 땅에 버렸다.

도둑들이 그 말을 듣고 감동하여 칼(鈒)과 창(戈)을 버리고 머리를 깎고 스님의 제자가 되어 함께 지리산으로 들어가 다시는 세상에 나오지 않았다.

고유명사법이 쓰이고 있다.

영재(永才)=읊다 영(永)+재능이 있는 사람 재(才)

'향가를 짓고 읊는 데 재능이 있는 사람'이란 뜻이다.

본 작품에는 청언 '은(隱)'이 다섯 개나 사용되고 있다. 隱隱隱隱隱이다. 물욕을 탐하는 도적들을 불쌍하게 여겨달라는 뜻이다.

결국 재물을 탐하게 하는 귀신은 노랫말 속에 감추어진 청언에 의해 굴복하였다. '도적들이 향가에 감동하여 머리를 깎고 스님을 따라가 다시는 세상에 뛰어들지 않았다(不復蹈世)'라는 구절이 이를 입증한다.

2) 풀이

■ 自矣 心 米 皃史 毛 達 只 將來 呑 隱
마음이 사당에 모셔짐에 이르게 됨을 안중에 두지 아니함은

○自 눈물 콧물을 흘리라
○矣 활로 쏘라
○米 쌀을 올리라
○毛 털배우들이 나가라
○只 과부가 나가라
○將 저승사자가 나가라
○來 보리를 올리라
○隱 가없어 해 주소서

- 自 코 비 [보언] 自자의 본래 의미는 '코'였다. 鼻의 古字이다. 슬퍼 눈물·콧물을 흘리라.
- 矣 활을 쏘다 의 [보언]
- 米 쌀 미 [보언]
- 心 마음 심
- 皃 사당 모
- 史 아름답다 사 [미칭접미사]
- 皃史 '죽은 사람을 모신 사당'으로 해독된다.
- 毛 털 모. [보언] 털이 난 배우들
- 達 장소나 시간에 이르다 달
- 皃史達 모사달. 죽음의 문턱에 이르다
- 只 외짝 척 [보언]
- 將 장수 장 [보언] 현대의 저승사자
- 來 보리 래 [보언] 제수
- 呑 안중에 두지 아니하다 탄. 배경기록에 따르면 도적이 칼날을 들이대었으나 두려운 빛이 없이 기쁘고 좋다(臨刀無懼色怡然)는 표정을 지었다고 했다.

•隱 가엾어하다 은. ~은 [청언]

■ 日遠鳥逸 □□ 過 出 知遣
今 呑 藪米 去遣省 如
但非乎隱焉 破□主次弗□史
内於都 還 於尸 朗也
※ 38개의 향가 문자는 해독하지 않는다. 잃은 4개의 문자로 인해 이 부분에 대한
  해독은 추정에 불과할 것이기 때문이다.

•内 안 내 [보언]　　　　　•於 탄식하다 오 [보언]
•都 아아 감탄사 도 [보언]

•還 물러나다 환　　　　　•於 탄식하다 오 [보언]
•尸 시체 시 [보언]　　　　•朗 유쾌하고 활달하다 랑
•也 주전자 이 [보언] 제사 중 물을 담아 손을 씻는 제기

■ 此兵物 叱沙 過 乎
계속해서 군사들이 쓰는 무기를 들고 다니는 사람은 (관군에게 토벌당하는) 재앙
을 맞게 된다
○叱 꾸짖으라
○沙 뱃사공이 나가라
○乎 탄식하라

•此 계속 이어지는 발자국 차 [보언]
•兵 병사, 군사 병　　　　•物 사람 물건 물
•叱 꾸짖다 질 [보언]　　•沙 사공 사 [보언]
•叱沙 질사. 여기에서는 조정의 질책이 있게 될 것이고, 병사가 내려와 도적을 소
  탕하여, 죽어 영혼이 저승으로 간다.
•過 재앙 화. 배경 설화에 재물을 '지옥으로 가는 근본'이라 했다. 知財賄之爲地獄
  根本.
•也 주전자 이 [보언] 제사 중 물을 담아 손을 씻는 제기. 계속 떼도둑질을 하면,
  결국 토벌군을 불러들여 죽게 될 것이다.

■ 好 尸 日 沙也 内乎 呑尼
(재물을) 좋아함이란 가로되 (스스로도) 안중에 두지 말아야 하고, (남에게도) 말
려야 하는 것이로다
○尸 시체가 나가라

○沙 저승의 뱃사공이 나가라
○也 제기의 물로 손을 씻으라
○內 저승배가 강안으로 떠나라
○乎 탄식하라

• 好 좋아하다 호. 물욕으로 해독한다.
• 尸 시체 시 [보언]
• 曰 말하다 왈
• 沙 사공 사 [보언]
• 也 주전자 이 [보언] 제사 중 물을 담아 손을 씻는 제기.
• 內 안 내 [보언] 저승배가 강안으로 떠나다.
• 乎 감탄사 호 [보언]
• 呑 안중에 두지 않다 탄
• 尼 말리다 닐. <제망매가>에도 尼이 나온다.

■ 阿 耶
아미타불이여
○耶 구천에 떠도는 귀신이 나가라

• 阿 아름답다, 물가 아. 아미타불. 저승배가 떠나는 물가.
• 耶 사특하다 사. 耶=邪. 요사한 귀신. 耶는 邪(간사할 사)가 잘못 변이된 글자로
  보기도 한다. 소전에서는 耶와 邪가 매우 비슷하게 그려졌었기 때문이다. 네이버
  한자사전.

■ 唯 只 伊吾 音之叱 恨 隱
오로지 너희들에 대해 내가 한탄함은
○只 과부가 나가라
○音 소리를 내라
○之 열지어 나아가라
○叱 꾸짖으라
○隱 가엾어 해 주소서

• 唯 오직 유
• 只 외짝 척 [보언]
• 伊 너 이. 복수명사로 해독한다
• 吾 나 오
• 音 소리 음 [보언]

• 之 가다 지 [보언] 경주 쪽샘 지구에서 발굴된 행렬도에 여러 명이 행렬을 짓고 가는 모습이 나온다.
• 叱 꾸짖다 질 [보언]
• 恨 몹시 억울하거나 원통하여 원망스럽게 생각하다 한
• 隱 가엾어 하다 은. ~은 [청언]

■ 潽陵 隱 安 攴
물과 언덕의 삶을 어찌하고
○隱 가엾어 해 주소서
○攴 몽둥이로 치다

• 潽 물 이름 보
• 陵 큰 언덕 릉
• 潽陵 떼도둑들이 욕심을 버리고 자연에 사는 삶을 말한다. 배경기록에 따르면 潽陵의 예로 窮山, 南岳, 智異山이 나온다.
• 隱 가엾어 하다 은. ~은 [청언]
• 安 어찌 안
• 攴 치다 복 [보언]

■ 尙宅 都乎隱以多
오히려 무덤에 (묻히려는가 하는 것이로다)
○都 탄식하라
○乎 탄식하라
○隱 가엾어 해주시라
○以 따비로 땅을 파라
○多 많은 사람이 나가라

• 尙 오히려 상
• 宅 무덤, 묘지 택
• 都 감탄사 도 [보언]
• 乎 감탄사 호 [보언]
• 隱 가엾어하다 은. ~은 [청언]
• 以 따비 이 [보언] 상형문자로서 따비나 가래를 본뜬 글자. 따비로 땅을 파다는 의미
• 多 많다 다 [보언] 많은 사람

8

원왕생가(願往生歌)

月下 伊 底 亦 西方念 丁去賜 里

遣 無量壽佛前 乃

惱 叱古音 (鄕言云報言也) 多可支 白 遣賜 立

誓 音 深史 隱 尊 衣 希仰 支

兩手集 刀 花 乎 白 良

願往生 願往生 慕人 有 如

白遣賜 立

阿 邪

此 身 遣 也 置 遣

四十八大願 成 遣賜 去

달 아래 네가 사는 세상 또한 서방정토라 생각하고 장정들에게 가주어야 하리

보내주어야 하리, 무량수불 앞에

번뇌하는 이들을 극락에 보내주어야 하리

서원하여야 하리

심오하신 이치는 공경하고 바라고 우러러야 하리

두 손 모아 자르니 꽃이 빛나라

원왕생 원왕생 그리워하는 사람들이 아직도 있으면 아니 되리

장정들을 극락에 보내주어야 하리

아미타불이여

계속하여 몸을 이 세상에 남겨 두고 장정들을 아미타불에게 보내주어야 하리

아미타불에게 보내주러 가야 하리

1) 단서

본 작품은 향가 해독사에 남아야 할 정도로 중요한 작품이다.

① 첫 구절 '월하이저역서방념(月下伊底亦西方念)'에 착안하여 향가 문자가 표의문자로 기능한다는 가설을 수립할 수 있었다.

② 원문 중 '향언운보언야(鄕言云報言也)'라는 구절이 향가 문장에 보언이라는 문자그룹이 존재함을 알게 해주는 단서가 되었다.

③ '무량수불전애(無量壽佛前乃)'에서는 '애(乃)'가 보언이며, 보언이 연극의 지문에 해당된다는 사실을 알게 해주었다. 향가가 시가 아니고 종합무대 예술의 대본이었던 것이다.

본 작품 속 위 세 가지 구절들이 향가의 구조를 이해하게 하는 결정적 돌파구가 되어주었다.

배경기록에 따르면 광덕(廣德)과 엄장(嚴莊)은 친구로서 재가 불자였다. 어느 날 광덕이 극락왕생하였다.

엄장이 그의 처에게 자신과 같이 지낼 것을 요구하자 그의 처는 승락하였다. 엄장이 그의 처를 저녁에 가까이 하려하자 처가 거부하며 말했다.

"광덕은 10여 년의 결혼생활 중 한 번도 더러운 짓을 하지 않고 수행에 전념하여 극락왕생하였다, 당신은 극락왕생이 불가능할 것이다."

엄장은 크게 반성하고 가까이 지내던 원효대사를 찾아가 수행법을 청하였고 열심히 수행하여 마침내 엄장도 극락왕생하였다.

광덕이 가지고 있던 향가다.

내용으로 보아 본 작품은 원효대사가 만든 것으로 추정한다.

고유명사가 두 개 나온다.

① 광덕(廣德)의 이름은 덕광(德廣)을 거꾸로 해놓은 것이다. 향가 작자가 의도적으로 뒤집어 놓았다. 덕광(德廣)의 이름을 한자의 뜻으로 풀면 '덕이 넓다'라는 뜻이다. 장정들에게 가 무량수불에게 보내주는 등 널리 베풀어야 함에도 자기 혼자 수도하여 극락에 가버려 처와 친구 간에 불미스러운 일이 일어났다는 뜻을 담고 있다.

② 엄장(嚴莊)은 장엄(莊嚴)을 거꾸로 해놓은 것이다. 장엄(莊嚴)이란 수행자가 법력과 덕행을 갖춘다는 뜻이다. 엄장은 친구 광덕이 죽자 그의 처를 가까이 하려 했다. 그는 이러한 불자였지만 이후 크게 수행에 매진하여 극락왕생할 수 있었다.

본 작품의 취지는 불자들은 자신만의 극락왕생이 아니라 모든 중생들을 극락왕생할 수 있도록 베풀어야 한다는 취지이다. 배경설화의 광덕과 엄장처럼 하면 안된다는 뜻의 작품이다.

2) 풀이

■ 月下伊底亦西方念丁去賜 里
달 아래 네가 사는 세상 또한 서방정토라 생각하고 장정들에게 가주어야 하리
○里 이웃이 되게 해주소서

• 月 달 월
• 下 아래 하
• 伊 너 이
• 底 밑 저
• 亦 또한 역
• 西方 서방. 서방정토로 해독
• 念 생각하다 염. 자신의 극락왕생에 앞서 달 아래 세상을 서방정토라고 생각하고, 세상에 남아 모든 중생을 구제하겠다.

•丁 장정 정. 19~59세의 남자(신라 장적문서)
•去 가다 거
•賜 주다 사
•里 이웃 리. ~리. [청언] 장정들과 이웃이 되게 해 달라 里猶鄰也(논어)=里는 鄰과 같다.

■ 遣無量壽佛前 乃
보내주어야 하리, 무량수불 앞애
ㅇ乃 노를 저어라

•遣 보내다 견. 〈모죽지랑가〉 배경기록에서 '遣'이 '관리를 보내 익선을 잡으려 하였다(遣使取益宣)', '내쫓아 보내다(黜遣)'에서 보듯 '보내다'라는 의미로 사용되고 있다.
•無量壽佛 무량수불. 아미타불
•前 앞 전
•乃 노 젓는 소리 애 [보언]

■ 惱 叱古音 (鄉言云 報言也) 多可支 白遣賜 立
번뇌하는 이들을 극락에 보내주어야 하리
ㅇ叱 꾸짖으라
ㅇ古 오래도록 입에서 입으로 전하라
ㅇ音 소리를 내라
ㅇ多可支 많은 칸이 나가 매로 치라
ㅇ立 낟알을 제수로 바치라

•惱 번뇌하다 뇌
•叱 꾸짖다 질 [보언]
•古 십 대나 입에서 입으로 전하라라 고 [청언]
•音 소리 음 [보언]
•鄉 태어난 곳 향. 향가로 해독한다.
•言 말씀 언
•鄉言 향언. '향가 용어'로 해독. 향(鄉)을 '우리나라 말'로 보기보다 '향가'라는 뜻으로 보는 것이 타당하다.
•云 이르다 운
•報 알리다 보. 〈원왕생가〉 배경기록 '窓外有聲報云'에서 '報'가 '알리다'의 의미로 사용되고 있다.

- 言 말씀 언
- 也 어조사 야
- 鄕言云報言也=향가 용어로는 보언이다. 본 협주는 앞의 '叱古音'을 수식하고 있다. 본 협주를 기록한 이는 《삼국유사》의 저자인 일연으로 본다.
- 報言 [보언] 작자가 향가 연출자들에게 지정된 소리나 행동을 하라고 알리는 지시어다.
- 多 많다 다 [보언]
- 叿 오랑캐 임금의 이름 극 [보언] 叿은 可汗의 약자다. 돌궐제국 왕의 칭호는 칸(可汗)이었다. 역대 칸 중 한족에게 가장 위협적인 인물이 '묵철'이라는 칸이었다. 그는 한고조 유방을 백등산에 포위하여 사지로 몰아넣기도 해 공포의 대상이 되었다. 칸으로 분장한 배우를 보내 천지귀신을 위협하게 한 것이다. 향가를 연출하는 이에게 지시하고 있는 문자이다.
- 攴 치다 복 [보언] '몽둥이로 치다'라는 형상을 가진 글자이다. '몽둥이로써 치다(以杖打)'를 한 글자로 쓴 글자다.
- 多可攴 [다음절 보언] 많은 칸으로 하여금 치게 하라
- 白 밝다 백. 轉注로 확장하여 '극락'으로 해독한다. 無明이 가득찬 사바세계의 반대이다. 본 향가에서 白은 두 가지 의미로 사용된다. '극락'과 '빛나다'라는 의미가 그것이다.
- 遣 보내다 견
- 白遣 백견. 극락에 보내다
- 賜 주다 사
- 立 껍질을 벗기지 아니한 곡식의 알 립 [보언] 제수를 바치다. 중국발음으로는 '리'이다. '보내주리'로 읽으라 하여 누언을 암시하고 있다. 향가 전반을 살펴보면 米(쌀), 立(낟알), 齊(제사에 쓰이는 곡식), 來(보리), 有(고기) 등이 제의 행위에서 제수의 의미로 쓰이고 있다. 제수를 담는 제기의 의미로는 豆, 卺 등이 쓰이고 있다.

■ 誓 音
서원하여야 하리
○音 소리를 내라

- 誓 서원하다 서
- 音 소리 음 [보언]

■ 深 史 隱 尊 衣 希 仰 攴
심오한 이치를 담은 불법은 공경하고 바라고 우러러야 하리
○隱 가엾어 해주소서
○衣 가사를 입고 나가라

○攴 매로 치라

- •深 심오한 이치 심
- •史 아름답다 사. 미칭접미사로 쓰였다.
- •隱 가엾어하다 은.~은 [청언]
- •尊 공경하다 존
- •衣 옷 의 [보언] 승려의 가사로 해독
- •希 바라다 희
- •仰 우러러 보다 앙
- •攴 치다 복 [보언] 《삼국유사》 수로부인조(水路夫人條)에 따르면 "以杖打"라 하여 순정공이 사람들을 불러모아 몽둥이로 땅을 치게 하고 있다. 이러한 고대인들의 행위가 향가에서 '치다 복(攴)'이라는 글자로 수렴되고 있는 것으로 보인다. 초자 연적 현상에게 '청(請)'을 들어주지 않을 경우 몽둥이로 칠 것'이라고 위협하는 동작이다.

■ 兩手集 刀 花 乎 白 良
두 손 모아 자르니 꽃이 빛나라
○刀 칼로 자르라
○乎 감탄하라
○良 길하라

- •兩 두 양
- •手 손 수
- •集 모으다 집
- •刀 칼 도 [보언] 칼로 꽃을 베어 빛남을 보이라 염화시중의 미소를 말하고 있다. 칼은 검(劍)과 도(刀)라는 두 종류로 구분된다. 검(劍)은 찌를 때 사용하고, 도(刀)는 베는 용이다.
- •花 꽃 화. 불법을 은유한다.
- •乎 감탄사 호 [보언] '불법이란 얼마나 아름다운가'라고 감탄하라
- •白 빛나다 백
- •花白 꽃이 빛나라. 불법을 꽃으로 은유했다. '염화시중(拈花示衆)'이라는 말에서도 불법의 아름다움을 꽃으로 은유했다.
- •良 길하다 라. ~라 [청언] 향가시대 '良'은 '라'로 읽힌 것으로 판단한다. 사례는 가야국의 이름 가량국(加良國)이 가라국(加羅國)으로도 표기되고 있다. 일본 역시 '나량(奈良)'을 '나라'라고 하는 것에서 그 흔적을 볼 수 있다.

■ 願往生 願往生 慕人 有如

원왕생 원왕생 그리워하는 사람들이 아직도 있음이여?(있으면 아니된다)
○有 고기제수를 올리라
○如 맞서라

- 願 원하다 원
- 往 가다 왕
- 生 낳다 생
- 願往生 원왕생. 죽은 후 극락세계로 가 태어나기를 원하다.
- 慕 그리다 모
- 人 사람 인
- 有 값비싼 고기를 손에 쥐다 유 [보언]
- 如 맞서다 여. ~여 [청언]
- 慕人有如 모두 극락에 가 그리워하는 사람들이 없어야 하는데 아직도 있는 것
  이여?

■ 白遣賜 立
(원왕생 원왕생 그리워하는 사람들을) 극락에 보내주어야 하리
○立 낟알을 바치라

- 白 밝다. 무명의 반대
- 遣 보내다 견
- 賜 주다 사
- 立 낟알 립 [보언] 제수를 곡식으로 차리다

■ 阿邪
아미타불이여
○邪 요사한 귀신이 나가라

- 阿 아미타불의 생략형. 물가 아. 저승배가 떠나는 물가
- 邪 요사한 귀신 사 [보언] 죽은 후 극락에 가지 못하고 구천을 떠돌고 있는 영혼
  으로 해독

■ 此身遣 也 置遣
계속하여 몸을 (이 세상에) 남겨 두고 장정들을 (아미타불에게) 보내주어야 하리
○也 제기 그릇의 물로 손을 씻으라

- 此 계속 이어지는 발자국 차

- 身 몸 신
- 遺 남기다 유
- 也 주전자 이 [보언] 제사 중 물을 담아 손을 씻는 제기
- 置 두다 치
- 遣 보내다 견 '장정을 무량수불=아미타불이 계시는 극락으로 보내다'로 해독한다.

■ 四十八大願 成 遣賜去
아미타불에게 보내주러 가야 하리
○成 길제를 올리라

- 四十八大願 사십팔대원. 무량수불의 48가지 근본이 되는 서원. 아미타불(무량수불)로 해독한다. 이는 覺樹王=석가모니 부처님으로 해독하는 원리이다.
- 成 길제 성 [보언] 제사의 한 종류   •遣 보내다 견
- 賜 주다 사
- 去 가다 거

제망매가(祭亡妹歌)

生死路 隱 此 矣有

阿 米 次 肹 伊遣

吾 隱 去 內 如辞 叱 都

毛如 云遣

去 內尼叱古

於內 秋察 早 隱 風未 此 矣 彼 矣 浮良 落 尸 葉 如

一等 隱 枝 良 出 古

去 奴 隱 處 毛 冬乎丁

阿 也 彌陁刹 良 逢 乎

吾道修 良

待是 古如

삶과 죽음의 길에는 사람들의 발자국이
계속 이어지고 있나니

아미타불에게 그대를 보낸다
누이가 '내가 죽는 것은 아니겠지요?'라고 말했으나 누이는 죽고 말았다네
'누이가 이렇게 죽는 것은 나이순이 아니지 않는가'라고 말하며 나는 그대를 보
내야 했네

그대가 가는 것을 말렸다네
어느 가을철 이른 바람이 분 것이 아닌데도 계속해서 이리 저리 떠올랐다 떨어
지는 나뭇잎같이 지면 아니 되지

하나의 같은 가지로부터 나왔으니
죽는 병에 걸리는 것은 나이 순에 따라야 하리

아미타불이시여, 누이의 영혼을 맞이해 주오
나 아미타불에게 가는 길을 닦으리라
아미타불께서 누이를 맞이해 주시기를 기다리고만 있다면 옳지 않으리

1) 단서

신라 경덕왕 때(재위 742~765) 월명(月明) 스님이 누이가 자신에 앞서 죽는 것을 지켜보면서 만든 작품이다.

작자이름 월명(月明)은 고유명사법에 의해 작명되었다.

月=세월 월/明='질서가 서다 명

세월의 질서가 있게 해달라는 의미를 가지고 있다.
사람이 태어났다가 죽는 데에도 질서가 있어야 한다. 먼저 태어난 자가 먼저 죽는 것이 세월의 질서다. 월명이라는 한자에는 이러한 의미가 담겨 있고, 이를 작자의 이름으로 했다.

본 작품은 경덕왕 때 만들어졌다.
경덕왕 15년(755) 나라에 큰 흉년이 들고 전염병까지 퍼져 고을마다 백성들이 굶주리고 병들어 죽는 일이 빈번했다(《삼국사기》 권48 열전 8 향덕).

역병은 호열자(콜레라)로 판단된다. 늦여름에 대규모로 창궐하는 전염병은 호열자이다. 역사서에까지 기록된 질병의 해, 〈제망매가〉는 바로 이해에 만들어졌을 것이다.

〈제망매가〉는 언뜻 보면 철저히 개인적 슬픔을 다룬 작품이다. 그러나 국난극복을 주제로 하는 신라 향가집 《삼대목》에서 뽑아냈을 가능성 등을 고려한다면 〈제망매가〉는 월명스님 가족사에 국한된 작품으로 볼 수 없다.

당시 유행하던 콜레라균에 의한 대규모 인원의 사망에 따른 사회적 혼란 극복이라는 목적을 가진 작품으로 판단된다.

2) 풀이

■ 生死路 隱 此 矣有
삶과 죽음의 길에는 사람들의 발자국이 계속
이어지고 있나니
○隱 가엾게 여겨 주소서
○矣 활을 쏘라
○有 고기제수를 바치라

- 生 낳다 생
- 死 죽다 사
- 路 길 로
- 隱 가엾어하다 은.~은 [청언]
- 此 계속하여 이어지는 발자국 차. 계속하여 발자국이 이어진다. 당시 콜레라 유행으로 많은 사람이 죽고 있었던 것으로 보인다.
- 矣 활을 쏘다 의 [보언] 강조점을 적시하는 기능을 한다. 적시하고 있는 것은 '계속하여 이어지는 발자국'이다.
- 有 값비싼 고기를 손에 쥐다 유 [보언]

■ 阿 米次肹 伊遣

아미타불에게 그대를 보낸다

○米 쌀을 바치라

○次 빈소를 설치하라

○肹 소리를 울리라

• 阿 아미타불의 생략형 아

• 米 쌀 미 [보언]

• 次 빈소 차 [보언]

• 肹 소리 울리다 힐 [보언]

• 阿米次肹 누언으로는 아미타불이다.

• 伊 녀 이

• 遣 보내다 견

■ 吾 隱 去 內如 辭 叱都

(누이가) '내가 죽는 것은 아니겠지요?'라고 말했으나 (누이는 죽고 말았다네)

○隱 가엾어 해 주소서

○內 저승배가 강안으로 떠나가라

○如 맞서달라

○叱 꾸짖으라

○都 탄식하라

• 吾 나 오. 누이동생

• 隱 가엾어하다 은.~은 [청언]   • 去 죽다 거

• 內 안 내 [보언]   • 如 맞서다 여.~여 [청언]

• 辭 말하다 사   • 叱 꾸짖다 질 [보언]

• 都 감탄사 도 [보언]

■ 毛如 云遣

사람이 '(이렇게 죽는 것은) 나이 순이 아니지 않는가'라고 말하며 나는 그대를 보내었다.

○如 맞서 달라

• 毛 나이의 차례 모. 죽음의 순서란 나이 먹은 자가 나이 어린 자보다 먼저 죽어야 한다는 순서

• 如 맞서다 여.~여 [청언]

• 云 말하다 운   • 遣 보내다 견

■ 去 內尼叱 古

(그대가) 가는 것을 말렸고

ㅇ內 배가 강안으로 나가라

ㅇ叱 꾸짖으라

ㅇ古 오래도록 전해 달라

- 去 가다 거
- 尼 말리다, 저지하다 닐
- 古 십 대나 입에서 입으로 전하다 고. ~고 [청언]

- 內 안 내 [보언]
- 叱 꾸짖다 질 [보언]

■ 於內 秋察 早 隱 風未此 矣 彼 矣 浮 良 落 尸 葉如

(어느 가을철) 이른 바람이 분 것이 아닌데도 계속해 (이리) 저리 떠올랐다 떨어지는 나뭇잎 같이 지면 아니 되지

ㅇ於 탄식하라

ㅇ內 배가 강안으로 떠나라

ㅇ秋察 추상같이 살펴보라(이른 바람이 불고 있는지를 추상같이 살펴보라)

ㅇ隱 가엾게 여겨 주소서

ㅇ矣 활을 겨누어 쏘라

ㅇ良 길하라

ㅇ尸 시체가 나가라

- 於 탄식하다 오 [보언]
- 秋 가을 추 [보언] 추관(秋官)은 중국 주나라 육관의 하나다. 형률(刑律)을 관장하였다. 조선의 형조에 해당한다.
- 察 살피다 찰 [보언]
- 秋察 [다음절 보언] 추관에게 시켜 조사하다. 죄인을 엄히 취조하는 장면을 연기하라는 지시어다.
- 早 이르다 조
- 隱 가엾어하다 은.~은 [청언]
- 風 바람 풍
- 未 아직 ~하지 못하다 미
- 早隱風未 이른 바람이 분 것이 아직 아님에도. 초가을이 오기 전 여름철의 대표적 전염병인 콜레라 유행으로 본다.
- 此 이, 계속 이어지는 발자국 차
- 矣 활을 쏘다 의 [보언]
- 矣 활을 쏘다 의 [보언]

- 內 안 내 [보언] 강의 안

- 彼 저 피
- 浮 떠오르다 부

- 良 길하다 라.~라 [청언]
- 落 떨어지다 락
- 浮良落 부라락. '떠올라 떨어지다'로 풀이된다.
- 尸 시체 시 [보언]　　　　　　　　- 葉 나뭇잎 엽
- 如 맞서다 여.~여 [청언]

■ 一等 隱 枝 良 出 古
하나의 같은 가지로부터 나왔고
○隱 가엾어 해 주소서
○良 길하라
○古 십 대나 입에서 입으로 전하라

- 一 한 일
- 等 같다 등. '무리'가 아니고 '같다'로 해독한다.
- 一等 일등. 하나의 같은　　　- 隱 가엾어하다 은.~은 [청언]
- 枝 가지 지　　　　　　　　- 良 길하다 라.~라 [청언]
- 出 태어나다 출
- 古 십 대나 입에서 입으로 전하다 고.~고 [청언]

■ 去 奴隱 處毛 冬乎丁
죽는 병에 걸리는 것은 나이순에 따라야 하리
○奴 사내종이 나가라
○隱 가엾어 해 주소서
○冬 북을 치라
○乎 탄식하라
○丁 징을 치라

- 去 가다, 죽이다 거　　　　　- 奴 사내 종 노 [보언]
- 隱 가엾어 하다 은.~은 [청언]　- 處 병을 앓다 처
- 毛 나이의 차례 모. 죽는 것은 나이 차례로 해독
- 冬 북소리 동 [보언] 동동동 울리는 북소리의 형용이다. 북을 치라
《삼국사기》 32권 잡지 제1 樂 束毒 조에 鼓冬冬이라고 하여 冬이 북소리로 사용되고 있음을 알 수 있다. 束毒은 중앙 아시아 실크로드의 소그드(sogd, 오늘 날의 사마르칸트, 부하라) 지역으로서 실크로드의 중심지이다.
2017년 월성 주변 물길을 파놓은 해자에서 터번을 쓴 소그드 상인의 토우가 출토됐다. 신라와 소그드의 교류가 입증된 것이다.
- 乎 감탄사 호 [보언]

•丁 소리의 형용 정 [보언] 징소리. 징소리는 군사적으로 후퇴명령이다.
※〈안민가〉에 於冬是去 於丁爲尸(북소리 이에 나아가고, 징소리에 시체가 된다) 라
　　하여 북소리는 공격명령이고, 징소리는 후퇴명령임을 알 수 있다.
•冬乎丁 진격명령인 북소리가 나고 그 다음 후퇴명령인 징소리가 나듯 죽는 것은
　　나이 순서에 따라야 한다.

■ 阿 也 彌陁刹 良 逢 乎
아미타불이시여, 누이의 영혼을 맞이해 주오
○也 그릇에 담긴 물로 손을 씻으라
○良 길하라
○乎 탄식하라

•阿 아미타불의 생략형 아
•也 주전자 이 [보언] 제사 중 물을 담아 손을 씻는 제기
•阿와 彌陁刹 사이에 보언 也가 삽입되어 있다.
•刹 절 찰
•阿彌陁刹 아미타찰. 누언으로 아미타찰. 아미타불=無量壽佛로 본다.
•良 길하다 라.~라 [청언]　•逢 맞이하다 봉
•乎 감탄사 호. 보언

■ 吾道修 良
나 (아미타불에게 가는) 길을 닦으리라
○良 길하라

•吾 나 오. 작자인 월명사(月明師)이다.
•道 길 도　　　　　　　　　　　　　　•修 닦다 수
•道修 [다음절 보언] 한국어 어순법이다.　•良 길하다 라.~라 [청언]

■ 待是 古如
(아미타불께서 누이를) 맞이해 주시기를 기다리고만 있다면 옳지 않으리
○古 십 대나 입에서 입으로 전하라
○如 맞서라

•待 기다리다 대　　　　　　　　　　•是 옳다 시
•古 십 대나 입에서 입으로 전하라 고.~고 [청언]
•如 맞서다 여.~여 [청언]

10.
찬기파랑가(讚耆婆郞歌)

咽嗚 爾處 米
露曉 邪 隱
月 羅 理 白雲 音 逐 于 浮去隱
安 攴 下 沙 是
八 陵 隱 汀 理 也 中
耆郞 矣 皃史 是史
藪 邪 逸 烏 川 理 叱
磧 惡 希 郞 也
持 以 攴 如 賜 烏 隱 心 未 際 叱 肹
逐 內 良 齊
阿耶
栢 史 叱 枝 次 高 攴 好
雪 是 毛 冬 乃 乎 尸
花 判 也

목이 메인다, 네가 병들었음에
이슬 내린 새벽
달이 다스려 흰 구름을 쫓아내 떠나가게 하였습니다
어찌하여 휘하 낭도들을 바로 잡으려 하였는가
여덟 개의 무덤은 물길을 다스림이었습니다
기랑, 그대는 낭도들의 기강을 바로잡으려 하신 분이었습니다
늪과 같이 느리게 흐르는 내를 다스리고자 했던 화랑이었습니다
아무도 낭도들의 기강을 바로 잡으려 하지 않았음이여

바로 잡아 주오려는 마음을 가진 화랑을 아직 만나보지 못했습니다
월성이 그대를 쫓아내었음이라
아미타불이여, 구천에 떠도는 기파랑의 영혼을 받아주옵소서
잣나무께서는 가지들을 높이 이르게 하기를 좋아했습니다
눈이 여기 내립니다
꽃이 떨어집니다

1) 단서

기파랑에 대한 눈물가이다. 기파랑의 생전 업적을 미화하였다. 미화법이 본격적으로 사용되고 있다.

당시 국가 기간 조직인 화랑도의 기강 해이가 국가적 현안으로 대두되었다. 기파랑이 화랑도의 기강 해이 문제를 제기하다가 처형되었다. 이로 인해 화랑도의 기강 해이는 공식화 되었다. 이들은 경덕왕 사후 귀족들의 사병이 되어 반란의 인적 기반이 되었다.

화랑도의 기강을 잡으려 했던 기파랑의 뜻을 개혁군주 경덕왕은 알았던 것 같다.

다음의 구절이 이를 입증한다.

765년(경덕왕 24년) 3월 3일 경덕왕이 작자인 충담을 만났다. 왕이 충담에게 '그대가 이전에 지은 〈찬기파랑 사뇌가(讚耆婆郎 詞腦歌)〉의 뜻이 매우 높다(其意甚高)고 하는데 사실이냐'고 물었다.

충담이 '그렇습니다'라고 하였다.

2) 풀이

■ 咽鳴 爾 處 米
목이 메어 운다, 네(화랑도)가 병들었음에
○爾 저승바다여 잔잔하라
○米 쌀을 제수를 올리라

•咽 목이 메다 열
•鳴 목메어 울다 오
•爾 아름답다, 너 이. 이 [청언] 爾의 의미는 사전적으로 아름다운 모양을 본뜬 글자이다. 향가문자로서 이중적 기능을 하고 있다. 표음으로는 발음 '이'의 고대음이고, 표의로는 편안하게 고해의 바다를 건너게 해달라고 비는 것이다.
  爾의 같은 글자로서 생략형 문자가 尒, 尔, 尓이가 쓰이고 있다. 爾는 신라 향가에서는 〈찬기파랑가〉, 〈혜성가〉, 〈신충가〉에 각각 한 번씩 나오고 있으나, 일본 《만엽집》에서는 尒, 尔, 尓라는 형태로 다수의 출현 빈도를 보이고 있다.
  〈찬기파랑가〉에서 기파랑의 명복을 빌었던 爾라는 향가 문자가 일본으로 건너가 만엽 향가에서 尒, 尔, 尓라는 글자로 변형되어 출현하고 있는 것이다. 향가와 《만엽집》의 연원이 같은 것이라는 사실을 문자차원에서 증명하고 있다.
•處 병들다 처
•米 쌀 미 [보언] 쌀로 제수를 차리다.

■ 露曉 邪隱
이슬 내린 새벽
○邪 구천을 떠도는 기파랑의 영혼이 나가라
○隱 가엾어 해 주소서

•露 이슬 로
•曉 새벽 효
•露曉 노효. 이슬이 내린 새벽
•邪 요사스러운 귀신 사 [보언] 귀신이 나오는 장면이 연출된다. 이슬내린 새벽에 기파랑이 처형되었다.
  邪는 '간사하다'나 '사악하다', '바르지 못하다'라는 뜻을 가진 글자이다. 邪자는 '간사하다'라고 할 때는 '샤'라고 하고 '그런가'라고 할 때는 '야'로 발음한다.
•隱 가엾어하다 은.~은 [청언]

■ 月 羅 理 白雲 音 逐 于 浮去 隱
달이 다스려 흰 구름을 쫓아내 떠나가게 하였습니다.

○羅 사형의 집행을 알리는 형장의 징을 치라
○音 징소리를 내라
○于 탄식하라
○隱 기파랑을 가엾게 여겨 주옵소서

• 月 달 월. 월성으로 해독. 〈모죽지랑가〉 배경기록에 따르면 효소왕 당시 조정에
  는 화랑을 관리하던 직책으로 花主가 있었다. 기파랑을 문책하는데 어떤 형태로
  든 화주가 개입했을 것이다.
• 羅 징 라 [보언] 사형장의 징 소리   • 理 다스리다 리
• 月羅理 月(달)과 理(다스리다) 사이에 羅(형장의 징소리)가 들어 있다. 달은 월성
  을 말한다. 월성이 기파랑을 형장의 징소리로 다스렸다는 의미다. 즉 사형을 명령
  한 것이다.
• 白 흰 백   • 雲 구름 운
• 白雲 백운. 흰 구름. 기파랑으로 해독
• 音 음률 음 [보언]   • 逐 쫓아내다 축
• 于 아!(감탄사) 우 [보언] 탄식하는 소리로 해독.
  -사용례: 于胥樂兮 아 모두들 즐거워라(詩經 魯頌 馬駉).
  -서기체 문장의 경우 조사나 어미가 생략된다. 조사어미 생략법이다.
• 浮 뜨다 부   • 去 내쫓다, 죽이다 거
• 隱 가엾어 하다 은. ~은 [청언]
• 白雲音 逐于 浮去隱 '흰 구름을 쫓아내 떠가게 하는'까지만 쓰고 문장을 마치고
  있다. 청언 隱을 강조하면서 이하를 생략하고 있다. 생략법이다. 생략법은 향가창
  작의 특징이기도 하다. 달은 기파랑을 죽게 한 월성, 흰구름은 기파랑을 은유하
  고 있다.
  기파랑의 비극이 예정되어 있던 그날 하늘에는 달이 무심하게 빛나고 있었고, 흰
  구름이 쫓겨나듯이 흘러가고 있었다.

■ 安 攴 下 沙 是
(기파랑 그대는) 어찌하여 휘하 낭도들을 바로 잡으려 하였는가
○攴 휘하 낭도들을 매로 치라
○沙 뱃사공들이 나가라

• 安 어찌 안   • 攴 치다 복 [보언]
• 下 아랫사람 하. 기파랑(耆婆郎) 휘하 낭도들을 말한다.
• 沙 사. 저승의 뱃사공로 해독한다.
• 是 바로잡다 시. 기파랑이 자신의 휘하에 있는 낭도 중 잘못을 저지른 일부 낭도
  들을 가려내 기강을 바로 잡으려 했다는 사실이 밝혀진다.

■ 八陵 隱 汀理 也中
여덟 개의 무덤은 물길을 다스림이었습니다
○隱 가엾게 여겨 주옵소서
○也 제기의 물로 손을 씻으라
○中 두 토막 내라

• 八 여덟 팔. 꼭 여덟으로 해독할 필요가 없다. 향가에서의 8은 '많다'는 의미로 쓰이고 있다.
• 陵 무덤 릉. 휘하의 낭도들 중 잘못한 일부 낭도들을 매로 치게 했다. 무덤 릉(陵)을 써서 매로 치는 과정에서 사망사고가 발생했음을 암시하고 있다. '8명이 죽었고, 기파는 사건에 책임을 지고 처형이라는 극형을 받게 되었다. 매질을 하였음을 '치다 복(攵)'이라는 보언을 사용한 것으로 보아 알 수 있다.
• 隱 가엾어 하다 은.~은 [청언]
• 八陵隱 팔릉은. '많은(여덟) 무덤은'으로 해독한다. 향가에서 八은 '많다'의 의미이다.
• 汀 작은 물줄기 정. '물길'로 해독한다.
• 理 다스리다 리
• 汀理 정리. 물길을 다스리다
• 也 주전자 이 [보언] 제사 중 물을 담아 손을 씻는 제기
• 中 두 토막 내다 중 [보언]
• 惡中은 '죄인을 형벌로써 두 토막 내 죽이다', 惡寸은 '능지처참하다'이다. 본 향가에서의 中은 아랫사람을 참수한 것이다. 기파랑은 기강 해이자를 매로 친 다음 참수하였다.

■ 耆郎 矣 皃史 是史
기랑, 그대는 (낭도들의 기강을) 바로 잡으려 하신 분이었습니다
○矣 활을 쏘라

• 耆 미워하다 기
• 郞 사내 랑
• 耆郞 기랑. 기강이 흐트러짐을 미워하시던 젊은이. 기파랑
• 矣 활을 쏘다 의 [보언]   • 皃 사당(祠堂) 모
• 史 아름답다 사. 미칭접미사로 쓰였다
• 皃史 모사 [다음절 보언] 미칭접미사가 있기에 '망인'으로 해독된다
• 是 바로잡다 시. 망인의 조치는 도리에 합당하여 잘못됨이 없었다고 변호하고 있다. 미화법이 쓰이고 있다.
• 史 아름답다 사. [미칭접미사]
• 是史 시사. 미칭 어미가 있기에 '바로잡으신 분'으로 해독된다.

■ 藪 邪 逸 烏 川理 叱磧惡 希郎 也
늪과 같이 느리게 흐르는 내를 다스리고자 했던 화랑이었습니다
○邪 낭도들의 영혼으로 분장하고 나가라
○烏 탄식하라
○叱 꾸짖으라
○磧 강가운데 흙과 돌이 쌓인 서덜을 설치하라
○惡 기강이 무너진 죄인들을 형벌로써 죽이라
○也 제기의 물로 손을 씻으라

• 藪 늘 물이 괴어 있는 늪 수
• 邪 바르지 아니하다 사 [보언]
• 逸 달아나다 일. '느리게 흐르다'로 해독.
• 烏 탄식하다 오 [보언]   • 川 내 천
• 理 다스리다 리   • 叱 꾸짖다 질 [보언]
• 磧 서덜 적 [보언] 물속에 모래가 쌓여서 된 섬. 흙이나 자갈이 쌓인 곳
• 惡 죄인을 형벌로써 다스리다 악 [보언]
• 叱磧惡 [다음절 보언] 꾸짖으며 강변 서덜에서 낭도들을 형벌로써 다스리다.
• 希 바라다 희   • 郞 사내 랑. 화랑을 말한다.
• 也 주전자 이 [보언] 제사 중 물을 담아 손을 씻는 제기

■ 持 以攴如
(아무도 낭도들의 기강을) 지탱해 주려하지 않았음이여
○以 따비로 낭도들의 시신을 묻을 땅을 파라
○攴 매를 치라
○如 맞서게 해달라

• 持 지탱하다 지 [보언]   • 以 따비질 [보언]
• 攴 치다 복 [보언]   • 如 맞서다 여 [청언]

■ 賜 烏隱 心未際 叱肹
(지탱해) 주오려는 마음을 가진 (화랑을) 아직 만나보지 못했습니다.
○烏 탄식하라
○隱 망자를 가엾게 여겨 주옵소서
○叱 탄식하라
○肹 소리를 울리라

• 賜 주다 사. 지탱해 주다.

•烏 탄식하다 오 [보언]　　　•隱 가엾어하다 은.~은 [청언]
•心 마음 심　　　•未 아직 ~하지 못하다 미.
•際 만나다 제
•心未際 심미제. 화랑도의 기강을 엄히 다스려야 한다는 마음을 가진 화랑을 아직
만나보지 못했다.
•叱 꾸짖다 질 [보언]　　　•肹 소리 울리다 힐 [보언]
•叱肹 질힐 [다음절 보언] 꾸짖는 소리를 울리다.

■ 逐 內良齊
(월성이 그대를) 쫓아내었음이라
ㅇ內 저승배가 강안으로 나가라
ㅇ良 길하라
ㅇ齊 곡식을 제수로 올리라

•逐 쫓아내다 축　　　•內 안 내 [보언]
•良 길하다 라. ~라 [청언]　　　•齊 제사에 쓰이는 곡식 자 [보언]

■ 阿 耶
아미타불이여, 구천에 떠도는 기파랑의 영혼을 받아주옵소서
ㅇ耶 기파랑의 영혼이 나가라

•阿 아미타불의 생략형 아
•耶 사특하다 사 [보언] 耶=邪로 해독한다. 구천을 떠도는 귀신

■ 栢史 叱 枝 次 高 攴 好
잣나무님께서는 가지들을 높이 이르게 하기를 좋아했습니다
ㅇ叱 꾸짖으라
ㅇ次 빈소를 설치하라
ㅇ攴 매로 치라

•栢 잣나무 백
•史 아름답다 사. [미칭접미사]
•栢史 백사. 잣나무 님. 기파랑. 신라 사람들은 책임지는 지위에 있는 인물을 잣나
무에 비유하고 있다. 월성 궁정에 큰 잣나무가 있었다.
•叱 꾸짖다 질 [보언]　　　•枝 가지 지. 잣나무 가지. 낭도이다
•次 빈소 차 [보언]　　　•高 높다 고. 높은 수준의 기강으로 해독
•攴 치다 복 [보언]　　　•好 좋다 호

•枝高好 한국어 어순법: 가지를 높은 곳에 이르게 하기를 좋아하다. 충성심이 사라진 낭도들의 기강을 바로 잡는 과정에서 사망 사고가 발생했다. 일부 신하들이 기파랑을 비난하였다. 기파랑에게 처형이라는 극한적 결정이 내려졌다. 향가 원문에 망인이라는 뜻을 가진 皃史가 씌어졌음으로 이를 알 수 있다.

배경기록에는 경덕왕이 '대사의 〈찬기파랑가〉의 뜻이 매우 높다고 하는데 그것이 사실이냐?'고 묻자, 충담이 '그렇습니다!'라 대답했다고 기록되어 있다. 화랑도의 기강을 바로 세우려 했던 기파랑의 높은 뜻은 그의 죽음으로 무위가 되고 말았다.

■ 雪是 毛冬乃乎尸
눈이 여기 (내립니다).
○털이 난 배우들(毛)이 북소리(冬)에 맞추어 뱃노래를 부르며 노를 저으라(乃)
○乎 탄식하라
○尸 기파랑의 시신을 보이라

•雪 눈이 내리다 설
•是 여기 시. 〈모죽지랑가〉의 下是도 여기로 해독된다.
•毛 털 모. [보언] 털이 난 배우들
•冬 북소리 동 [보언]   •乃 노 젓는 소리 애 [보언]
•乎 탄식하다 호 [보언]   •尸 시체 시 [보언]
•冬乃 [다음절 보언] 북소리에 맞추어 노를 저어라. 기파랑의 영혼을 저승으로 보내기 위해 노 젓는 소리를 내라 冬乃라는 어절이 신라 당시 북소리에 맞추어 노를 젓고 있음을 입증한다. 큰 배의 경우 여러 명의 격군이 노를 저었고, 이들은 지휘에 따라 노를 저었던 것이다.

조선 시대에도 마찬가지다. 이충무공 전서에 따르면 거북선의 경우 노는 좌우에 각각 10개였다. 이들의 행동을 일치시키기 위해 고수가 북을 치고 있었을 것이다

■ 花判 也
꽃이 떨어집니다
○也 제기의 물로 손을 씻으라

•花 꽃 화. 화랑을 은유한다.
•判 떨어지다, 흩어지다 판. 신라, 고려 향가 전체에서 〈찬기파랑가〉에서만 유일하게 발견되는 사용례다. 上下旣有判矣(國語)
※國語: 주나라 좌구명(左丘明)이 좌씨전(左氏傳)을 쓰기 위하여 춘추시대 8국의 역사를 모아 찬술한 책
•花判 화판. 꽃이 줄기에서 떨어졌다. 꽃이 지다
•也 주전자 이 [보언] 제사 중 물을 담아 손을 씻는 제기

11.
처용가(處容歌)

東京明 期 月良
夜入伊遊行 如
可 入 良
沙 寢 矣 見
昆脚 烏 伊四是 良羅
二 肹隱 吾下 於叱古
二 肹隱 誰支下 焉古
本 矣 吾下是 如 馬於隱
奪 叱良乙 何如 爲 理 古.

토함산 밝은 달아

깊은 밤 궁에 들어가 여기저기 남의 장례나 치르고
돌아다니면 되나여
집에 들어가 보라

들어가 방을 보니
뒤얽힌 다리가 넷으로 바로 잡아 죽이리라

둘은 내 아래고
둘은 누구 다리이고.
본래 내 아래 것이 아니여마오은
내 아내를 빼앗아 갔으니 어떻게 하여 죽이릿고

1) 단서

헌강왕(재위 875~886)때 천연두가 대유행할 때 만들어진 작품이다. 국난극복의 목적을 가진 작품이다.

헌강왕이 개운포를 다녀오는데(大王遊開雲浦) 홀연 구름과 안개가 끼어 길을 잃었다. 동해의 용이 조화를 부린 것으로 보고 왕이 절을 지어 주겠다고 하자 구름과 안개가 걷혔다.

동해용이 그의 일곱 아들과 함께 왕의 가마 앞에 나타나 덕을 찬미하고 춤을 추고 악기를 연주(讚德 獻舞奏樂)하자 안개가 걷혔다. 동해용과 그의 일곱 아들의 수는 8이다. 많은 수의 사람으로 해독해야 할 것이다.

이들의 춤과 노래는 가무악(歌舞樂)의 협연으로 향가가 공연된 것이다. 찬덕은 노랫말, 헌무와 주악은 보언이다. 구름이 걷혔다는 사실로 보아 향가가 힘을 발휘한 것이다.

동해용의 일곱 아들 중에 처용이 왕을 따라와 정치를 보좌(入京輔佐王政)하였다. 왕은 그를 급간의 직에 임명하고 미인(美女)을 처로 주어 마음을 붙잡고자(欲留其意) 하였다.

그때는 천연두 팬데믹이 엄습해 있었고, 수많은 사람이 죽어가고 있었다. 천연두는 치사율이 30%에 이르고, 낫는다 하더라도 얼굴이 얽기도 하는 인류 최악의 질병이었다. 왕은 향가의 힘으로 천연두를 제압하고자 처용을 궁으로 불러들인 것이다.

처용은 배경기록 대로 밤이 되면 궁에 들어가(入) 밤늦도록(夜) 서

라벌 거리 여기저기 돌아다니며(遊) 방역작업과 망자에 대한 장례를
치러야 했다.

처용의 아내가 미인이어서 역신이 그녀를 흠모하였다. 역신이 사람
으로 변신하여 밤중에 처용의 집으로 들어가 몰래 그 여자와 잠자리
를 같이했다.
처용이 밖에서 집으로 들어와(入) 잠자리(寢)의 두 사람을 보았다.
그는 노래를 부르고 춤을 추다가(唱歌作舞) 물러났다. 창가작무(唱歌
作舞), 이것이 향가가 공연되는 모습이다.

향가공연은 군무(群舞)와 독무(獨舞)가 있다.
군무는 구지봉에서의 〈구지가〉와 수로부인조의 〈해가〉에서 채택
한 방식이고, 독무는 〈처용가〉에서 채택한 방식이다.

처용의 향가공연으로 천연두 역신이 제압되었다.
역신은 형체를 드러내고 처용 앞에 꿇어 앉아 말했다.
"공이 노여움을 내지 않으시니 감동하여 아름답게 여깁니다. 이후
로는 공의 모습을 그린 그림만 보아도 그 집에 들어가지 않겠습니다."

처용가의 위력에 혼이 났으니 앞으로는 처용의 그림만 보아도 들어
가지 않겠다는 것이다. 자라보고 놀란 가슴 솥뚜껑 보고 놀라는 격
일 것이다.
또한 역신이 노여움을 나타내지 않으니 감동했다고 하였다. 이로
보아 처용 이전에는 천연두 퇴치의 방법은 노여움을 나타내는 방식,
즉 야만적 방법에 의해 역신을 퇴치하고자 했을 것이다.

처용의 일로 인해 노여움의 방법이 사라졌다. 나라 사람들이 문에 처용의 모습을 그려 붙여 나쁜 귀신을 물리치게(僻邪進慶) 되었다.

배경기록에서 나라 사람들이 처용의 모습을 그려 문에 붙여 '나쁜 귀신을 물리치고 경사스러움을 맞아들였다(僻邪進慶)고 했다. '사(邪)'가 역병을 상징하는 문자임을 알 수 있다. 즉 향가 속 청언(請言)의 문자들은 '역신(疫神)' 등 구체적 상황으로 표현되지 않고 '사(邪)'라는 추상적 문자로 수렴되어 사용되고 있음을 확인할 수 있다. 사(邪)는 나쁜 귀신을 의미한다.

처용의 이름에는 고유명사법이 사용되어 있다.
'병 앓는(處) 얼굴(容)'이다.
배경기록에 따르면 처용의 처가 앓는 병이 역신으로만 표기되어 있다. 그러나 처용 이름이 '병 앓는 얼굴'임으로 보아 처용의 처가 걸린 역병은 천연두로 보아야 할 것이다. 처용은 '병을 낫게 하는 얼굴'로도 해독할 수도 있다. 최동호 교수의 의견이다.

본 향가는 〈처용가(處容歌)〉라고 하여 가(歌)라는 한자를 쓰고 있다. 그러나 배경기록에 따르면 처용이 '노래를 부르고 춤을 추었다(唱歌作舞)'라고 했다.
〈처용가〉의 보언에는 '징 라(羅)'와 '소리 울리다 힐(肹)'이라고 하여 악기도 나오고 있다. 가(歌)는 노래와 춤, 악기가 동원된 종합예술임을 알 수 있다.

〈처용가〉는 남녀상열의 자극적 소재로 만들어져 있다. 그 결과 고려가요를 거쳐 조선 시대 악학궤범에 한글로 채록되었다.

동경 발간 다래

새도록 노니다가

드러 내 자리랄 보니

가라리 네히로새라

아으 둘흔 내 해어니와

둘흔 뉘 해어니오

〈처용가〉는 최근까지도 처용무로 살아남아 반복적으로 연행되고 있다. 남녀상열은 가장 강력한 중구삭금의 도구였다.

2) 풀이

■ 東京 明 期 月 良
동경 밝은 달아
ㅇ期 상복을 입어라
ㅇ良 길하라

• 東 동녘 동
• 京 높은 언덕 경
• 東京 토함산. 토함산의 신라 때 이름이 東岳이다. 岳은 '큰 산 악'이다. 즉 東岳=동쪽의 큰 산=동쪽의 높은 언덕=東京=현재의 토함산으로 판단할 수 있다. 현재 경주의 동산이 토함산이고, 토함산에서 달이 떠 오른다. 따라서 東京은 토함산으로 해독한다.
신라는 중사(中祀)를 五岳에서 지냈다. 오악은 동쪽의 토함산, 남쪽의 지리산, 서쪽의 계룡산, 북쪽의 태백산, 중앙의 부악산이다.(《삼국사기》 권32 잡지 제1 제사)
• 明 밝다 명
• 期 기복(朞服), 기년복(朞年服 일 년 동안 입는 상복) 복 [보언] 처용이 상복을 입고 돌아다니고 있다.
• 月 달 월. 망자의 영혼이 저승바다로 배를 타고 떠나는데 밝은 달이 떠 길을 찾을 수가 있다.
• 良 길하다, 아름답다 라. ~라 [청언] 저승으로 편히 갈 수 있도록 해 달라 아름답

게 해 달라. 천연두에 걸리지 않도록 해주고, 걸리더라도 얼굴이 얽지 않도록 해 달라는 청언이다.

■ 夜入伊遊行 如
깊은 밤 (궁에) 들어가 너는 여기저기 (남의) 장례나 치르고 돌아다니면 되나여(되지 않는다)
〇如 맞서주시라

• 夜 깊은 밤 야
• 入 들어가다, 관에 들어가다 입. '벼슬하다'로 해독한다. 근거는 처용이 헌강왕 때 입경하여 급간의 벼슬로서 왕의 정사를 도왔다는《삼국유사》의 배경 설화다. 〈모죽지랑가〉 배경기록에 '종과 북이 있는 사찰에 들이지 말라(不合入鐘鼓寺中)'에서 보듯 '入'은 '출사하다'라는 의미로 쓰이고 있다.
• 夜入 깊은 밤이 되면 궁에 들어갔다. 처용의 일은 밤에 하는 일이었다.
• 伊 너 이. 처용으로 해독한다.
• 遊 떠돌다 유. 유(遊)는 '놀다'의 개념보다 '여기저기 근무하며 돌아다니다'로 해독한다.
  향가 14편 속에 나오는 '유(遊)'를 검토해보면 〈혜성가〉의 배경기록에 세 화랑이 풍악산에 '유(遊)' 하려 했다는 용례가 나오는데 이는 화랑의 근무 개념으로 볼 수 있다. 〈혜성가〉 원문 속에 나오는 '유(遊)'도 왜군의 입장에서 보면 신라의 성으로 접근해 가서 이리저리 정탐을 하며 돌아다니는 근무 성격이다.
  〈처용가〉 배경기록에서는 '大王遊開雲浦'라 하였다. 여기도 왕이 개운포에 놀러 갔다기보다 개운포에 순시하러 갔다로 해석할 수 있다. 향가 속의 '유(遊)'는 '사적으로 즐기며 놀러 다닌다'는 뜻보다는 공적 성격의 출타, 즉 순시의 개념으로 해석할 수도 있다.
  일본《만엽집》 199번가에 由遊(由 여자의 웃는 모양 요, 遊 즐기다, 떠돌다 유)라는 구절이 있다. 장례식을 치를 때 여자들이 웃으며 떠도는 관습적 행위로 보인다. 〈처용가〉의 유(遊)도 동일하게 해독해야 할 것이다.
• 行 장사지내다 행
• 如 맞서다 여. ~여 [청언] 아내가 역병에 들어 죽게 생겼는데 남의 장례나 치르며 돌아다닐 때가 아니라는 의미이다.

■ 可入良
(집에) 들어가라
〇可 칸이 나가라
〇良 길하라

• 可 오랑캐 임금 이름 극 [보언] 오랑캐는 돌궐로 해독한다. 돌궐의 왕의 칭호가 '可汗', 즉 '칸'이었다. 즉 '칸'을 내보내 연기하라는 의미의 보언이다.

'칸'이 신라 향가 속에 초청되고 있다. 그는 〈처용가〉 공연에 나와 무서운 춤을 추며 천연두 역신을 위협한다. 물론 세부 연출은 연출자(監)의 몫이다.

• 入 들다 입 [보언] 집에 들어왔다는 문자이다. 배경기록에 따르면 自外至其家이다. 처용이 바깥으로부터 그의 집에 이르렀다.

• 良 아름답다 라. ~라 [청언]

■ 沙 寢 矢 見

(집에 들어가) 방을 보니

○沙 뱃사공이 나가라

○矢 활을 쏘라

• 沙 사공 사 [보언] 저승바다의 뱃사공

• 寢 방 침

• 矢 활을 쏘다 의 [보언] 상형문자로 활로 겨냥하다는 의미다. '목표를 적시하다'라는 의미다. 여기에서는 寢를 적시하고 있다. 경주 쪽샘지구 신라 행렬도에는 두 명의 궁사가 활을 들고 죽은 공주를 겨누고 있다.

• 見 보다 견

■ 昆脚 烏 伊四是 良 羅

뒤얽힌 다리가 너는 넷으로 바로 잡아 죽이리라

○烏 탄식하라

○良 길하라

○羅 징을 치라

• 昆 뒤얽히다 혼

• 脚 다리 각

• 烏 탄식하다 오 [보언]

• 伊 너 이. 처용의 처

• 四 넷 사. 이 장면은 처용 처의 사통을 말한다. 배경기록에 따르면 헌강왕이 처용에게 미녀를 아내로 주었는데, 처용이 야간 근무하다 집에 들어와 보니 아내가 역신과 사통하고 있었던 것이다.

• 是 바로잡다 시

• 良 길하다 라. ~라 [청언]

• 羅 징 라 [보언] 형장의 징을 치라. 즉 '죽이리라'로 해독.

■ 二 肹隱 吾下 於叱 古
둘은 내 아래고
○肹 소리 울리라
○隱 가엾어 해 주시라
○於 탄식하라
○叱 꾸짖으라
○古 십 대나 입에서 입으로 전하라

•二 두 이
•肹 소리 울리다 힐 [보언]
•隱 가엾어하다 은.~은 [청언] 역병에 걸린 아내를 불쌍하게 여겨달라는 의미
•吾 나 오
•下 아래 하
•於 탄식하다 오 [보언]
•叱 꾸짖다 질 [보언]
•古 십 대나 입에서 입으로 전하다 고. 고 [청언] 아내가 나의 여인이었음을 오래오래 전하라

■ 二 肹隱 誰支下 焉古
둘은 누구 다리 아래이고
○肹 소리 울리라
○隱 가엾어 해 주시라
○焉 오랑캐가 나가라
○古 오래도록 전하라

•二 두 이
•肹 소리 울리다 힐 [보언]
•隱 가엾어하다 은.~은 [청언]
•誰 누구 수
•支 팔다리 지
•下 아래 하
•焉 오랑캐 이 [보언]
 古 십 대나 입에서 입으로 전하다 고. 고 [청언] 나의 다리가 아니었다고 오래도록 전하라

■ 本 矣 吾下 是 如馬於隱
본래 내 아래 것이 아니여마오은

○矢 활을 겨냥해 맞추라
○如 맞서 주시라
○馬 말이 나가 밟으라
○於 탄식하라
○隱 가엾게 여겨 주시라

・本 본래 본
・矢 활을 쏘다 의 [보언] 적시하다
・ 哛 나 오
・下 아래 하
・是 옳다 시
・如 맞서다 여. ~여 [청언]
・ 哛下是如 내 아래가 아니다. 여기에서의 下는 역신의 다리로 해독된다
・馬 말 마 [보언] 말을 타고 나가 밟으라.
・於 탄식하다 오 [보언]
・隱 가엾어 하다 은. ~은 [청언]

■ 奪 叱良乙 何 如 爲 理 古
(내 아내를) 빼앗아 감을 어떻게 하여 죽이리고
○叱 꾸짖으라
○良 길하라
○乙 역신이 몸을 굽혀 빌라
○爲 가장하라
○如 맞서라
○古 십 대나 입에서 입으로 전하라

・奪 빼앗다 탈
・叱 꾸짖다 질 [보언]
・良 길하다 라 [청언]
・乙 굽다 을 [보언] 역신이 무릎 꿇고 비는 모습이다.
・何 어찌 하
・如 맞서다 여
・爲 가장하다(假裝: 태도를 거짓으로 꾸미다) 위 [보언] 가장하고 나와 몸을 굽혀
  절하는 연기를 하라
・理 다스리다 리
・古 십 대나 입에서 입으로 전하다 고.~고 [청언]

12.
풍요(風謠)

來如 來如 來如 來如

哀反多 羅

哀反多 矣 徒 良

功德修 叱如良

來如

부처님의 가르침에 반대되는 일이여
부처님의 가르침에 반대되는 일이여
부처님의 가르침에 반대되는 일이여
부처님의 가르침에 반대되는 일이여

슬픔이 반복됨이라
슬픔이 반복되는 일이 많은 무리어라
공덕을 닦으라 하지 말라

부처님의 가르침에 반대되는 일이여

1) 단서

사찰들이 신도들에게 공덕을 바치라 하고 있었다. 신도들이 이러한 행위가 없도록 해달라는 향가다.

양지(良志)는 선덕여왕(재위 632~647) 당시의 스님이다. 지팡이 끝에 포대를 걸어두면 지팡이가 스스로 시주의 집으로 날아가 스스로 흔들면서 소리를 내었다. 그 집에서는 재에 쓸 비용을 담아 주었고, 포대가 차면 날아서 돌아왔다.

양지스님은 영묘사 등에 수많은 불상을 만들었다. 영묘사의 장륙삼존상을 만들 때 든 비용이 곡식 2만 3,700석이었다. 이 때 온 성안의 남녀들이 다투어 진흙을 운반하였다.

공덕 대신 바치는 노역이어서 성중의 남녀들이 일하며 '공덕! 공덕!' 하였는데 토인들이 방아를 찧거나 다른 일을 할 때 이 노래를 불렀다.
현대에 와서 영묘사 불사에서 노래를 불렀던 '공덕! 공덕!'이란 말이 '쿵덕! 쿵덕!' 이란 말로 바뀌었다.

양지스님은 사찰의 재와 불사에 드는 거금의 비용을 거두어 들이는 데 발군의 재주를 가지고 있어 많은 사람들에게 고통을 주었다. 이런 일이 없도록 해달라는 작품이다.
그러나 양지스님은 민들의 고통에 대해 좋은 취지라는 뜻으로 항변하고 있다. 그것은 고유명사법에 의해 밝혀진다. 양지(良志)에 대한 고유명사법 해독이다.

良志
=良 좋다 량+志 뜻 지

비록 백성들이 불사를 힘들어 풍자하고 있으나 본디 좋은 뜻이니 이를 알고 불사에 힘을 보태달라는 뜻이다. 비록 힘들었지만 이 향가의 힘에 의해 성중 남녀들은 공덕을 바쳤고 불사는 무사히 마칠 수 있었다.

2) 풀이

■ 來如 來如 來如 來如
부처님의 가르침에 반대되는 일이여(네 번 반복)

• 來如 여래는 부처를 말한다. 여래의 앞뒤를 뒤집어 놓은 어구다. 따라서 부처님의 가르침에 어긋난다는 뜻. 〈원왕생가〉에서 '덕광'을 '광덕'으로, '장엄'을 '엄장'이라고 하여 순서를 바꾸어 놓은 것과 같은 용법이다. 〈모죽지랑가〉에서 인색한 익선(益宣)은 '많이 베풀다'라는 선익(宣益)을 거꾸로 한 이름이다.

■ 哀反 多羅
슬픔이 반복됨이라
○羅 징을 치라

• 哀 슬프다 애
• 反 반복하다 반. 고려 향가 〈청전법륜가〉에서는 반복하다는 의미로 사용되고 있다.
• 多 많다 다 [보언]
• 羅 징 라 [보언]

■ 哀反 多矣 徒 良
슬픔이 반복되는 일이 많은 무리어라
○矣 활을 쏘라
○良 길하라

• 哀 슬프다 애
• 反 반복하다 반
• 多 많다 다 [보언]
• 矣 활을 쏘다 의 [보언]
• 徒 무리 도
• 良 길하다 라.~라 [청언]

■ 功德修 叱 如良
공덕을 닦으라 하지 말라
○叱 꾸짖으라
○如 맞서달라
○良 길하라

•功 공로 공
•德 크다 덕
•功德 공덕. 절에 곡식을 바치거나, 흙일을 하는 것. 온 성의 남녀들이 영묘사 불
 상 조성에 들어가는 진흙을 다투어 운반하였다고 되어 있다. 성안의 남녀들이 진
 흙을 나르는 일이 공덕이라는 이름으로 강요되었다. 공덕 대신 바치는 일이었기
 에, 진흙 일을 하며 '공덕 공덕' 노래했을 것이다. 그 후 이 노래가 전파되어 온 동
 네 사람들이 방아를 찧거나 일을 하며 '공덕! 공덕!'이라고 따라 불렀다. 방아 찧
 는 '쿵덕 쿵덕'이란 말의 연유를 영묘사 흙일 하던 소리인 '공덕 공덕'에서 나왔다.
•修 베풀다 수
•叱 꾸짖다 질 [보언]
•如 맞서다 여.~여 [청언] 공덕을 닦으라고 강요하면 안 된다는 뜻
•良 길하다 라.~라 [청언]

■ 來如
부처님의 가르침에 반대되는 일이여

•來如 여래를 뒤집어 놓은 어구다.

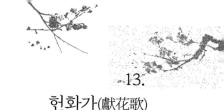

13.

헌화가(獻花歌)

紫布岩 乎 过希
執 音乎手 母牛放 敎遣
吾肹 不喻 慚肹 伊 賜
等花 肹 折叱可 獻 乎
理音 如

자줏빛 옷 입은 태수께서 바위를 지나다 들리시기를 바라셨다
손바닥으로 치게 하시고 잡아 가는 어미소를 놓아주라고 하교하셨다
당신이 나를 부끄럽게 하였으니
한 아름의 꽃 꺾어 바쳐 당신의 부인을 끌고 가버리면
내가 함부로 다스릴 수 없는 놈이란 걸 당신은 알 것이여

1) 단서

본 작품은 신라 성덕왕(재위 702~737) 때 창작되었다. 성덕왕 당시 706년 큰 흉년이 들었다. 이에 대한 《삼국유사》의 기록은 다음과 같다. 아마도 이 해에 만들어진 작품일 것이다.

706년에는 흉년이 들어 백성들이 몹시 굶주렸다. 707년 1월부터 1일부터 7월 30일까지 백성들에게 벼를 나누어 주었다. 한 사람당 하루에 3되씩 주었다.

역사적 기록을 바탕으로 하고, 여기에 해독된 수로부인조의 내용을 더해 당시의 상황을 재구성해본다.

가뭄 피해가 심각해지자 조정에서는 대책을 수립하였다. 농업 용수 공급을 위해 '강릉(江陵)태수'라는 강물 관리 직책을 설치하고, 그 책임자로 순정공(純貞公)을 임명하였다. 강릉을 오늘날의 강원도 강릉으로 해독하나, 강릉은 고려시대 만들어진 지명이다. 물 관리 관직의 이름이었다.

순정공의 처 이름이 수로부인(水路夫人)이었는데 그녀는 자용절대의 미인이었다. 순정공은 진골 신분으로 자줏빛 관복을 입고 있었고, 그의 처 수로도 '부인(夫人)'이라는 최고 호칭을 받았다.

순정공과 수로 부인이 강릉태수 부임 차 출발했다. 종자들도 뒤를 따랐다. 바닷가에 이르러 점심을 먹을 때였다.
주변에는 바위봉우리가 병풍처럼 둘러쳐져 바다를 굽어보고 있었다. 천 길이나 되는 벼랑 위에는 철쭉꽃이 만발했다. 부인이 꽃을 보고 감탄하며 '꽃을 꺾어 바칠 사람 누구 없는가' 물었으나 모두들 '사람이 오를 수 있는 곳이 아니다'라고 하였다.

그때 암소를 끌고 가던 노옹이 일행의 옆을 지나갔다. 실제의 그는 동해용이었으나 노인으로 변장해 있었다. 그는 여자들을 끌고 가 욕심을 채우던 자였다. 그때도 옆 마을의 여자 한 명(母牛)을 붙잡아 끌어 가던 중이었다.

순정공이 종자를 불러 그를 꾸짖게 하고, 손바닥으로 따귀를 치게 한 다음, 끌고 가는 소를 놓아주도록 하라고 하교했다.

노옹은 자신이 신물(神物)인 동해용인데도 불구, 자신을 꾸짖고 때리는 순정공에게 화가 났다. 그는 복수를 위해 그의 처를 유혹하기로 했다. 그는 사람이라면 절대 올라갈 수 없는 높은 바위 위로 올라가 철쭉꽃 한아름을 꺾어 부인에게 바쳤다.

그러면서 속으로 말했다.

'나의 날렵함을 보았으니 내가 함부로 다스릴 수 없는 놈이란 걸 모두들 알 것이다.'

여기까지가 〈헌화가〉의 내용이다. 그러나 이야기는 여기에서 끝나지 않는다. 흥미진진한 이야기가 이어진다.

노옹을 혼내준 순정공은 이틀 동안 더 길을 갔다. 바닷가 정자에서 또다시 점심을 먹고 있을 때, 노옹은 자신의 본 모습인 동해용으로 변신해 나타났다. 그리고 수로부인을 '홀연히 끌고 갔다(忽攬)'. 동해바다로 들어간 것이다.

자신을 망신 준 순정공에 대한 동해용의 반격이었다.

수로부인이 사라지자 농촌에 난리가 났다. 물길(水路)이 마르고, 논밭이 타들어 갔다. 혹심한 가뭄이 들었다.

순정공은 수로부인이 납치된 후에야 부인이 동해용에게 끌려갔다는 사실을 알았다. 그는 어쩔 줄을 몰라 하며 넘어져 땅바닥에 쓰러졌다.

그때 한 노인이 나타나 순정공에게 가르침을 주었다.

"옛사람들의 말에 여러 사람의 말은 쇠를 녹인다(衆口鑠金 중구삭금)고 하였습니다. 바닷속 짐승이 어찌 사람들의 말을 무서워하지 않겠습니까. 지역 백성들을 모아 노래를 지어 부르면서 막대기로 언덕을 친다면 부인을 다시 만날 수 있을 것입니다."

순정공은 노인의 말대로 했다
이때 순정공이 지어 부르게 한 노래가 해가(海歌)이다.

해가는 뒤에 설명하겠지만 향가였다.

해가를 해독하면서 주의해야 할 점이 있다. 배경기록에서는 '용'이 수로 부인을 끌고 갔다고 했는데, 해가에서는 '귀호귀호 출수로(龜乎龜乎出水路)'라고 하여 '거북이'로 되어있다.

이러한 해독은 오류이다.

해가의 '구(龜)'는 거북이가 아니고 '논이 가뭄에 갈라진다'는 의미의 '갈라지다 균(龜)'으로 풀어야 한다.

龜乎龜乎
出水路
논이 갈라짐이여, 논이 갈라짐이여
물길이 생기도록 해 달라, 수로를

순정공의 지시에 따라 사람들은 노래를 부르면서 몽둥이로 강 언덕을 쳤다. 바로 이 장면이 향가가 공연되는 모습이다. '여러 사람의 입은 쇠를 녹인다'라는 '중구삭금'의 법칙이 동해 바닷가에서 장엄하게 시연되고 있다.

신라인들은 향가는 신을 굴복시키는 힘을 가지고 있다고 믿었고, 향가를 떼 창으로 부르고, 거기에 맞추어 떼춤을 추면 향가의 힘은 더욱 증폭된다고 믿었다. 향가는 한 사람이 부를 수도 있었으나 떼로 부를 수도 있었던 것이다. 이는 향가의 본질에 해당하는 부분이다.

떼창과 떼춤이 실행되자 용은 공포를 느꼈다. 더욱이 해가의 내용은 자신을 그물로 잡아 불에 태워 연기를 하늘에 바치는 제사(燔祭 번제)를 지내겠다고 하는 것이었다.

동해용은 잡혀 불에 태워지기 전에 수로 부인을 가져다 바치는 것이 좋다고 생각했다. 용이 부인을 바다에서 받들고 나왔다. 굴복한 것이다. 향가의 위대한 승리였다.

순정공은 돌아온 수로에게 바닷가에서 있었던 일을 물었다.
수로가 답했다.

"칠보로 꾸민 궁전의 음식이 달고, 기름지며 향기롭고 깨끗하여 인간 세상의 음식이 아니었습니다."

부인의 옷에서도 이상한 향내가 풍겼으니 이 세상에서 맡아보지 못한 것이었다. 수로부인이 끌려간 것은 이번 뿐만이 아니었다. 깊은 산과 큰 못에 사는 신물의 유혹을 받아 납치되어 사라지곤 했다. 신라인들은 그때마다 가뭄이 들어 수로가 없어졌다고 신물(神物)들을 원망했을 것이고, 그때마다 동해 바닷가에서 벌인 일과 비슷한 행사들을 치렀을 것이다.

《삼국유사》 수로부인조에 기록되어 있는 〈헌화가(獻花歌)〉와 〈해가(海歌)〉, 그리고 배경기록이 아귀가 맞아 마치 톱니바퀴처럼 맞물려 돌아가고 있다.

수로부인조의 두 노래는 따로 분리될 수 없다. 신라 성덕왕 당시 있었던 한 기우제 행사를 기록해 놓은 것이기 때문이다. 기우제와 관련된 민족문화의 원형이 여기에 나타나고 있다.

〈헌화가〉에는 5개의 고유명사가 등장한다.
이들은 고유명사법에 따라 다음과 같이 풀린다.

① 수로(水路) 수로부인의 이름이다. 수로(水路)는 물길을 의미한다. 배경기록에 따르면 수로는 자주 납치된다. 수로가 자주 사라졌다는 말은 가뭄이 자주 들었다는 말이 된다. 물의 여신이다.
중국어 사전에 따르면 주수로(走水路)=수로로 가다=남녀가 성교하다(고려대 중한사전)이다. 즉 수로(水路)=여자의 성기이다. 수로(水路)부인은 물길 부인이며, '성교하는 부인'으로 해독된다.
수로부인은 자용절대(姿容絶代)라고 했다. 그녀는 절세의 미인이었다. 그래서 매번 심산(深山)과 큰 연못(大澤)을 지날 때마다, 여러 차례 신물(神物)들에게 끌려갔다. 성교를 좋아했다는 뜻을 암시하고 있다.

수로부인은 당시 여자로서는 최고의 호칭인 '부인(夫人)'이라는 칭호를 받고 있었다. 〈서동요〉 배경기록에 따르면 백제 무강왕의 왕비를 부인(王與夫人欲幸師子寺)이라 칭하고 있다. 이는 남편 순정공이 자주빛 관복을 입은 것과 관련이 있다. 순정공은 신라 최고 신분인 진골이었다. 1-5관등만이 입을 수 있던 자줏빛 관복을 입고 있었다. 그래서 그의 처 수로에게도 '부인(夫人)'이라는 호칭이 주어진 것이다.

② 강릉(江陵)은 '강에 물이 흐르다'라는 뜻이다.

江 큰 물길/陵 물에 담그다 릉

강릉태수는 수로부인의 남편 직책이다. 강릉태수(江陵太守)란 강에 물이 흐르게 하는 직책이다. 농업용수 관리 책임자인 것이다.
순정공(純貞公)은 '강에 물이 흐르게 하는 직책'에 임명되었다로 풀이된다. 강릉은 신라 당시의 지명이 아니다.

③ 순정공(純貞公)은 수로부인의 남편 이름이다.

純 오직 한 곳에만 전념하다 순/貞 정조 정

수로 부인이 신물(神物)들에게 끌려가 성교를 할 때마다 가뭄이 드니 수로부인에게 정조를 지켜 달라고 청하는 의미이다.

④ 노옹(老翁)은 노련하고 기운이 오른 남자를 말한다.

老 노련하다 노/翁 기운이 오르다 공

〈헌화가〉의 작자는 노옹이다. 동해용이 변신한 남자다. 노옹이라는 한자는 늙은이라는 뜻이 아니고, 남녀관계에 경험이 풍부하고, 힘이 넘치는 사나이라는 뜻이다. 노옹은 노련한 바람둥이 남자를 의미하고 있다. 신라인들은 노련한 남자가 수시로 자용절대의 수로를 유혹해 그녀를 끌고 가는 바람에 가뭄이 든다고 믿었다.

2) 풀이

■ 紫布岩 乎 过希
자줏빛 옷 입은 태수께서 바위를 지나다 들르기를 바라셨다
ㅇ乎 감탄하라

•紫 자줏빛 자
•布 베 포. 옷으로 해독한다. 《만엽집》 제 4번가에도 朝布가 조복으로 해독된다.
•紫布 자줏빛 옷. 수로부인의 남편 강릉태수로 해독한다.
 신라는 신분에 따라 의복의 제한을 받았다.
 관복의 색깔, 모자와 신발의 재질 등 머리부터 발끝까지 차별을 두었다.
 최고의 관직 1~5관등(진골)은 자주색이었다.
 복색으로 보면 순정공은 진골이었고, 강릉태수는 1-5관등에 해당하는 직책이었
 다. 자포(紫布)는 신라의 골품제가 향가에 반영되어 있는 구절이다. 자포(紫布)는
 좁게는 〈헌화가〉, 넓게는 《삼국유사》에 실린 향가 14편이 신라 당시 창작되었음
 을 입증하는 증거다.
•岩 바위 암
•乎 감탄사 호 [보언]
•过 지나가는 길에 들르다 과. 과(過)의 속자
•希 바라다 희. 문맥으로 보아 希의 주어는 순정공이다.
•过希 과희. 순정공이 지나가다 들리시기를 희망했다.

■ 執 音乎手 母牛放教遣
잡아 가고 있는 어미소를 풀어주라는 가르침을 보내셨다
ㅇ音 음률소리를 내라
ㅇ乎 탄식하라
ㅇ手 손바닥으로 치라

•執 죄인을 잡다 집. '붙잡아 강제로 끌고 가다'로 해독한다.
 암소를 끌고 가다. 즉 '인근 마을 여자를 잡아 끌고 가다'로 해독이 가능하다. 소
 를 끌고 가는 老翁은 남녀관계에 노련한 남자로서 神物이다.
•音 음률 음 [보언]
•乎 감탄사 호 [보언]
•手 손바닥으로 치다 수 [보언] 노옹을 손으로 치게 하였다.
•音乎手 순정공이 노옹이 여자를 놓아주게 하라고 종자에게 지시하며, 노옹을 손
 바닥으로 치게 하다.
•母 어미 모

- 牛 소 우
- 母牛 노옹이 어디에선가 잡아 끌고 가는 여자다.
- 執母牛 잡아 끌고 가는 여자(암소)로 해독한다. 수로부인 조 배경기록에 執의 해독에 도움이 되는 사례가 나온다. 牽牸牛(이끌다 견, 암컷 자, 소 우), 執母牛(잡다 집), 忽攬夫人入海(가지다, 잡아당기다 람), 屢被神物掠攬(여러 루, 탈취하다 략, 잡아당기다)가 그것이다. 牽은 끌다, 執은 잡아가다, 攬은 끌어당기다로 해독함이 타당할 것이다. 배경기록의 牽牸牛가 향가에서는 執母牛로 표기되었고, 해가에서는 攬夫人으로 표기됨에 유의해야 한다. 이에 따라 執을 '붙잡아 강제로 끌고 가다'로 해독한다.
  암소를 끌고 감은 마을 단위의 농사일에 차질을 불러일으키는 행위다. 여자를 암소라고 은유한 것은 여자들이 가래를 끄는 등 농사일에 참여하였음을 말한다.
- 放 석방하다 방
- 敎 가르치다 교. 붙잡아 끌고 가는 어미 소를 놓아주라는 가르침
- 遣 보내다 견
- 敎遣 교견. 순정공이 종자를 시켜 하교했다.

■ 吾 肹不喩 慚肹 伊賜

나를 부끄럽게 함을 당신이 주셨으니
ㅇ肹 소리를 울리라
ㅇ不喩 기뻐하는 모양을 짓지 말라
ㅇ肹 소리를 울리라

- 吾 나 오
- 肹 소리 울리다 힐 [보언]
- 不 아니다 불 [보언]
- 喩 기뻐하는 모양 유 [보언]
- 不喩 [다음절 보언] 기뻐하는 모양을 하지 말라. 부끄럽게 하였으니 유쾌하지 않다
  고려 향가 〈수희공덕가〉에서는 不喩 仁이 '기뻐하지 않는 현인'이란 의미의 다음절 보언으로 사용되고 있다.

※향가에서 不의 사례
不喩(즐거워 말라: 〈헌화가〉, 〈수희공덕가〉),
不冬(북을 치지 말라: 〈신충가〉, 〈항순중생가〉)가 있다.
不成 (《만엽집》 564번가): 길제를 올리지 말라

- 慚 부끄러워하다 참. 노옹이 순정공이 자신에게 부끄러움을 주었다고 했다. 종자가 전하는 말 속에 '부끄러움을 알라'고 꾸짖는 내용이 있었으나 생략하였을 것이

다. 〈헌화가〉에 이어지는 해가에서는 '남의 부인을 끌고 가는 죄가 얼마나 패역한 일인지를 아느냐'고 하였다. 암소를 강제로 끌고 가는 것이나 수로부인을 끌고 가는 것은 동일한 성격의 행위다. 부끄러운 일이었고, 패역한 행위였다.

• 肹 소리 울리다 힐 [보언] • 伊 너 이. 순정공
• 賜 주다 사
• 慚伊賜 부끄러움을 순정공이 노옹에게 주다.

※〈헌화가〉 작자는 이 때 '기뻐하는 모습을 하면 안 된다(不喩)'고 하였다. 작자는 순정공이 노옹을 부끄럽게 하는 내용으로 작품을 쓰고 있는 것이다.

■ 等花 肹 折 叱可 獻 乎
한 묶음의 꽃을 꺾어 바쳐 (당신의 부인을 유혹해 끌고 가면)
○肹 소리를 울리라
○叱 꾸짖으라
○可 칸이 나가라
○乎 탄식하라

• 等 무리 등
• 花 꽃 화
• 等花 등화. '등(等)'은 '모여서 뭉친 한 동아리'이니 '한 묶음 꽃'으로 해독된다.
• 肹 소리 울리다 힐 [보언]
• 折 꺾다 절
• 叱 꾸짖다 질 [보언]
• 可 오랑캐 임금의 이름 극 [보언] 돌궐왕 칸을 무대로 내보내라는 의미
• 肹叱可 힐질극. 꽃을 꺾는 장면에 소리를 울리고, 꾸짖고, 돌궐의 왕 칸이 나온다. 이 장면에서 노옹의 실체가 드러난다. 단순한 늙은이가 아니고 사람이 올라갈 수 없는 높은 벼랑을 올라가는 모습을 보임으로써 자신이 神物임을 과시한다. 칸으로 분장한 노옹은 절륜한 힘으로 높은 바위를 소리치며 꾸짖으며 돌궐의 왕처럼 오르내리며 꽃을 꺾는다.
• 獻 주다 헌
• 乎 아, 감탄사 호 [보언]

■ 理 音如
(내가 함부로) 다스릴 수 없는 놈이란 걸 (아시겠지여)
○音 소리를 울리라
○如 맞서라

• 理 다스리다 리. 향가에서의 다스리다(理)는 강력한 통제를 말하는 문자였다. 기파

랑을 처형하고, 죽지랑이 백성들을 살리는 것도 理라고 했다. 본 향가에서 순정공이 취했던 '소를 놓아주라'며 꾸짖고 때리게 한 것을 다스림의 한 종류로 보았다.

※ '理'가 '다스리다'로 사용되는 사례

〈안민가〉 배경기록: "짐을 위하여 백성을 다스려 편하게 살수 있게 하는 노래를 지어달라(爲朕作 理安民歌)"

〈찬기파랑가〉: 달이 다스려 흰구름을 좇아내다(月 羅 理白雲逐).

〈모죽지랑가〉: 그립다, 다스리던 마음이(慕理 尸 心 米)

• 音 음률 음 [보언]
• 如 맞서다 여. ~여 [청언]
• 理如 다스리면 안 되겠지여. 노옹이 순정공의 처사에 맞서고 있다.

14.
혜성가(彗星歌)

舊+旧 理東 尸 汀 叱 乾達婆 矣

遊 烏隱 城 叱肹良

望 良古

倭理 叱 軍置 來叱多

烽燒 邪隱 邊 也 藪 耶

三花 矣 岳 音 見賜 烏尸 聞 古

月置八切 爾

數 於將來尸波 衣

道 尸 掃 尸 星利 望 良古

彗星 也 白反 也

人是 有叱多

後句

達阿羅

浮去

伊 叱 等 邪 此 也 友物比 所音叱

慧 叱只有叱 故

다스리던 동쪽 땅의 작은 물줄기가 말라 성이 막힘없이 트인 모습이 되었다

아무나 돌아다니오는 성이 되었어라

밤늦도록 망을 보라했고

왜가 다스리기 위해 군사를 두러 왔다

봉화불이 타올랐사온 변방은 늪 지역이었어

세 화랑이 풍악산을 보아 주오시려는 이야기를 아뢰었었고

왜군이 한 달을 두고 여덟 번 공격해 와 우리의 군사들을 베었다

여러번 되풀이 하여 왜군의 장수가 쳐들어와 아군의 시체가 파도 위에 옷처럼
떠다녔다

이 때 길을 쓰는 별이 바라 보였어라

혜성의 불길함은 길함으로 뒤집어 놓을 수 있다

혜성이란 불길한 것이라는 사람들의 생각을 바로 잡아야 한다

후구

막힘없이 트인 물가라

아군의 시신이 옷처럼 떠가나니

너희들이 계속해서 우군들과 함께하였다

살별이 사라졌나니

1) 단서

　신라 진평왕 대(재위 579~632) 융천사(融天師)가 지은 향가이다. 왜
군이 공격해 오고 혜성이 내습하여 국가가 위기에 처했을 때 만든 작
품이었다.

　본 작품은 608년 창작되었을 수 있다. 서기 608년 폰스 브룩스
(Pons-Brooks) 혜성이 지구를 스쳐갔다는 논문이 발표되어 있다. 이
해는 진평왕(眞平王) 재위 30년이다.

　미국 항공우주국(NASA)에서 제공하는 'JPL 데이터베이스'라는 천
문학적 연구 방법을 사용하여 〈혜성가〉와 관련된 혜성을 도출해 낸

것이 바로 608년에 출현한 Pons-Brooks 혜성이다.

왜의 신라침공은 고구려와 백제와 협약에 의한 것으로 보인다. 당시 신라는 고구려·백제·왜로부터 협공 당하고 있었다.

《일본서기》에 의하면, 601년 왜가 고구려와 백제에 사신을 파견하여 신라를 협격하자고 제안한 기록이 있다. 이는 자신들의 역할을 미화한 기록으로 보아야 한다. 미화법이 《일본서기》에 구사되어있다.

본 작품이 만들어지는 608년 고구려는 2월에 신라의 북쪽 국경을 습격하여 8천 명을 포로로 잡았고, 4월에는 신라의 우명산성을 빼앗았다(《삼국사기》).

바로 이해 왜군의 동해안 공격이 이루어진 것이다. 고구려와 왜가 동시에 신라를 공격하고 있다.

배경기록을 고려하면 〈혜성가〉는 다음과 같이 해독된다.

어떤 해 큰 가뭄이 들어 신라 동쪽 변경에 있던 강이 말랐다. 성 앞의 강도 바짝 말라 아무나 성 앞까지 드나들 수 있게 되어 야간에도 수리부엉이(雚+旧) 같은 경계병을 세워 두었다. 이 때 왜군이 땅을 차지하기 위해 주둔병을 보내 왔다.

당시 거열(居烈), 돌처(突處), 보동(寶同)이라는 3명의 화랑이 낭도들을 이끌고 풍악산에 가려고 왕에게 보고하고 출발했었다.

고유명사법으로 풀어보면 거열은 평소 굳세기가 이루 말할 수 없었고, 보동은 동료를 보물처럼 여기던 화랑이었다. 길을 가던 중 화랑 돌처는 돌연 병을 앓게 되었다.

돌처의 병치료를 위해 가던 길을 멈추었는데 그때 그들은 왜군 침입의 급보를 듣게 되었다. 돌처가 병이 든게 천만다행이었다. 그들은 풍악산을 가려던 계획을 즉각 취소하고 왜군이 쳐들어 온 성으로 진격했다.

한 달여에 걸쳐 왜군이 여러 번(8번) 공격해 와, 아군을 베었다. 아군의 시체들이 강물에 둥둥 떠내려갔다. 화랑도는 물러서지 않았고 계속해 왜군에 맞섰다.

돌연 혜성이 하늘에 나타났다. 혜성이란 불길한 별이어서 군사들의 사기가 떨어지게 되었다.
이때 융천사가 등장했다.
그는 향가의 힘에 의해 혜성의 불길함을 기쁘고 복으로 바꿀 수 있다고 하였다. 그가 〈혜성가〉를 지어 부르면서 혜성의 사악한 기운을 뒤집어 길하게 해달라고 청하자 마력의 힘에 의해 상황이 바뀌었다.

① 돌처가 갑자기 병이 나 금강산으로 가던 화랑들의 발걸음을 멈춰 세웠고,
② 뒤쫓아오던 연락병으로부터 왜군 침입의 소식을 들은 화랑들이 전쟁터로 달려가 합세하였고,
③ 화랑들이 합세하여 아군의 기세가 오르자 왜군이 물러났으며,
④ 혜성이 사라졌다.

화(禍)가 복경(福慶)으로 바뀌었다. 진평왕은 기뻐하면서 화랑의 무리들을 풍악산에 보내 주었다.

본 작품의 고유명사를 푼다.

① 창작자 융천사(融天師)는 하늘과 통하는 승려라는 뜻이다. 이름 자의 뜻대로 융천사는 혜성과 뜻을 통해 불길함을 복이 되게 할 수 있었다.

融 통하다 융/天 하늘 천/師 스승 사

② 3인의 화랑 이름이 나온다.

거열랑(居烈郎)은 군센 사내라는 뜻이다.

居 살다 거/烈 군세다 열/郎 사내 랑

③ 실처랑(實處郎)은 꾀병이 아니고 진짜 아픈 사내다.

實 참으로 실/處 병을 앓다 처/郎 사내 랑

④ 실처랑은 돌처랑(突處郎)이라고도 했다. 갑자기 병에 걸린 사내 란 뜻이다.

突 갑자기 돌/處 병을 앓다 처/郎 사내 랑

⑤ 보동랑(寶同郎)은 동료를 귀하게 여기는 사내로 풀이될 수 있다.

寶 귀중하게 여기다 보/同 무리 동/郎 사내 랑

2) 풀이

■ 雚+旧 理東 尸 汀 叱 乾達婆 矣

(수리부엉이처럼 지키며 오래토록) 다스리던 동쪽 땅의 작은 물줄기가 말라 성이 막힘없이 트인 모습이 되었다

○雚+旧 수리부엉이가 나가라　　　　　○尸 시체가 나가라

○叱 꾸짖으라　　　　　　　　　　　○矢 활을 쏘라

•雚+旧 오래되다, 둥지 위에 있는 수리부엉이 구 [보언] 雚+旧 원문 첫글자 이미지

를 보면 벽자(雈+旧)가 나와 있다. 네이버나 다음의 한자사전, 강희자전에도 나와 있지 않다.

舊자는 본래 '수리부엉이'를 뜻하기 위해 만든 글자였다. 수리부엉이는 짙은 눈썹이 특징이다. 그래서 갑골문에서는 새를 뜻하는 隹(새 추)자 위로 눈썹을 그려 넣었었다. 또 口(입 구)자가 있었는데, 이것은 둥지에 있는 수리부엉이를 묘사한 것이다. 舊자는 글자의 유래와는 관계없이 久(오랠 구)자와 음이 같다는 이유로 '오래되다'라는 뜻으로 가차(假借)된 글자이다.

향가 창작법에 의하면 수리부엉이처럼 밤에도 감시하는 연기를 하라는 보언이면서, 누언으로는 '오래되다'라는 의미로 사용되고 있는 것이다.

- 理 다스리다 리
- 尸 시체 시 [보언]
- 叱 꾸짖다 질 [보언]
- 達 막힘이 없이 트이다 달
- 東 동녘 동
- 汀 작은 물줄기 정
- 乾 마르다 건
- 婆 사물의 형용 파
- 乾達婆 건달파. 물이 말라 막힘이 없이 트인 모습. 강이 성을 보호하는 해자 기능을 수행할 수 없게 되었다.
- 矣 활 의 [보언]

■ 遊 烏隱 城 叱肹良
(아무나) 돌아다니오는 성이 되었어라
○烏 탄식하다
○叱 꾸짖으라
○良 길하라
○隱 가엾어 해 주시라
○肹 소리 울리라

- 遊 떠돌다 유. '사람들이 아무나 성 주변을 돌아다니다'로 해독된다. '유(遊)'가 '놀다'라는 의미가 아니고, '이리저리 돌아다니다'는 의미임이 명백하다.
- 烏 탄식하다 오 [보언]
- 隱 가엾어 하다 은.~은 [청언] '은'의 누언이다.
- 遊烏隱 유오은. 돌아다니오는. 누언이다.
- 城 성 성
- 肹 소리 울리다 힐 [보언]
- 叱 꾸짖다 질 [보언]
- 叱肹 [다음절 보언] 성에 가까이 오는 사람에게 꾸짖는 소리를 울리라
- 良 길하다 라.~라 [청언]

■ 望 良古
망을 보라 했고
○良 길하라
○古 십 대에 걸쳐 입에서 입으로 전하라

•望 망보다 망 •良 길하다 라.~라 [청언]
•古 십 대가 되도록 입에서 입으로 전하라 고.~고 [청언]

■ 倭理 叱 軍置 來叱多
왜가 다스리기 위해 군사를 두러 (왔다)
O叱 꾸짖다 O來 보리 제수를 올리라
O叱 꾸짖기를 많이 하라 O多 많은 배우가 나가라

•倭 왜나라 왜 •理 다스리다 리
•叱 꾸짖다 질 [보언] •軍 군사 군. 왜의 군사.
•置 배치하다 치 •來 보리제수 래 [보언]
•叱 꾸짖다 질 [보언] •多 많다 다 [보언] 많은 왜군들
•來多 왔다. [누언]

■ 烽燒 邪隱 邊 也 藪 耶
봉화불이 타올랐사온 변방은 늪 지역이었어야.
O邪 떠도는 망자의 영혼을 나가게 하라
O隱 가엾어 하시라 O也 주전자 물을 따라 손을 씻으라
O耶 떠도는 망자의 영혼을 나가게 하라

•烽 봉화 봉. 신라가 봉화체제를 운영하였음을 알 수 있다
•燒 불사르다 소
•邪 사악하다 사 [보언] 죽어 떠도는 영혼
•隱 가엾어 하다 은.~은 [청언]
•邊 변방 변
•也 주전자 이 [보언] 제사 중 물을 담아 손을 씻는 제기.
•藪 늪 수
•耶 사악하다 사. 邪 [보언] 죽어 떠도는 영혼
•烽燒邪隱 邊也藪耶 봉화불이 타올랐사온 변방이야 늪이야. 누언을 사용하고 있음이 명백하다.

■ 三花 矢 岳 音 見賜 烏尸 聞 古
세 화랑이 풍악산을 보아 주오시려는 이야기를 아뢰었고.
O矢 활을 겨냥해 쏘라 O音 소리를 내라
O烏 탄식하라 O尸 시체가 나가라
O古 십 대에 걸쳐 입에서 입으로 전하소서

- 三 석 삼
- 花 꽃 화. 화랑으로 해독
- 三花 삼화. 세 명의 화랑. 《삼국유사》 배경기록에 따르면 三花之徒인 거열랑(居烈郎), 실처랑(實處郎), 보동랑(寶同郎)이라는 세 명의 화랑이 풍악산으로 유(遊)하려 하였다. 그들은 군세고, 실제 아프고, 동료들을 보물처럼 여기는 화랑들이었다. 이들은 변방의 성에서 왜군과의 전투가 발발하였다는 급보를 듣고 즉각 풍악산에 유(遊)하려던 계획을 보류하였다. 화랑도의 애국심과 건강한 기강을 알 수 있는 구절이다.
- 矢 활을 쏘다 의 [보언]
- 岳 큰 산 악. 풍악산으로 해독. 풍악산은 금강산의 다른 이름이다
- 音 음률 음 [보언]
- 見 보다 견
- 賜 주다 사
- 見賜 견사. 세 명의 화랑과 휘하 낭도들이 '풍악산을 보아주다'로 해독한다. '보아주다'라는 의미로 보아 화랑들이 놀러가는 것이 아니라 업무의 일환으로 풍악에 가려 했음을 알 수 있다. 그들의 업무는 수련이자 훈련이다
- 烏 환호하는 소리 오 [보언]
- 尸 시체 시 [보언] 화랑의 신분이 창작자의 신분보다 높아 누언으로 존칭어미가 사용되고 있다
- 聞 아뢰다 문
- 古 십 대에 걸쳐 입에서 입으로 전하다 고 [청언]

■ 月置八切 爾
(왜군이) 한 달을 두고 여덟 번 공격해 와 우리의 군사들을 베었다.
○爾 저승바다여 잔잔하라

- 月 달 월
- 置 두다 치
- 八 여덟 팔. 많다
- 切 베다 절
- 八切 팔절. 八은 팔선녀, 사통팔달 등의 예에서 보듯 '많다'의 의미로 쓰인다.
- 爾 너, 아름다운 모양 이. ~이 [청언] 저승바다가 잔잔하게 해 달라는 청언이다. 《만엽집》에서는 爾의 생략형인 尒가 많이 쓰인다. 爾와 尒는 동자(同字)로서 '아름다운 모양'을 본뜬 글자이다. '너'라는 의미로 쓰이고 있지 않음이 명백하다

■ 數 於將來尸波衣
여러 번 되풀이 하여 (왜군의 장수가 쳐들어와 아군의 시체가 파도 위에 옷처럼 떠다녔다.)
○於 탄식하라
○將 저승사자가 나가라
○來 보리 제수를 올리라
○尸 시신을 보이라
○波 저승바다에 파도가 친다
○衣 수의를 갈아입히라

- 數 여러 번 되풀이하다 삭
- 於 탄식하다 오 [보언] 사용례: 於皇時周, 아 아름다워라 주나라여, 詩經 周頌 般
- 將 인솔자 장 [보언] 저승사자　　　　　　• 來 보리 래 [보언]
- 尸 주검 시 [보언]
- 波 파도 파 [보언] 저승으로 가는 바다의 높은 파도
- 衣 옷을 입다, 입히다 의 [보언]

■ 道 尸 掃 尸 星 利 望 良 古
(이 때) 길을 쓰는 별이 바라보였어라
O尸 시신을 보이라
O利 이기게 해달라
O良 길하라O古 십 대에 걸쳐 입에서 입으로 전하라

- 道 길 도　　　　　　　　　　　• 尸 시체 시 [보언]
- 掃 (비로) 쓸다 소　　　　　　　• 尸 시체 시 [보언]
- 星 별 성
- 道掃星 도소성. 도소성(道掃星)은 길을 쓰는 별, 혜성을 말한다. 혜성은 동서양을 막론하고 불길한 것으로 인식되었다. 彗星의 '彗'는 빗자루 혜(彗)이다. 그래서 우리말로 '길을 쓰는 별'이 되었다. 혜성은 요성으로 주검을 의미한다. 그래서 작자는 도소성(道掃星)이라는 단어의 글자 사이에 시체 시(尸)라는 문자를 끼워 넣어 '道尸掃尸星'이라고 표기하였다. 특수한 목적을 위하여 의도적으로 표기한 글자임을 알 수 있다. 특수한 목적이란 주검을 의미하게 함과 동시, 단어를 파괴함으로써 일반인이 도소성(道掃星)임을 알아보지 못하게 하기 위함이다. 일종의 암호적 기법이다.
  또 하나의 측면은 혜성에게 사라지라고 위협하기 위함이었다. 청을 들어주지 않을 경우 시체로 만들어 버리겠다며 위협하는 연기를 하라는 지시어다. 이러한 기능을 하는 문자가 보언이다. 향가 연출자들은 보언으로 연기나 춤이나 악기의 연주, 또는 소리를 내라고 알리는 것이다.
- 道掃星과 그 사이에 삽입된 尸는 노랫말+보언이다. 道掃星은 보언의 존재를 증명하고 있다.
- 利 이롭다, 이기다 리. '~이' [청언] [누언]
- 望 바라보다 망
- 古 십 대에 걸쳐 입에서 입으로 전하다 고 [청언]

■ 彗星 也 白反 也
혜성의 (불길함은) 길함으로 뒤집어 놓을 수 있다.

○也 제기의 물로 손을 씻으라

- 彗 빗자루, 쓸다, 살별 혜 •星 별 성
- 彗星 혜성. 미국 항공우주국(NASA)에서 제공하는 JPL 데이터베이스라는 천문학적 연구 방법을 사용하여 〈혜성가〉와 관련된 혜성을 도출해 내면 608년 9월경에 Pons-Brooks 혜성이 출현했다. 이해는 진평왕(眞平王) 재위 30년이다.
- 也 주전자 이 [보언] 제사 중 물을 담아 손을 씻는 제기
- 白 빛나다, 밝다 백. 좋다, 길함으로 해독.
- 反 뒤집다 반
- 白反 백반. '(혜성의 불길함을) 길함으로 뒤집다'로 해독한다. 배경기록 '뒤집어 복과 경사가 되었다(反成福慶)'라는 구절과 연계해 해독해야 할 것이다. 白反=경사로 뒤집을 수 있다.
- 也 주전자 이 [보언] 제사 중 물을 담아 손을 씻는 제기.

■ 人是 有叱多
(혜성은 불길하다는) 사람들의 (생각을) 바로잡아야 한다.
○有 고기 제수를 올리라   ○叱多 꾸짖기를 여러 번 하라

- 人 사람 인   • 是 바르게 하다 시
- 有 값비싼 고기를 손에 쥐다 유 [보언]
- 叱 꾸짖다 질 [보언]   • 多 많다 다 [보언]

■ 後句
후구

- 後 뒤 후   • 句 구절 구
- 後句 후구 [다음절 보언] 뒤에 붙이는 구절

■ 達阿 羅
트인 물가가 (되었어라)
○羅 징을 치라

- 達 막힘이 없이 트이다 달   • 阿 물가 아
- 羅 징 라 [보언]

■ 浮去
(아군의 시신이 옷처럼) 떠가나니

•浮 뜨다 부
•去 가다 거
•浮去 부거. 시신이 강물에 떠가다

■ 伊叱 等 邪 此 也 友物比 所音叱
너희들이 계속해서 우군들과 함께하였다.
○叱 꾸짖으라
○邪 떠도는 망자의 영혼을 나가게 하라
○也 제기의 물로 손을 씻으라
○所 지휘소를 설치하라
○音 소리를 내라
○叱 꾸짖으라

•伊 너 이
•叱 꾸짖다 질 [보언]
•等 무리 등
•邪 사악하다 사 [보언] 떠도는 영혼
•此 계속 이어지는 발자국 차
•也 주전자 이 [보언] 제사 중 물을 담아 손을 씻는 제기
•友 벗 우   •物 사람 물
•友物 우물. '우군'으로 해독   •比 나란히 하다 비
•所 관아 소 [보언] 성의 지휘소   •音 음률 음 [보언]
•叱 꾸짖다 질 [보언]

■ 彗 叱只有叱 故
살별이 사라졌나니
○叱 꾸짖으라
○只 과부를 나가게 하라
○有 고기 제수를 올리라
○叱 꾸짖으라

•彗 살별 혜   •叱 꾸짖다 질 [보언]
•只 외짝 척 [보언]   •有 값비싼 고기를 손에 쥐다 유 [보언]
•叱 꾸짖다 질 [보언]   •故 죽은 사람 고. 주검

제 3 장

고려 향가 11편

고려 향가는 《균여전》에 수록되어 있는 〈보현십원가(普賢十願歌)〉 11편을 말한다.

불교 화엄경에는 〈보현행원품(普賢行願品)〉이 수록되어 있다. 선재동자가 53선지식(善知識)을 차례로 찾아가 도를 묻고, 마지막으로 보현보살을 찾았을 때 보현보살이 그에게 설한 법문을 기록한 것이다.

균여 대사(923~973)는 신라 말 고려 초를 살아간 승려이다. 균여대사가 12세 때 신라가 멸망했고, 937년 열다섯의 나이로 출가해 화엄교리의 고승이 되었다.

균여 대사는 불교의 교리 외에도 외학(外學)으로 신라 향가 창작법을 전수받았다. 이 사실은 매우 중요하다. 고려이후 향가의 전통이 어떻게 이어지는 지 그 방법을 말하는 키워드이기 때문이다.

즉 고려에서는 향가가 외학이라는 방법을 통해 승려들에 의해 전수되고 있었던 것이다. 향가를 외학으로 공부한 균여 대사에 의해 11편의 향가 작품이 만들어졌고, 고려말 일연 스님에 의해 신라 향가가 선별되어 《삼국유사》에 수록될 수 있었다. 일연 스님 역시 향가를 알고 있었던 것이다.

당연히 일연 스님 이후에도 향가는 불가에서 외학으로 전수되었을 것이다. 이러한 외학의 전통이 '한자를 이용한 우리말 표기'라는 어학적 성과를 축적되게 했다. 조선왕조가 창건된 이후 이러한 축적의 결과물이 어떠한 특수 경로를 통해서 구중심처 세종대왕께 전달될 수 있었고, 이를 받아들인 혁신군주 세종대왕에 의해 추가로 보완되어 한글창제와 반포라는 대위업이 이루어졌을 것이다.

균여 대사는 화엄경 〈보현행원품〉의 내용으로 향가 〈보현십원가〉를 만들었다. 작품 속에 대형 사찰 사판승의 분위기가 있는 것으로 미루어 창작 시기는 균여 대사가 개성 송악산 귀법사 주지(964-973)로 있을 때 만든 작품이었을 것이다.

균여 대사 입적 후 102년이 지난 1075년 혁련정(赫連挺)이 균여 대사의 일대기를 정리해 《균여전》을 펴내며 그 속에 〈보현십원가〉를 수록하였다. 《균여전》에는 균여 대사와 같은 시대 사람인 최행귀(崔行歸)가 균여 대사의 향가를 한역하여 만든 한시 11수도 포함되어 있다. 이를 〈보현십원송(普賢十願頌)〉이라 한다.

※〈보현행원품〉→〈보현십원가〉→〈보현십원송〉

만들어진 순서가 위와 같기에 이들 세 작품의 내용은 서로 간에 유의미한 일치를 보여야 할 것이다. 특히 어떠한 향가 해독법이 제시될 때 그것이 풀어낸 〈보현십원가〉의 내용을 다른 두 가지와 엄중하게 비교해 봄으로써 그 해독법의 타당성 여부를 검증해내야 할 것이다.

혁련정(赫連挺)은 《균여전》에서 〈보현십원가〉 11편을 '향가'라고 하였다. 그러나 이를 받아들이기 전 몇 가지의 질문이 제기되어야 하고 마땅히 답변이 제시되어야 할 것이다. 질문은 이렇다.

① 혁련정(赫連挺)은 무엇을 근거로 〈보현십원가〉를 향가라고 하였는가.

② 현대의 연구자들은 무엇을 근거로 혁련정(赫連挺)의 주장을 옳다고 간주하는가.

이 질문들에 대한 답은 신라 향가가 무엇인지에 대한 뚜렷한 정의가 있어야만이 내놓을 수 있을 것이다.

필자는 앞서서 '신라 향가 창작법에 의해 만들어진 작품이 향가'라고 정의한 바 있다. 이제 필자의 이러한 정의가 검증대 위에 올라야 한다. 필자는 그 검증을 위해 신라 향가 창작법을 〈보현십원가〉 11편에 적용해 보고자 한다. 그리하여 균여 대사의 〈보현십원가〉가 신라 향가 창작법에 따라 만들어져 있는지 여부를 확인 할 것이다.

① 적용 결과 〈보현십원가〉 모두는 철저하게 신라 향가 창작법에 의해 만들어져 있었다.

② 또한 풀이된 내용 모두는 〈보현행원품〉과 〈보현십원송〉에 대해 유의미한 내용 일치를 보이고 있었다. 즉 〈보현십원가〉는 향가였던 것이다.

이하 본장에서는 신라 향가 창작법을 〈보현십원가〉 11편에 적용해 보일 것이다. 작품의 순서는 제목의 가나다순에 따르겠다.

1.
광수공양가(廣修供養歌)

火條執 音馬

佛前燈 乙 直體 良焉多衣

灯炷 隱 須彌 也

灯油 隱 大海逸留去 耶

手焉 法界 毛叱 色 只爲 㫆

手良 每 如 法 叱 供 乙留

法界滿賜 仁 佛體

佛佛周物 叱 供 爲 白制

阿 耶

法供 沙叱多奈 伊 於衣波 最勝供 也

불줄을 잡아

부처님 앞의 등을 바루는 몸이라

등의 심지는 수미야

등의 기름은 큰 바다물이 없어지는 것과 같이 끝없이 가야

법계에 생기가 돌게 하기 위한다면

항상 법공양을 해야 하는 것은 아니다

법계에 가득 차 주신 부처님

부처님들 주변에 공양물을 바치면 깨달음을 이루나니

아미타불이여, 불쌍한 영혼을 맞아주소서

그러나 법공양이 그대에게 최고의 공양이야

1) 단서

균여 대사의 작품이다. 균여 대사는 외학으로 사뇌에 익숙하였다. 화엄경 〈보현행원품〉을 기초로 해서 향가 11편을 지었다.

〈광수공양가(廣修供養歌)〉는 부처를 공양하는 공덕을 널리 닦자는 노래이다. 공양(供養)이란 불교에서 시주할 물건을 올리는 것이다.
사찰에서는 불법승 삼보에 대해 공물을 올린다. 이 의식을 행할 때는 향·등·차·꽃·과일 등 5공양물을 갖추고, 5공양게(五供養偈) 등을 독송하면서 공양의 뜻을 고한다.

법공양이 최고의 공양이라고는 하지만 꼭 법공양뿐만이 아니라, 다른 공양도 올리라는 내용으로 되어 있다.

2) 풀이

■ 火條執 音馬
불줄을 잡아
O音 소리를 내라   O馬 말이 나가라

•火 불 화   •條 줄 조
•執 잡다 집
•音 음률 음 [보언] 말을 부리는 소리로 해독한다
•馬 말 마 [보언] 공양을 하기 위해 공양물을 싣고 온 말을 뜻한다. 공양물을 말이 싣고 온 것으로 보아 큰 사찰을 의미한다. 내용으로 보아 균여 대사가 귀법사 주지일 때(964-973) 창작한 작품임을 짐작하게 한다.

■ 佛前燈 乙 直體 良焉多衣
부처님 앞의 등을 바루는 몸이라
O乙 몸을 굽혀 절을 하라   O良 길하게 해달라

○焉 오랑캐가 나가라　　　　　○多 많은 사람이 나가라
○衣 가사를 입고 나가라

- 佛 부처 불　　　　　　　　　　・前 앞 전
- 灯 등 등. 불교에서는 불전에 등을 밝히는 등 공양을 향 공양과 더불어 중요시하
  였다. 불전에 등을 밝혀서 자신의 마음을 밝게 하여 불덕을 찬양하려는 의미를
  지니고 있다
- 乙 굽다 을 [보언] 절하다로 해독
- 直 바루다, 고치다 직　　　　　・體 몸 체
- 良 길하다 라. ~라 [청언]　　　・焉 오랑캐 이 [보언]
- 多 많다 다 [보언]
- 衣 옷 의 [보언] 승려가 입는 가사

■ 灯炷 隱 須彌 也
등의 심지는 수미야
○가엾어 해 주시라　　　　○제기의 물에 손을 씻으라

- 灯 등 등. 燈의 약자
- 炷 심지 주
- 隱 가엾어 하다 은. ~은 [청언]
- 須彌 불교에서 세계의 중심에 있다고 하는 산. 불교관련 고유명사에는 고유명사
  법이 적용되고 있지 않았다
- 也 주전자 이 [보언] 제사 중 물을 담아 손을 씻는 제기

■ 灯油 隱 大海逸 留 去 耶
등의 기름은 큰 바닷물이 없어지는 것과 같이 오래가야
○隱 가엾어 해 주시라　　　　　○留 머무르라
○耶 죽은 영혼이 나가라

- 灯 등 등　　　　　　　　　　・油 기름 유
- 灯油 등유. 향기롭게 하기 위해 등에 쓰는 기름
- 隱 가엾어 하다 은. ~은 [청언]　・大海 대해. 큰 바다
- 逸 없어지다　　　　　　　　　・留 머무르다 류 [보언]
- 去 가다 거　　　　　　　　　　・耶 요사한 귀신 사 [보언]

■ 手焉 法界 毛叱 色 只爲 旀
법계에 생기가 돌게 하기 위한다며

○手 손바닥으로 도닥이라　　　　○焉 오랑캐가 나가라
○毛 배우들이 나가라　　　　　　○叱 꾸짖으라
○只 과부나 홀아비가 나가라　　　○爲 가장하라
○旀 땅에 손을 짚으라

•手 손바닥으로 치다 수　　　　　•焉 오랑캐 이 [보언]
•手焉 [다음절 보언] 잘한다고 손바닥으로 오랑캐의 등을 툭툭 치는 동작을 하다
•法界 불교도의 사회
•毛 털 모. [보언] 털이 난 배우들
•叱 꾸짖다 질 [보언]　　　　　　•色 생기가 돌다 색
•只 외짝 척 [보언]　　　　　　　•爲 가장하다 위 [보언]
•旀 땅 이름 며 [보언] 땅에 손을 짚으라. ~하며 며. 누언으로 사용되고 있다. 신라
　향가 〈도천수대비가〉에 동일문자가 나온다.

■ 手良 每 如 法 叱 供 乙留
항상 법공양을 해야 하는 것은 아니다.
○手 손바닥으로 치라　　　　　　○良 길하라
○如 맞서라　　　　　　　　　　　○叱 꾸짖으라
○乙留 굽혀 절을 오래토록 하라

•手 손바닥으로 치다 수 [보언]　•良 길하다 라 [청언]
•每 항상 매　　　　　　　　　　•如 맞서다 여. ~여 [청언]
•法供 법공양. 부처의 가르침을 중생들에게 베풀다
•叱 꾸짖다 질 [보언]
•乙 굽다 을. 굽혀 절하다
•留 억류하다, 오래다 류
•乙留 을류 [다음절 보언] 절을 한 상태를 억류하다. 오래 절을 하다

■ 法界滿賜 仁 佛體
법계에 가득 차 주신 부처님.
○仁 현자가 나가라

•法界 불교도의 사회　　　　　　•滿 차다 만
•賜 주다 사　　　　　　　　　　•仁 현자 인 [보언] 부처님으로 해독한다.
•佛體 부처님

■ 佛佛周物 叱 供 爲 白制

부처님들 주변에 공양물을 바치면 깨달음을 이루나니.
○叱 꾸짖으라
○爲 공양하는 모습으로 가장하여 나가라

- •佛 부처 불
- •物 물건, 사물 물. 공양물로 해독
- •叱 꾸짖다 질 [보언]
- •爲 가장하다 위 [보언] 공양하는 모습으로 분장을 하고 나가라
- •白 밝다 백. 무명의 반대, 즉 깨달음으로 해독
- •制 짓다 제
- •白制 백제. 깨달음을 짓다. '깨달음 짓제'라는 누언

- •周 둥글게 에워싸다 주
- •供 바치다 공

■ 阿 耶
아미타불이여, 불쌍한 영혼을 맞아 주소서
○耶 요사한 귀신이 나가라

- •阿 아미타불의 생략형 아
- •耶 요사한 귀신 사 [보언]

■ 法供 沙叱多奈 伊 於衣波 最勝供 也
(그러나) 법공양이 그대에게 최고의 공양이야.
○沙 뱃사공이 나가라
○多奈 많은 능금을 올리라
○衣 가사를 입고 나가라
○也 제기물에 손을 씻으라

○叱 꾸짖으라
○於 탄식하라
○波 파도가 인다

- •法供 법공. 법공양
- •叱 꾸짖다 질 [보언]
- •奈 능금나무 나 [보언]
- •叱多奈 [다음절 보언] 법공양을 하지 않고 능금을 많이 올림을 꾸짖다. 이는 귀법사 주지일 때의 작품임을 암시한다.
- •伊 너 이
- •衣 옷 의 [보언] 가사
- •最 가장 최
- •供 바치다 공. 공양
- •也 주전자 이 [보언] 제사 중 물을 담아 손을 씻는 제기
- •勝供也 최고의 공양이야 [누언]

- •沙 사공 사 [보언]
- •多 많다 다 [보언]
- •於 감탄사 오 [보언]
- •波 파도 파 [보언]
- •勝 뛰어나다 승

2.
보개회향가(普皆廻向歌)

皆 吾 衣 修 孫

一切善陵 頓部叱 廻 良 只

衆生 叱 海 惡中 迷反 群無史 悟 內 去 齊

佛體 叱 海 等 成留焉 日 尸 恨懺 爲如乎仁惡寸

業置 法性 叱 宅阿 叱 寶 良

舊 留 然 叱爲 事置 耶

病吟

禮 爲 白 孫隱 佛體 刀

吾 衣 身伊 波 人 有叱 下 呂

모든 나의 수행으로 쌓은

일체의 선업을 가벼이 여기고 다른 이들에게 돌리라

중생의 바다에서 미혹을 되풀이 하는 무리가 없는 깨달음의 세계로 가자

부처님께 가는 무리들이 고해의 바닷가에 도달한 날에서야 한탄하고 참회하면

되는가여

회향을 하는 것은 법성의 집 아미타불에게 가는 보배라

옛날에 회향하는 일을 베풀었음이야

아아

공경하며 아뢰는 부처님이여

나의 몸은 그대와 다른 사람 아래여

1) 단서

〈보개회향가(普皆廻向歌)〉는 널리 모든 공덕을 되돌리자는 노래이다. 회향(廻向)이란 자기가 닦은 선근공덕(善根功德)을 다른 사람에게 돌리는 일이다. 선근(善根)이란 좋은 과보를 받을 착한 행위다.

2) 풀이

■ 皆 吾 衣 修 孫
모든 나의 수행으로 (쌓은)
○衣 가사를 입고 나가라
○孫 손자에게 주는 것처럼 아낌없이 주라

- 皆 다 개
- 衣 옷 의 [보언] 가사로 해독
- 孫 손자 손 [보언] 손자에게 주다

- 吾 나 오
- 修 수행하다 수

■ 一切善陵 頓部叱 廻 良 只
일체의 선업을 가벼이 여기고 (다른 이들에게) 돌리라
○頓部 조아리는 무리가 나가라
○良 길하라

○叱 꾸짖으라
○只 과부가 나가라

- 一 모든 일
- 善 착하다 선. 선근으로 해독
- 一切善 일체선. 좋은 과보를 받을 일체의 착한 행위
- 陵 가벼이 여기다 릉
- 部 떼 부 [보언]
- 廻 돌리다 회. 회향
- 良 길하다 라. ~라 [청언]
- 只 외짝 척 [보언]

- 切 모두 체
- 頓 조아리다 돈 [보언]
- 叱 꾸짖다 질 [보언]

■ 衆生 叱 海 惡中 迷反群無史 悟 內 去 齊
중생의 바다에서 미혹을 되풀이 하는 무리가 없으신 깨달음의 세계로 가자

○叱 꾸짖으라
○惡中 무거운 형벌로써 두 토막을 내 죽이라
○內 고해의 바다의 안쪽으로 반야용선이 나가라
○齊 제사에 쓰이는 곡식을 내어 놓으라

• 衆生 중생
• 海 바다 해. 고해의 바다
• 惡 죄인을 형벌로써 죽이다 악 [보언]
• 中 두토막 내다 중 [보언]
• 惡中 [다음절 보언] 몸을 베어 두 동강 내다. 향가에서는 惡이 寸, 中, 尸와 연결 지어 사용되고 있다.
• 惡寸 악촌 [다음절 보언] 죄인을 형벌로써 죽이되 능지처참하여 토막 내다. 능지 처참이란 죄인을 죽인 뒤, 그 시신을 토막 쳐서 각지에 돌려 보이는 형벌이다.
• 惡尸 악시 [다음절 보언] 죄인을 형벌로써 죽이되 시체로 만들다
• 惡中 [다음절 보언] 죄인을 형벌로써 죽이되 두 토막을 내다
• 迷 미혹 미
• 群 무리 군
• 史 아름답다 사 [미칭접미사]
• 悟 깨닫다 오
• 內 안 내 [보언] 고해의 바다 안으로 반야용선이 떠나라
• 去 가다 거. 가게 하다
• 去齊 가자. [누언]

• 叱 꾸짖다 질 [보언]
• 反 되풀이하다 반
• 無 없다 무
• 無史 없으심
• 齊 제사에 쓰이는 곡식 자 [보언]

■ 佛體 叱 海等 成留焉 日 尸 恨懺 爲如 乎仁惡寸
부처님께 가는 바다에 무리들이 (도달한) 날에서야 한탄하고 참회하면 되는가여
○叱 꾸짖으라
○留 머무르라
○尸 시신을 보이라
○如 맞서라
○仁 부처님이 나가라
○惡寸 무거운 형벌로 토막을 내 죽이라

○成 길제를 올리라
○焉 오랑캐가 나가라
○爲 가장하라
○乎 탄식하라

• 佛體 불체. 부처로 해독한다.
• 海 바다 해
• 成 길제 성 [보언] 죽은 지 27개월째 치르는 제사. 공식적 장례절차가 끝난다. 고려 초에 길제가 있었음을 증명하는 증거가 된다.
• 留 억류하다, 오래다 류 [보언]

• 叱 꾸짖다 질 [보언]
• 等 무리 등

- 成留 [다음절 보언] 길제를 계속하다. 사람들이 계속 죽음에 이르다.
- 爲 오랑캐 이 [보언]
- 尸 시체 시 [보언]
- 懺 뉘우치다 참
- 如 맞서다 여. ~여 [청언]
- 仁 현자 인 [보언] 부처님으로 해독
- 惡 죄인을 형벌로써 죽이다 악 [보언]
- 寸 마디 촌 [보언]
- 惡寸 [다음절 보언] 죄인을 능지처참 형으로 죽이다.

- 日 날 일
- 恨 뉘우치다 한
- 爲 가장하다 위 [보언]
- 乎 감탄사 호 [보언]

■ 業置 法性 叱 宅阿 叱 寶 良
업을 베푸는 것은 법성의 집 아미타불에게 가는 보배라
○叱 꾸짖으라
○良 길하라

○叱 꾸짖으라

- 業 업 업. 몸(身)과 입(口)과 뜻(意)으로 짓는 선악의 소행. 이것이 미래에 선악의 결과를 가져오는 원인이 된다.
- 置 베풀다 치
- 叱 꾸짖다 질 [보언]
- 法性宅 법성택. 법성의 집. 절의 은유
- 阿 아미타불의 생략형 아
- 寶 보배 보

- 法性 법성. 우주만물의 본체
- 宅 집 택

- 叱 꾸짖다 질 [보언]
- 良 길하다 라. ~라 [청언]

■ 舊 留 然 叱爲 事置 耶
옛날에 그러한 일을 베풀었음이야
※전생에서 좋은 과보를 받을 착한 행위를 다른 사람들에게 돌렸어야 했음이라
○留 머무르라
○爲 가장하라

○叱 꾸짖으라
○耶 죽어 떠돌고 있는 영혼이 나가라

- 舊 옛 구
- 然 그러다 연
- 爲 가장하다 위 [보언]
- 置 베풀다 치

- 留 머무르다 류 [보언]
- 叱 꾸짖다 질 [보언]
- 事 일 사
- 耶 요사한 귀신 사 [보언]

■ 病吟
아아
○병든 신음 소리를 내라

• 病 병 병
• 吟 신음하다 음
• 病吟 [다음절 보언] '아야'로 해독. 병들어 앓는 소리로 신음하라
※보현십원가에는 '타심(打心), 병음(病吟), 탄왈(歎曰) 등과 같은 보언이 출현한다.
  타심은 가슴을 친다는 뜻이고, 병음은 아파서 신음한다는 뜻이고, 탄왈은 탄식
  하여 말하라는 뜻이다.

■ 禮 爲 白 孫隱 佛體 刀
공경하며 아뢰는 부처님이여
O爲 가장하라
O孫 손자들이 말하듯이 하라
O隱 가엾어 하라
O刀 칼로 부처님을 호위하라

• 禮 공경하다 례
• 爲 가장하다 위 [보언]
• 白 아뢰다 백
• 孫 손자 손 [보언] 손자들이 아뢰는 것처럼 말하라
• 隱 가엾어 하다 은. ~은 [청언]
• 佛體 불체. 부처
• 刀 칼 도 [보언] 칼을 들고 호위하라

■ 吾 衣 身伊 波 人 有叱 下 呂
나의 몸은 너와 다른 사람 아래여
O衣 가사를 입고 나가라
O波 파도가 치라
O有 고기제수를 올리라
O叱 꾸짖으라
O呂 음률 소리를 내라

• 吾 나 오
• 衣 옷 의 [보언] 가사로 해독   • 身 몸 신
• 伊 너 이   • 波 파도 파 [보언]
• 人 다른 사람 인   • 有 값비싼 고기를 손에 쥐다 유 [보언]
• 叱 꾸짖다 질 [보언]   • 下 아래 하
• 呂 음률 려 [보언]

3.

상수불학가(常隨佛學歌)

我
佛體 皆往 焉世呂
修 將來 賜 留 隱
難行苦行 叱 願 乙
吾 焉 頓部叱 逐好 友 伊 音叱多
身靡 只 碎 良 只 塵 伊 去 米
命 乙 施好 尸 歲史 中 置
然 叱 皆好 尸卜下里
皆佛體置然 叱
爲 賜 隱 伊 留兮
城上人 佛道向 隱 心
下 他道 不 多 斜 良只 行 齊

외골수로 좇을 것이다
부처님들 모두가 전생에서 수행을 하며 베풀어 주려했던 난행과 고행의 서원을
나는 좇기를 좋아하니 너희들도 다 좇으라
몸이 쓰러지고 부서지고 티끌이 되어 너희들도 가야 하리라

목숨을 바치기를 좋아했던 세월, 몸을 바치셨다
그러하였다, 모든 부처님이 그렇게 하기를 좋아하였으리
모든 부처님들이 몸을 폐기하고자 하셨다, 그러하셨다

모든 부처님께서 베풀어 주시는 것을 너는 배우라

성 위에 사시던 분의 불도를 향하는 마음
물리치자, 다른 길로 기우는 것을
배움을 행하자

1) 단서

항상 부처를 따라 배우자는 노래다.

2) 풀이

■ 我
외골수로 (좇을 것이다)

•我 외고집 아

■ 佛體 皆往 焉 世 呂
부처님들 모두가 지나간 전생에서
○焉 오랑캐가 나가라　　　　　　　　○呂 음률을 울리라

•佛 부처 불　　　　　　　　•體 몸 체
•皆 다 개　　　　　　　　•往 가다 왕
•焉 오랑캐 이 [보언]　　　　•世 세상 세
•往世 전생으로 해독　　　　•呂 음률 려

■ 修 將來 賜 留 隱
수행을 하며 베풀어 주려 했던
○將 저승사자가 나가라　　　　　　○來 보리 제수를 올리라
○留 머무르라　　　　　　　　　　○隱 가엾어 해주라

•修 수행하다 수
•將 장수, 인솔자 장 [보언] 저승사자로 해독

- 來 보리 래 [보언] 제수로 해독
- 賜 베풀다 사
- 留 머무르다 류 [보언]
- 隱 가없어 하다 은. ~은 [청언]

■ 難行苦行 叱 願 乙
난행과 고행의 서원을
○叱 꾸짖으라　　　　　　　　　　　　　○乙 절하라

- 難行 난행. 행하기 어려운 고된 수행
- 苦行 고행. 육체적인 욕망을 누르고 최고의 정신 활동을 얻고자 하는 종교적 수행
- 叱 꾸짖다 질 [보언]
- 願 원하다 원. 서원으로 해독　　　・乙 굽다 을 [보언]

■ 吾 焉 頓部叱 逐好 友 伊 音叱多
나는 좇기를 좋아하니 너희들도 (다 좇으라)
○焉 오랑캐가 나가라　　　　　　　　○頓部 조아리는 떼가 나가라
○叱 꾸짖으라　　　　　　　　　　　　○友 무리가 나가라
○音 소리를 내라　　　　　　　　　　○叱多 꾸짖기를 많이 하라

- 吾 나 오　　　　　　　　　　・焉 오랑캐 이 [보언]
- 頓 조아리다 돈 [보언]　　　・部 떼 부 [보언]
- 逐 좇다 축　　　　　　　　・好 좋다 호
- 友 무리 우 [보언]　　　　　・伊 너 이
- 音 음률 음 [보언]　　　　　・叱 꾸짖다 질 [보언]
- 多 많다 다 [보언]

■ 身靡 只 碎 良 只 塵 伊 去 米
몸이 쓰러지고 부서지고 티끌이 되어 너희들도 가야 하리라
○只 과부가 나가라　　　　　　　　　○良 길하라
○只 과부가 나가라　　　　　　　　　○米 쌀을 제수로 올리라

- 身 몸 신　　　　　　　　　・靡 쓰러지다 마
- 只 외짝 척 [보언]　　　　　・碎 부서지다 쇄
- 良 길하다 라. ~라 [청언]　　・只 외짝 척 [보언]
- 塵 티끌 진　　　　　　　　・伊 너 이
- 去 가다 거　　　　　　　　・米 쌀 미

■ 命 乙 施好 尸 歲史 中 置
목숨을 바치기를 기꺼이 했던 세월, 몸을 바치셨다
○乙 절을 하라   ○尸 시신을 보이라
○中 두 토막을 내라

- •命 목숨 명   •乙 굽다 을 [보언] 절하다
- •施 버리다 이   •好 좋다 호
- •尸 시체 시 [보언]   •歲 한평생 세
- •史 아름답다 사 [존칭 접미사]
- •中 두토막 내다 중 [보언]   •置 폐기하다 치

■ 然 叱 皆好 尸卜下 里
그러하였다, 모든 부처님께서 (그렇게 하기를) 좋아하였으리
○叱 꾸짖다
○尸卜下 시신을 짐바리로 실고가 버리라
○里 이웃이 되어라

- •然 그러하다 연   •叱 꾸짖다 질 [보언]
- •皆 다 개   •好 좋다 호
- •尸 시체 시 [보언]
- •卜 짐바리(마소로 실어 나르는 짐) 짐 [보언] 우리말 '짐'이라는 말의 어원이 한자어
  '짐(卜)'에서 나온 것같다. '마소로 짐바리를 실어 나르는 동작을 하라'는 보언이다.
- •下 없애다 하 [보언]
- •尸卜下 [다음절 보언] 시체를 짐바리로 실어 버리라
- •里 이웃 리. ~리 [청언]

■ 皆佛體置然 叱
모든 부처님들이 (몸을) 폐기하였다, 그러하였다.
○叱 꾸짖으라

- •皆 다 개   •佛體 불체. 부처님들
- •置 폐기하다 치   •然 그리하다 연
- •叱 꾸짖다 질 [보언]

■ 爲 賜 隱 伊 留兮
(베풀어) 주시니 너는 배우라
○爲 가장하라   ○隱 가엾어 해주시라

○留 머무르라   ○兮 감탄하라

- 爲 가장하다 위 [보언]   • 賜 주다 사
- 隱 가엾어 하다 은. ~은 [청언]   • 伊 너 이
- 留 억제하다, 머무르다 류 [보언]   • 兮 감탄사 혜 [보언]

■ 城上人佛道向 隱 心
성 위에 사시던 분의 불도를 향하는 마음
○가엾어 해주시라

- 城上人 성상인. 출가 전의 석가모니, 즉 고타마 싯다르타
- 佛 부처 불   • 道 길 도
- 向 향하다 향   • 隱 가엾어 하다 은. ~은 [청언]
- 心 마음 심

■ 下 他道 不冬 斜 良只
물리치자, 다른 길로 기우는 것을
○不冬 북을 치지 말라   ○良 길하라
○只 외짝이 나가라

- 下 물리치다 하   • 他 다르다 타
- 道 길 도   • 不 아니다 불 [보언]
- 冬 북소리 동 [보언]
- 不冬 [다음절 보언] 북을 치지 말라 즉 다른 길로 나아가지 않는다. 〈수희공덕가〉
  에도 다음절 보언으로 나온다.
- 斜 기울다 사   • 良 길하다 라.~라 [청언]
- 只 외짝 척 [보언]

■ 行 齊
행하자
○齊 제사에 바치는 곡식을 올리라

- 行 장사지내다 행
- 齊 제사에 바치는 곡식 자 [보언]
- 行齊 행하자 [누언]

4.
수희공덕가(隨喜功德歌)

迷悟同體叱 緣起叱 理良
尋只見根
佛伊衆生 毛叱所只
吾衣身 不喩仁 人音有叱下呂
修叱賜乙隱 頓部叱 吾衣修叱孫丁
得賜伊馬落 人米 無叱昆 於內
人衣善陵等 沙不冬 喜好尸置乎理叱過
後句
伊羅擬可 行等 嫉妬叱 心音至 刀來去

미혹과 깨달음이 한몸인 것은 연기의 이치라
찾아 드러내라, 부처가 너와 중생이라는 이치를
나의 몸은 다른 사람과의 인연 아래여
남의 수행에 도움을 주는 것은 나의 수행에 도움을 받는 것이다
얻음과 줌에는 너와 남이 없이 뒤얽혀 있다
다른 사람이 잘함을 업신여기는 무리들이 남의 성취를 기뻐하지 않거나
좋아하지 않는 이치는 잘못이다

후구

비교하는 무리들의 질투하는 마음은 반드시 오고 가는 것이다

1) 단서

<수희공덕가(隨喜功德歌)>는 다른 사람의 훌륭함을 자신의 일처럼 기뻐해주는 공덕을 쌓자는 노래다.

다른 사람의 좋은 일을 자신의 일처럼 기뻐하는 것은 불교에서 좋은 과보를 얻기 위해 쌓는 선행으로서 연기와 윤회를 근본으로 하는 불교에서 중시하는 행위이다.

2) 풀이

■ 迷悟同體 叱 緣起 叱 理 良
미혹과 깨달음이 한몸인 것은 연기의 이치라
○叱 꾸짖으라   ○良 길하라

- 迷 미혹할 미   • 悟 깨닫다 오
- 同 같다 동   • 體 몸 체
- 叱 꾸짖다 질 [보언]
- 緣起 모든 현상은 원인과 조건이 상호 관계하여 성립되므로 독립적인 것은 없고, 원인이 없으면 결과도 없다는 설이다.
- 叱 꾸짖다 질 [보언]   • 理 이치 리
- 良 길하다 라. ~라 [청언]

■ 尋 只 見 根 佛伊衆生 毛叱所只
찾아 드러내라, 부처가 너와 중생이라는 (이치를)
○只 외짝이 나가라   ○根 뿌리 나물을 올리라
○毛 털이 난 배우가 나가라   ○叱 꾸짖으라
○所 처소를 설치하라   ○只 외짝이 나가라

- 尋 찾다 심   • 只 외짝 척 [보언]
- 見 드러나다 현   • 根 뿌리 근 [보언] 뿌리 나물
- 佛 부처 불   • 伊 너 이
- 衆生 중생   • 毛 털 모. [보언] 털이 난 배우들

•衆生毛 중생모. 衆生+毛. 향가 문자 毛가 衆生을 의미하고 있음을 증명하는 어구이다. 즉 毛란 甲男乙女이다.

•叱 꾸짖다 질 [보언]

•所 관아, 처소 소 [보언]

•只 외짝 척 [보언]

■ 吾 衣 身 不喩仁 人 音有叱 下 呂
나의 몸은 다른 사람과의 인연 아래여
O衣 가사를 입으라
O不喩仁 기뻐하지 않는 모습의 현자가 나가라
O音 소리를 울리라
O叱 꾸짖으라

•不 아니다 불

•喩 기뻐하는 모양 유

•仁 현자 인

•不喩仁 [다음절 보언] 기뻐하지 않는 모습을 하는 현자. 仁은 당시 사회적 지위가 높았던 것으로 보인다. 그러기에 지위가 낮은 사람과 인연으로 서로 엮어 있다는 말에 仁이 마땅치 않다는 표정을 지을 것이다. 신라 향가 〈헌화가〉에도 不喩(기뻐하지 않다)가 보언으로 사용되고 있다.

•人 다른 사람 인

•有 고기 제수를 올리다 [보언]

•下 아래 하

•音 음률 음 [보언]

•叱 꾸짖다 질 [보언]

•呂 음률 여 [보언]

■ 修 叱 賜 乙隱 頓部叱 吾 衣 修 叱孫丁
(남의) 수행에 (도움을) 주는 것은 나의 수행(에 도움을 받는 것이다)
O叱 꾸짖으라
O隱 가엾어 하라
O叱 꾸짖으라
O叱 꾸짖으라
O丁 장정(어른)이 나가라
O乙 절하라
O頓部 조아리는 무리가 나가라
O衣 가사를 입고 나가라
O孫 손자가 나가라

•修 닦다 수

•賜 주다 사. 남의 수행에 도움을 주다

•隱 가엾어 하다 은. ~은 [청언]

•部 떼 부 [보언]

•叱 꾸짖다 질 [보언]

•乙 굽다 을 [보언] 절하다

•頓 조아리다 돈 [보언]

•頓部 [다음절 보언] 조아리는 무리. 여러 사람이 수행하고 있다. 일연 스님께서 귀법사 주지시절 본 작품을 창작하였음을 말하고 있다.

- 叱 꾸짖다 질 [보언]
- 衣 옷 의 [보언] 가사로 해독
- 叱 꾸짖다 질 [보언]
- 丁 장정 정 [보언]
- 孫丁 [다음절 보언] 어른이 손자를 챙기듯 돕다

- 喦 나 오
- 修 닦다 수
- 孫 손자 손 [보언]

■ 得賜 伊 馬落 人 米 無 叱 昆 於內
얻음과 줌에는 너와 남이 없이 뒤얽혀 있다
○馬落 말에서 쌀을 내려 서로에게 주라
○米 쌀을 제수로 바치라
○叱 꾸짖으라
○於 탄식하라
○內 저승배가 강안으로 떠나라

- 得 얻다 득
- 得賜 득사. 얻고 줌
- 馬 말 마 [보언]
- 馬落 [다음절 보언] 말에서 쌀을 내려 서로에게 주다
- 人 다른 사람 인
- 米 쌀 미 [보언]
- 無 없다 무
- 叱 꾸짖다 질 [보언]
- 昆 뒤얽히다(≒渾, 混) 혼. 〈처용가〉에 昆脚이 나온다.
- 於 탄식하다 오 [보언]
- 內 안 내 [보언]. 고해의 바다 안으로 가다.

- 賜 주다 사
- 伊 너 이
- 落 떨어지다 락 [보언]

■ 人 衣 善陵等 沙不冬 喜好 尸 置 乎 理 叱 過
다른 사람의 잘함을 업신여기는 무리들이 기뻐하지 않거나 좋아하지 않는 이치는
잘못이다
○衣 가사를 입고 나가라
○沙 사공이 나가라
○冬 북을 치라
○尸 시신을 내보내라
○乎 탄식하라
○叱 꾸짖으라

- 人 다른 사람 인

- 衣 옷 의 [보언] 승려의 가사
- 善 잘하다 선. '선(善)'이 '잘하다'라는 의미로 쓰이고 있다. 〈서동요〉 선화(善化) 공주에서의 선(善)이란 글자 역시 '가르침에 능하다'는 해독이 가능하다. 〈우적가〉의 배경기록에 나오는 '선향가(善鄉歌)=향가에 능하다'라는 어구 역시 마찬가지다.
- 陵 업신여기다 릉
- 沙 사공 사 [보언]
- 冬 북소리 동 [보언]
- 等 무리 등
- 不 아니다 불 [보언]
- 沙不冬 [다음절 보언] 저승의 뱃사공이 북을 치지 않는다. 뱃사공들은 북에 맞추어 노를 저으려고 하는데 북을 치지 않는다. 즉 서로 돕지 않는다. 〈상수불학가〉에도 나오는 다음절 보언이다.
- 喜 기쁘다 희
- 尸 시체 시 [보언]
- 乎 감탄사 호 [보언]
- 叱 꾸짖다 질 [보언]
- 好 좋아하다 호
- 置 폐기하다 치
- 理 이치 리
- 過 잘못 과

■ 後句
후구

後句 뒷구절

■ 伊 羅 擬 可 行等 嫉妬 叱 心 音 至 刀來 去
너와 비교를 행하는 무리들의 질투하는 마음은 반드시 (오고) 가는 것이다
ㅇ羅 징을 치라
ㅇ叱 꾸짖으라
ㅇ刀 칼로 베라
ㅇ可 칸이 나가라
ㅇ音 음률소리를 내라
ㅇ來 보리 제수를 올리라

- 伊 너 이
- 羅 징 라 [보언]
- 擬 비교하다 의
- 可 오랑캐 임금의 이름 극 [보언] 돌궐제국 왕의 칭호 칸(可汗)의 준말이다.
- 行 행하다 행
- 嫉 시새움하다 질
- 妬 샘내다 투
- 心 마음 심
- 至 반드시 지
- 來 보리 래 [보언]
- 叱 꾸짖다 질 [보언]
- 音 음률 음 [보언]
- 刀 칼 도 [보언] 칼을 휘두르다
- 去 가다 거

예경제불가(禮敬諸佛歌)

心 未筆留 慕呂

白乎隱 佛體 前衣

拜內乎隱 身

萬隱 法界 毛叱所只 至去良

塵塵 馬洛 佛體叱

刹亦 刹刹 每如

邀里 白乎隱

法界 滿賜隱 佛體 九世 盡良

禮爲白齊

歎曰

身語意業 无疲厭 此良

夫作沙毛叱 等耶

'마음으로 그리워하고 있음이여'라고

아뢰오는 부처님 앞에 절하오는 사람들

수많은 법계에 반드시 가야 하리라

먼지가 잔뜩 끼어 있는 불상

절 그리고 절 절들에 매양 먼지가 끼어 있으면 안 된다

부처님을 맞이하리 아뢰오는

법계에 가득차 주는 부처님이여 구세에 다함없으리라

예경하며 아뢰자

감탄하며 말하자

몸과 말과 뜻의 업을 행함에 있어 피곤해하거나 싫어함 없이 계속하라

대저 행하자, 중생의 무리야

1) 단서

〈예경제불가(禮敬諸佛歌)〉는 〈보현십원가〉 중 첫 번째 향가로서 모든 부처를 예경하자는 뜻이다.

2) 풀이

■ 心 未筆留 慕 呂
마음으로 그리워하고 있음이여
○未筆留 아직 그리지 못하고 있으라
○呂 음률소리를 내라

•心 마음 심
•未 아직 ~하지 못하다 미 [보언]
•筆 붓 필 [보언] 그리다로 해독한다
•留 머무르다 류 [보언]
•未筆留 [다음절 보언] 아직 그림을 완성하지 못하여, 계속 머물러 그리고 있다. 바로 뒤 慕(그리다)와 연계되고 있다. 그리고 있다(未筆留)=그리다(慕)
•慕 그리워하다 모
•呂 음률 여. ~여 [보언] 음률 소리를 내라. 그리다+여=그리워함이여 [누언]

■ 白 乎隱 佛體 前 衣
아뢰오는 부처님 앞에
○乎 감탄하라
○隱 가엾어 해 주소서
○衣 가사입은 승려가 나가라

•白 아뢰다 백
•乎 아, 감탄사 호 [보언]
•隱 가엾어 하다 은. ~은 [청언]
•佛體 불체. 부처로 해독
•前 앞 전
•衣 옷 의 [보언] 승려의 옷인 가사로 해독

232   천년 향가의 비밀

■ 拜 內乎 隱 身 萬 隱 法界 毛叱所只 至去 良
절하오는 사람들 수많은 법계에 반드시 가리라
○內 고해의 바다 안으로 노 저어 나가라
○乎 탄식하라 　　　　　　　　　○隱 가엾어 하라
○隱 가엾어 하라 　　　　　　　　○毛 털배우가 가라
○叱 꾸짖으라 　　　　　　　　　　○所 처소를 무대에 설치하라
○只 외짝을 만들라 　　　　　　　○良 길하라

・拜 절하다 배 　　　　　　　　　・內 안내 [보언] 고해의 바다 안 쪽
・乎 감탄사 호 [보언] 　　　　　　・隱 근심하다 은.~은 [청언]
・身 몸 신 　　　　　　　　　　　・萬 매우 많다 만
・隱 가엾어 하다 은. ~은 [청언] 　・法界 법계
・毛 짐승, 터럭 모. 중생으로 해독 [보언]
・叱 꾸짖다 질 [보언]
・所 처소 소 [보언]
・毛所 중생의 곳=중생계=중생이 사는 곳. <총결무진가>에서는 人所가 나온다.
　사람들이 사는 곳이란 의미다.
・只 외짝 척 [보언] 과부로 해독한다
・至 반드시 지
・去 가다 거. 수많은 법계와 중생계 어디든지 가 있어 부처를 예경하다
・良 길하다 라. ~라 [청언]

■ 塵塵 馬洛 佛體 叱
먼지가 잔뜩 끼어 있는 불상
○馬洛 말이 먼지를 나게 하며 이어 달리라
○叱 꾸짖으라

・塵 티끌 진
・馬 말 마 [보언]
・洛 잇닿다 낙 [보언]
・馬洛 [다음절 보언] 말 여러 마리가 이어져 달리며 흙먼지를 자욱이 일으키라. 그
　래서 불상에 먼지가 끼어있다. 보언은 전후에 있는 노랫말의 의미와 상통하는 글
　자를 사용하고 있다
・佛 부처 불
・體 몸 체
・佛體 불상. 塵塵佛體 먼지가 잔뜩 낀 부처
・叱 꾸짖다 질 [보언]

■ 刹亦刹刹每 如
절 그리고 절 절들에 매양 (먼지가 끼어 있으면) 안 된다.
ㅇ如 맞서라

- 刹 절 찰. 부처님의 세계
- 刹 절 찰
- 如 맞서다 여 [청언]

- 亦 또한 역
- 每 매양, 늘 매

■ 邀 里 白 乎 隱
(부처님을) 맞이하리 아뢰오는
ㅇ里 이웃이 되게 해 달라
ㅇ乎 탄식하라
ㅇ隱 가엾게 여기어 달라

- 邀 맞다 요
- 白 아뢰다 백
- 隱 가엾어 하다 은. ~은 [청언]

- 里 이웃 리. ~리 [청언]
- 乎 감탄사 호

■ 法界 滿賜 隱 佛體 九世盡 良
법계에 가득 차 주는 부처님이여 구세에 다함 없으리라
ㅇ隱 가엾게 여겨 달라
ㅇ良 길하라

- 法界 법계. 우주 만법의 본체인 진여(眞如), 불교도(佛敎徒)의 사회. 불법의 범위
- 滿 가득차다 만
- 隱 근심하다 은.~은 [청언] 중의법
- 九世 구세. 시간의 영원한 흐름
- 良 길하다 라. ~라 [청언] 중의법

- 賜 주다 사
- 佛體 불체. 부처님
- 盡 다하다 진

■ 禮 爲 白 齊
예경하며 아뢰자.
ㅇ爲 가장하라
ㅇ齊 제사에 쓰이는 곡식을 올리라

- 禮 공경하다 례
- 白 아뢰다 백
- 齊 제사에 쓰이는 곡식 자 [보언] 보언은 앞뒤 한자의 글자들과 상통하는 발음

- 爲 가장하다 위 [보언]

을 가진 글자를 사용하기도 하였다. 齊는 '제수를 올리라'는 의미이면서 '자' 발음을 가진 글자를 사용하여, 白齊가 '아뢰자'라는 누언이 되도록 하였다. 아뢰다(白)+자(齊)=아뢰자

■ 歎曰
감탄하며 말하자

•歎 칭찬하다 탄　　　　　　　　　　•曰 말하다 왈

■ 身語意業无疲厭此 良
몸과 말과 뜻의 업을 행함에 있어 피곤해 하거나 싫어함이 없이 계속하라
○良 길하라

•身語意 몸과 말과 뜻의 일
•業 업 업. 미래에 선악의 결과를 가져오는 원인이 된다고 하는, 몸과 입과 마음으로 짓는 선악의 소행
•无 없다 무　　　　　　　　　　•疲 피곤하다 피
•厭 싫어하다 염　　　　　　　　　•此 계속 이어지는 발자국 차
•良 길하다 라. ~라 [청언]

■ 夫作 沙毛叱 等 耶]
대저 행하자, (중생의) 무리야
○沙 사공이 나가라
○毛 털이 난 배우가 나가라
○叱 꾸짖으라
○耶 저승을 떠도는 귀신이 나가라

•夫 대저 부
•作 행동하다 작
•沙 사공 사 [보언]
•毛 털 모. [보언] 털이 난 배우들. 중생
•叱 꾸짖다 질 [보언]
•等 무리 등
•耶 요사한 귀신 사 [보언]

6.
참회업장가(懺悔業障歌)

顚倒逸 耶

菩提向 焉 道 乙 迷 波

造 將來 臥 乎 隱 惡寸隱 法界餘 音玉只 出隱 伊 音叱 如

支 惡寸 習落臥 乎隱 三業

淨戒 叱 主 留卜以 支 乃 遣 只

今日 部頓部叱 懺悔 十方 叱 佛體

閼遣 只 賜 立

落句

衆生界盡我懺盡 來 際 永良

造物捨 齊

전생의 악업으로 일이 순서가 뒤바뀌고 이치에 어그러져 달림이야

깨달음을 향한 길을 잃었다

업장을 지어 참회해야 함에도 게을리 누워있어 업장이 법계에 차고 남아 솟아

나오는 몸이 되면 아니된다

악업을 지속하고 습관적으로 악업에 떨어지고 게으르게 누워 있음은 삼업을 짓

는 것이다

청정한 계행을 지키는 주체의 자세를 지탱함으로써 업장을 떨쳐버리자

오늘 참회하나니 시방세계 부처에. 업장을 틀어막고 떨쳐주리

낙구

중생계가 다할 때까지 고집스럽게 참회를 다하겠지만 끝이 없으니 참회는 영원

하리라

악업을 짓는 사람이 되지 말자

1) 단서

참회하여 업장을 소멸시키라는 노래다.

업장이란 전생에 지은 악업으로 인하여 받게 되는 온갖 장애를 말한다. 시기 질투심이 강하다든가, 중상모략을 좋아한다든가 하는 것이 다 업장이다. 업장이 두터운 사람은 업장이 다 녹을 때까지 끊임없이 참회하고 수행 정진해야 한다.

2) 풀이

■ 顚倒逸 耶 菩提向 焉 道 乙 迷 波
(전생의 악업으로) 일의 순서가 뒤바뀌고 이치에 어그러져 달림이야. 깨달음을 향한 길을 잃었다
○耶 요사한 귀신이 나가라
○焉 오랑캐가 나가라
○乙 업드려 절하라
○波 저승바다에 파도가 일다

• 顚 엎드러지다 전
• 倒 넘어지다 전
• 顚倒 전도. 일의 순서가 뒤바뀌고 이치에 어그러지다
• 逸 달리다 일　　　　　　• 耶 요사한 귀신 사 [보언]
• 菩提 보리. 정각　　　　　• 向 향하다 향
• 焉 오랑캐 이 [보언]　　　• 道 길 도
• 乙 굽다 을 [보언] 절하다　• 迷 길을 잃다 미
• 波 파도가 치다 파 [보언]

■ 造 將來 臥 乎隱惡寸隱 法界餘 音玉只 出隱 伊 音叱 如
(업장을) 지어 참회해야 함에도 (게을리) 누워있으면 (업장이) 법계에 (차고) 남아
솟아 나오는 그대가 (되면) 아니된다.

○將 저승사자가 나가라　　　　　　○來 보리 제수를 올리라
○乎 탄식하라　　　　　　　　　　　○隱 가엾어 하라
○惡寸 죄인을 형벌로써 능지처참하라
○隱 가엾어 하라　　　　　　　　　　○音 소리를 하라
○玉只 옥같은 여인이 외짝이 되게 하라
○隱 가엾어 하라　　　　　　　　　　○音 음률소리를 하라
○叱 꾸짖으라　　　　　　　　　　　○如 맞서라

• 造 벌여놓다 조. 造가 악업을 짓는다는 의미로 사용되고 있다. 해당 화엄경 사용
례: 나는…다시 짓지 아니하며(我…後不復造)
• 將 장수, 인솔자 장 [보언] 저승사자로 해독.
• 來 보리 [보언]
• 臥 누워 자다 와. 참회해야 함에도 게을리하며 누워 빈둥거린다.
• 乎 탄식하다 호 [보언]
• 隱 가엾어 하다 은. ~은 [청언]
• 惡 죄인을 형벌로써 죽이다 악　　　• 寸 마디 촌 [보언]
• 惡寸 능지처참하다
• 隱 가엾어 하다 은. ~은 [청언] 강조를 위한 반복법으로 한번 더 써두었다
• 法界 법계　　　　　　　　　　　　• 餘 남다 여
• 音 음률 음 [보언]　　　　　　　　• 玉 옥 옥 [보언] 옥같이 예쁜 여인.
• 只 외짝 척 [보언]
• 音玉只 음옥척. [다음절 보언] 게으른 자를 형벌로 능지처참하니 그 자가 비명소
리를 지르고, 옥같이 예쁜 부녀자가 과부가 되다
• 出 샘솟다 출　　　　　　　　　　　• 隱 가엾어 하다 은. ~은 [청언]
• 伊 너 이　　　　　　　　　　　　　• 音 음률 음 [보언]
• 叱 꾸짖다 질 [보언]　　　　　　　• 如 맞서다 여. ~여 [청언]

■ 支 惡寸 習落臥 乎隱 三業
淨戒 叱 主 留卜以 支 乃 遣 只
(악업을) 지속하고 습관적으로 (악업에) 떨어지고 게으르게 누워 있음은 삼업을 짓
는 것이다
청정한 계행을 지키는 주체의 자세를 지탱함으로써 (업장을) 떨쳐버리자
○惡寸 죄인을 형벌로써 능지처참하라
○乎 탄식하라

○隱 가엾게 여겨 주소서
○叱留 꾸짖기를 지속하라
○卜以 시체를 짐짝처럼 우마차에 싣고 가 땅을 따비로 파 내버리라
○乃 저승바다에 노를 저으라
○只 외짝을 만들라

• 支 지탱하다 지
• 惡 죄인을 형벌로써 죽이다 악 [보언]
• 寸 마디 촌 [보언]
• 惡寸 [다음절 보언] 업에 습관적으로 떨어지는 죄인을 형벌로써 능지처참하다
• 習 익히다 습　　　　　　　• 落 떨어지다 락
• 習落 습관적으로 악업에 떨어지다
• 臥 눕다 와 [보언] 게으르게 누워 빈둥거리다
• 乎 감탄사 호 [보언]　　　　• 隱 가엾어 하다 은 [청언]
• 三業 身業은 몸으로 짓는 업이고, 口業은 입으로 짓는 업이요, 意業은 마음으로 짓는 업
• 淨 깨끗하다 정　　　　　　• 戒 승려가 지켜야 할 행동규범 계
• 叱 꾸짖다 질 [보언]　　　　• 主 주인 주
• 淨戒主 청정한 계행을 지키는 주체
• 留 억류하다, 오래다 류 [보언]
• 叱留 [다음절 보언] 꾸짖음을 계속하라
• 卜 마소로 실어 나르는 짐바리 짐 [보언]
• 以 따비 이 [보언]
• 卜以 [다음절 보언] 시체를 짐짝처럼 우마차에 실어 가 땅을 따비로 판 구덩이에 내버리다
• 支 지탱하다 지　　　　　　• 乃 노 젓는 소리 애 [보언]
• 遣 떨쳐버리다 견. 업장을 떨쳐버리다
• 只 외짝 척 [보언]

■ 今日 部頓部叱 懺悔 十方 叱 佛體 閼遣 只 賜 立
오늘 참회하나니 시방세계 부처에. (업장을) 틀어막고 떨쳐주리
○部頓 여러 명이 조아리라　　○部叱 여러 명이 꾸짖으라
○叱 꾸짖으라　　　　　　　　○只 외짝을 만들라
○立 낟알을 제수로 올리라

• 수 이제 금　　　　　　　　• 日 날 일
• 部 떼 부 [보언]　　　　　　• 頓 조아리다 돈 [보언]

- 部 떼 부 [보언]
- 部頓部叱 [다음절 보언] 여러 명이 조아리고 여러 명이 꾸짖다
- 懺 뉘우치다 참
- 十方 시방. 전 우주
- 佛體 부처
- 遣 떨치다 견
- 賜 주다 사
- 立 낟알 립 [보언] 제수. 米와 동일 사례
- 叱 꾸짖다 질 [보언]
- 悔 뉘우치다 회
- 叱 꾸짖다 질 [보언]
- 關 틀어막다 알
- 只 외짝 척 [보언]

■ 落句
낙구

- 落 떨어뜨리다 낙
- 句 글구 구

■ 衆生界盡我懺盡 來 際 永良
중생계가 다할 때까지 고집스럽게 참회를 다하겠지만 끝이 (없으니) 참회는 영원하리라
○來 보리를 제수로 올리라
○良 길하게 해달라

- 衆生界 중생계. 중생이 사는 세계
- 盡 다하다 진
- 我 외고집 아. 고집스럽게 참회를 계속한다는 의미
- 懺 뉘우치다 참. 참회로 해독
- 來 보리 래. 제수 [보언]
- 永 길다 영
- 良 길하다 라. ~라 [청언]
- 盡 다하다 진
- 際 끝 제
- 際永 (참회의) 끝이 영원하다

■ 造物捨 齊
(악업을) 짓는 사람을 버리자
○齊 제사에 쓰는 곡식을 올리라

- 造 짓다 조
- 造物 조물. 악업을 짓는 사람
- 齊 제사에 쓰이는 곡식 자 [보언]
- 物 사람 물
- 捨 버리다 사
- 捨齊 버리자 [누언]

7.

청불주세가(請佛住世歌)

皆佛體 必于 化緣盡 動賜隱 乃

手 乙寶非 鳴 良 旀

世 呂中 止 以友 白 乎 等 耶

曉 留 朝 于萬 夜 未向屋賜 尸 朋知 良 閒 尸也

伊知皆 矣爲米

道 尸 迷反群 良 哀呂舌

落句

吾 里 心 音 水淸等 佛影 不冬 應 爲 賜下 呂

모든 부처님께서 중생을 가르치는 인연을 다하고 적멸로 가려하시면

손을 마구 비비고 울며

'세상에 머무르시라'라고 아뢰는 무리들아

동트는 아침부터 밤늦을 때까지 집에 돌아가 주지 않으시던 친한 벗을 잃게 됨
이야

그대가 아는 모든 이들도 적멸로 들어간다

길을 잃기를 반복하는 무리들이라

낙구

우리 마음이 맑은 물과 같다면 부처님의 그림자가 응해주어 달빛이 물에 떨어
지리여

1) 단서

부처가 열반에 드시지 말고 항상 이 세상에 머물러 주기를 청하는 작품이다.

부처의 열반을 앞두고 안타까워 하는 불자들의 마음을 화엄경과 향가가 어떻게 표현했는지 그 차이를 비교해 보겠다.

화엄경은 '진실로 열반에 들지 마시고 모든 불국의 지극히 많은 수의 겁이 지나도록 모든 중생에게 이로움과 즐거움이 되어 주시라고 권청한다'로 되어 있다.

이에 대해 〈청불주세가〉는 "손을 마구 비비고 울며

'세상에 머무르시라'라고 아뢰는 무리들아"로 표현한다.

이러한 차이에 대해 《균여전》 서문은 '얕은 곳을 건너야 깊은 곳에 다다를 수 있고, 가까운 곳으로부터 가야 먼 곳에 이를 수 있다(得涉淺歸深 從近至遠).'라고 하였다.

필자는 〈청불주세가〉를 마지막으로 2019.7.11. 향가 25편(신라 향가14+고려향가11)을 완독하였다. 고려 향가 11편 해독을 시작한지 9일 만에 풀어 내었다.

균여의 향가를 천년의 어둠 속에서 끌어낸 것이다.

2) 풀이

■ 皆佛體 必于 化緣盡 動賜 隱乃
모든 부처님께서 (중생을) 가르치는 인연을 다하고 (적멸로) 이동해주려 하면은
ㅇ必于 반드시 감탄하는 소리를 내라
ㅇ隱 가엾어 해 주시라　　　　　　　　　ㅇ乃 노를 저어라

- 皆 다 개
- 體 몸 체
- 必 반드시 필 [보언]
- 必于 [다음절 보언] 반드시 여기에서 감탄하는 소리를 내라
- 化 가르치다 화. 〈서동요〉 善化公主의 化가 '가르치다'의 의미로 쓰이고 있다.
- 緣 인연 연
- 化緣 화연. 중생을 가르치는 인연
- 動 옮기다 동. 죽다. 적멸에 들다로 해독
- 隱 가없어 하다 은. ~은 [청언]
- 乃 노 젓는 소리 애. ~애 [보언]

- 佛 부처 불
- 佛體 부처
- 于 아!(감탄사) [보언]

- 盡 다하다 진
- 賜 주다 사

■ 手 乙 寶非 鳴 良 旅
손을 귀중하게 여기지 않게 비비고 울며
○乙 굽히라
　　　　　　　　　　　　　　　　○良 길하게 해 주소서

- 手 손 수
- 寶 귀중하게 여기다 보
- 鳴 울다 명
- 旅 땅이름 며 [보언] 손을 땅에 짚다

- 乙 구부리다 을 [보언]
- 非 아니다 비
- 良 길하다 라. ~라 [청언]

- 手乙寶非鳴良旅 손을 마구 비비고 울며. 한자의 발음으로는 '손을 보비며'라고 암시하고 있다. 누언이다.

■ 世 呂中 止 以友 白 乎 等 耶
'세상에 머무르시라'라고 아뢰는 무리들아.
○呂中 몸이 끊어지는 소리를 내라
○以 따비로 땅을 파라
○乎 탄식하라
　　　　　　　　　　　　　　　　○友 무리가 나가라
　　　　　　　　　　　　　　　　○耶 요사한 귀신이 나가라

- 世 세상 세
- 中 두 토막 내다 중 [보언] 두 토막 내다
- 以 따비 이 [보언] 따비나 가래를 본뜬 글자. 따비로 땅을 파라
- 友 무리 우 [보언]
- 白 아뢰다 백. 최행귀의 한역시에서는 請으로 표기되어 있다. 白=請
- 乎 감탄사 호 [보언]
- 耶 요사한 귀신 사 [보언]

- 呂 음률 려 [보언]
- 止 머무르다 지

- 等 무리 등

■ 曉 留 朝 于萬 夜未向 屋賜 尸 朋知 良 闇 尸也
동트는 아침부터 밤 늦도록 돌아가 주지 않는 친한 벗을 잃게 됨이야
○留 머무르라　　　　　　　　　○于萬 만 명의 사람들이 감탄하라
○屋 집을 설치하라　　　　　　　○尸 시신을 내보내라
○良 길하게 해 주소서　　　　　　○尸 시신을 내보내라
○也 제기의 물로 손을 씻으라

・曉 동트다 효　　　　　　　　　・留 머무르다 류 [보언]
・朝 아침 조　　　　　　　　　　・于 감탄사 우 [보언]
・萬 일만 만 [보언]
・于萬 [다음절 보언] 부처의 설법을 듣고 수만명의(수많은) 사람들이 감탄하는 소
　리를 내다
・留…于萬… 머무르고 있는 수많은 사람들. 수많은 사람이 모인 가운데 새벽부터
　밤 늦도록 이어지는 법회를 말한다.
・夜 깊은 밤 야　　　　　　　　・未 아직 ~하지 못하다 미
・向 향하다 향　　　　　　　　　・屋 집 옥 [보언]
・賜 주다 사
・未向屋賜 동트는 아침부터 밤까지 집으로 가지 않다
・尸 시체 시 [보언]
・朋知 비슷한 또래로서 서로 친하게 사귀는 사람
・良 길하다 라. ~라 [청언]
・闇 잃다 서
・尸 시체 시 [보언]
・也 주전자 이 [보언] 제사 중 물을 담아 손을 씻는 제기

■ 伊知皆 矣爲米
그대가 아는 모든 이들도 (죽게 된다)
○矣 활을 쏘라　　　　　　　　　○爲 가장하라
○米 쌀을 제수로 올리라

・伊 너 이　　　　　　　　　　　・知 알다 지
・皆 다 개　　　　　　　　　　　・矣 활을 쏘다 의 [보언]
・爲 가장하다 위 [보언]　　　　　・米 쌀 미 [보언] 쌀을 제수를 바치고 있다

■ 道 尸 迷反群 良 哀呂舌
길을 잃기를 반복하는 무리들이라.
○尸 시신을 내보내라　　　　　　○良 길하게 해 주시라

○哀呂舌 슬픈 소리를 하라

- 道 길 도
- 迷 길을 잃다 미
- 群 무리 군
- 哀 슬프다 애 [보언]
- 舌 말 설 [보언]
- 哀呂舌 [다음절 보언] 슬픈 음률소리를 내라

- 尸 시체 시 [보언]
- 反 반복하다 반
- 良 길하다 라. ~라 [청언]
- 呂 음률 여 [보언]

■ 落句
낙구

落句 낙구. 시부(詩賦)의 끝 구절임을 가리키는 의미.

■ 吾 里 心 音 水淸等 佛影 不冬 應 爲 賜下 呂
우리 마음이 물 맑은 것과 같다면 부처님의 그림자가 응해주어 (달빛이 물에) 떨어지리여

○里 이웃이 되어 주소서
○不冬 북을 치지 말라
○呂 음률 소리를 내라

○音 소리를 내라
○爲 가장하라

- 吾 나 오
- 里 이웃 리 [청언] 이웃이 되어 주소서
- 心 마음 심
- 水 물 수
- 等 같다 등. 무리로 해독되지 않는다.
- 佛 부처 불
- 不 아니다 불 [보언]
- 不冬 북을 치지 말라. 부처님께서 저승바다를 건너지 않고 머물러 계신다
- 應 응하다 응
- 爲 가장하다 위 [보언]
- 賜 주다 사
- 下 떨어지다 하. 달빛이 맑은 물에 떨어지다로 해독
- 呂 음률 려 [보언]

- 音 음률 음 [보언]
- 淸 맑다 청
- 影 그림자 영
- 冬 북소리 동 [보언]

8.
청전법륜가(請轉法輪歌)

彼仍反 隱 法界 惡只叱 佛會 阿 希
吾 焉頓叱 進 良只
法雨 乙 乞 白 乎叱 等 耶
無明土 深 以 埋 多 煩惱熱 留 煎 將來 出 米
善芽 毛多 長 乙隱 衆生 叱 田 乙 潤 只沙音也
後言
菩提 叱 菓 音烏乙 反 隱 覺月明 斤秋察羅波 處 也

피안에 대한 부처님의 말씀을 거듭하고 반복함은 법계의 불자들 모임이 바라는
것이다
나 힘써 나아가리라
부처님의 가르침이 비처럼 내려주기를 갈구하고 아뢰는 무리들이야
무명토 깊이 파 묻어 놓은 많은 씨앗들이 번뇌열로 끓여지고 있어 싹이 트지 못
하고 있다
좋은 싹이 자랄 중생의 밭을 (법우가 내려) 적셔줌이야

후언

정각의 지혜를 반복해 말함은 깨달음의 달이 인간 세상에 밝게 비치는 것이야

1) 단서

〈청전법륜가(請轉法輪歌)〉는 부처님의 가르침을 전해주기를 청하는 노래다. 법륜은 석가모니의 가르침이다. 전법륜(轉法輪)은 법륜을 돌린다는 의미로서, 석가모니 부처님의 말씀을 설법하는 것을 말한다.

본 향가의 '無明土深 以 埋 多 煩惱熱 留 煎 將來出 米'라는 구절을 누언으로 보면 '무명토 깊이 묻어 번뇌열류 끓어' 식으로 발음될 수 있다. 한자와 우리말의 차이에 대한 향가 창작자들의 언어학적 고민이 반영되어 있는 결과이다. 이것이 누언이다. 일반대중에게 평이한 말로 향가의 의미 일부를 암시하는 한편, 한자로는 향가의 심원한 세계를 표기하고 있는 이중적 구조인 것이다.

※ 본 작품에 以가 따비임을 입증하는 구절이 나온다.
'無明土 深 以 埋多 煩惱熱 留 煎 將來 出 米'라는 구절에서 深과 埋 사이에 以가 보언으로 나오는 것으로 보아 以는 파는 도구, 즉 따비로 보는 것이 합리적이다.

2) 풀이

■ 彼仍反 隱 法界 惡只叱 佛會 阿 希
피안에 대한 (부처님 말씀을) 거듭하고 반복함은 법계의 불자들 모임이 바라는 것이다
○隱 가엾어 해 주시라
○惡只 죄인을 형벌로 죽여 외짝으로 만들라
○叱 꾸짖으라
○阿 아미타불을 암송하라

• 彼 저쪽 피. 피안에 대한 부처님의 말씀으로 해독
• 仍 거듭하다 잉
• 反 반복하다 반. 〈풍요〉에서의 '反'은 반복하다로 쓰인다.

- 隱 가없어 하다 은. ~은 [청언]
- 法界 법계. 불자들의 모임
- 惡 죄인을 형벌로써 죽이다 악 [보언]
- 只 외짝 척 [보언]
- 叱 꾸짖다 질 [보언]
- 佛會 불자의 모임
- 阿 아미타불의 생략형 [보언] 불회에서 불자들이 아미타불 암송하고 있음을 묘사하였다
- 希 바라다 희. 헌화가에서 希는 '바라다'로 쓰인다.

■ 吾 焉頓叱 進 良 只
나 나아 가리라
ㅇ焉 오랑캐가 나가라
ㅇ頓 조아리라
ㅇ叱 꾸짖으라
ㅇ良 길하라
ㅇ只 외짝을 만들어라

- 吾 나 오
- 焉 오랑캐 이 [보언]
- 頓 조아리다 돈 [보언]
- 叱 꾸짖다 질 [보언]
- 進 힘쓰다, 나아가다 진
- 良 길하다 라. ~라 [청언] • 只 외짝 척 [보언]

■ 法雨 乙 乞白 乎叱 等 耶
부처님의 가르침이 비처럼 내려주기를 갈구하고 아뢰는 무리들이야
ㅇ乙 업드려 절하라
ㅇ乎 감탄하라
ㅇ叱 꾸짖으라
ㅇ耶 요사한 귀신이 무대로 나가라

- 法 법 법
- 雨 비 우
- 法雨 법우. 부처님의 가르침의 은유
- 乙 굽다 을 [보언] 엎드려 절하다
- 乞 빌다 걸

- 白 아뢰다 백
- 乎 감탄사 호 [보언]
- 叱 꾸짖다 질 [보언]
- 等 무리 등
- 耶 요사한 귀신 사 [보언]

■ 無明土 深 以 埋 多 煩惱熱 留 煎 將來 出 米
무명토 깊이 파 묻어 놓은 (많은 씨앗들이) 번뇌열로 끓어지고 있어 (싹이 트지 못하고 있다).
○以 따비로 땅을 파라
○多 많은 사람들이 나가라
○留 오래도록 불은 지피라
○將 저승사자가 나가라
○來 보리를 제수로 올리라
○米 쌀을 제수로 올리라

- 無明 무명. 12연기의 하나. 그릇된 의견이나 고집 때문에 모든 법의 진리에 어두움
- 無明土 무명토. 번뇌
- 深 깊다 심
- 以 따비 이 [보언] 以가 '따비로 땅을 파다'를 입증하는 중요한 작품이다. 以는 상형문자로서 따비나 가래를 본뜬 글자로 알려져 있다. 以가 深과 埋 사이에 나오는 것으로 보아 以는 파는 도구, 즉 따비로 보는 것이 합리적이다
- 埋 묻다 매
- 多 많다 다 [보언]
- 煩 괴로워하다 번
- 惱 괴로워하다 뇌
- 熱 덥다 열
- 留 머무르다 류 [보언]
- 煎 끓이다 전
- 深以埋多 煩惱熱留煎 "깊이 무다 번뇌열루 끓여"라는 누언이다.
- 將 저승사자 장 [보언]
- 來 보리제수 래 [보언]
- 出 태어나다 출. 싹이 트다로 해독한다.
- 米 쌀 미 [보언] 제수

■ 善芽 毛冬 長 乙隱 衆生 叱 田 乙 潤 只沙音也
(법우가 내려) 좋은 싹이 자랄 중생의 밭을 적셔줌이야

○毛冬 털배우들이 나가 북을 치라
○乙 업드려 절을 하라
○隱 가엾어 해 주시라
○叱 꾸짖으라
○乙 업드려 절을 하라
○只 외짝이 나가라
○沙音 뱃사공이 노 젓는 소리를 내라
○也 제기에 담긴 물에 손을 씻으라

•善 좋다 선
•芽 싹 아
•毛 털 모 [보언]. 중생
•冬 북소리 동 [보언]
•長 길다 장. '자라다'로 해독한다
•乙 굽다 을 [보언]
•隱 가엾어하다 은. ~은 [청언]
•衆生 중생
•叱 꾸짖다 질 [보언]
•田 밭 전
•乙 굽다 을 절하다 [보언] •潤 물에 젖게 하다 윤
•只 외짝 척 [보언]
•沙 사공 사 [보언]
•音 음률 음 [보언]
•也 주전자 이 [보언] 제사 중 물을 담아 손을 씻는 제기

■ 後言
후언

•後言 [보언] 뒷말이다

■ 菩提 叱 菓 音烏乙 反 隱 覺月明 斤秋察羅波 處 也
정각의 지혜를 반복해 말함은 깨달음의 달이 밝게 (비치는) 것이야
○叱 꾸짖는 소리를 내라
○音烏 환호하라
○乙 엎드려 절을 하라
○隱 가엾어 하라
○斤秋察羅波 도끼를 휘두르고, 추관에게 조사시키고, 형장의 징을 치고, 저승바다

에 파도가 일게 하라
O也 제기 물에 손을 씻으라

- 菩提 보리. 보리수 나무 • 叱 꾸짖다 질 [보언]
- 菓 열매 과
- 菩提菓 보리수의 열매. 석가가 보리수 나무 아래에서 깨달았다. 즉 정각의 지혜다.
- 音 음률 음 [보언]
- 烏 환호하는 소리 오 [보언]
- 乙 굽다 을 [보언]
- 反 거듭하다 반
- 隱 가엾어 하다 은. ~은 [청언]
- 覺 깨닫다 각
- 月 달 월
- 覺月 각월. 깨달음의 달
- 明 밝다 명. 월인석보 권1 첫머리 협주(夾註)에 월인천강을 '부처가 백억 세계에
  화신하시어 교화하심이 달이 일천 강에 비치는 것과 같으니라' 라고 했다. 달은
  곧 부처의 본체를 비유한 것이고, 천강은 백억 세계를 비유했으며, 강에 비친 달
  그림자는 부처의 화신을 비유한 것이다.
- 斤 도끼, 자귀 근 [보언] '~근'이라는 누언을 암시하고 있다
- 秋 가을 추 [보언] 주나라의 관직인 秋官으로 해독한다. 추관(秋官)은 중국 주나
  라 육관(六官)의 하나로서 형률(刑律)을 관장하였다
- 察 살피다 찰 [보언]
- 秋察 [다음절 보언] 추관에게 샅샅이 살펴 죄를 추궁하게 하다는 의미다.
- 羅 징 라 [보언] 형장의 징소리. 추관에서 조사하여 죄를 물어 처형한다. 즉 국가
  가 시행하는 처형의 장면이다.
- 波 파도 파 [보언] 저승바다에 파도가 일다
- 處 곳 처. 병이 들다가 아니다.
- 斤秋察羅波 [다음절 보언] 도끼로 위협하고, 추관으로써 조사시키고, 형장의 징을
  치다. 미혹을 뿌리치다
- 也 주전자 이 [보언] 제사 중 물을 담아 손을 씻는 제기

9.
총결무진가(總結無盡歌)

生界盡 尸等隱 吾 衣 願盡 尸 日置 仁 伊 而也
衆生 叱 邊 衣 于音 毛 際 毛冬留 願海伊過
此 如 趣 可 伊 羅 行 根
向 乎 人 所留
善陵道 也
移 波 普賢行願
又 都 佛體 叱 事 伊 置 耶
阿 耶 普賢 叱 心 音
阿 于波 伊 留叱 餘 音良
他事捨 齊

중생계가 다하였다 함은 나의 서원이 다하는 날로 해두고, 너의 서원도 다하는
날로 해 둔 것이다
중생계의 가에 닿아 원하나니 고해의 바다를 그대가 건너가기를
계속해 고해의 바다를 건너가게 해달라고 원하기만 하면 안 된다
보현십원가의 취지를 그대는 행하여야 한다
향하라, 다른 사람에게로
지금까지 쌓아온 선업을 가벼이 여기는 길을 가라
섬겨 따르라, 보현의 행원을
또 모든 부처님들이 그리하셨듯이 너 자신을 폐기하라
아미타불, 보현의 마음이여
아미타불이여
그대에게는 보현행원품만으로도 남음이 있어라
다른 일은 버리자

1) 단서

〈총결무진가(總結無盡歌)〉는 〈보현십원가〉 11편의 마지막 작품이다. 〈보현십원가〉 모든 내용을 묶어 끝없이 실천해 나가자는 노래다.

2) 풀이

■ 生界盡 尸等隱 吾 衣 願盡 尸 日置 仁 伊 而也
중생계가 다하였다 함은 나의 서원이 다하는 날로 해두고, 너의 (서원도 다하는 날로 해 둔 것이다)
○尸等 시체 더미를 보이라
○隱 가없어 해 주소서
○衣 가사를 입은 승려가 나가라
○尸 시체를 보이라
○仁 현인이 나가라
○而 구레나룻 배우가 나가라
○也 제기의 물로 손을 씻으라

- 生界 생계. 중생계로 해독한다. 중생계란 중생이 사는 세계로서 십계(十界) 가운데서 불계(佛界)를 제외한 아홉 세계를 통틀어 이르는 말이다.
- 盡 다하다 진
- 生界盡 생계진. 중생계가 다하다로 해독
- 尸等 [다음절 보언] 시체더미
- 隱 가없어 하다 은 [청언]
- 吾 나 오
- 衣 옷 의 [보언] 승려의 가사
- 願 원하다 원. 誓願으로 해독. 서원은 불교에서 부처·보살이 중생을 구제하고자 하는 맹세이다. 일반적으로 사홍서원(四弘誓願)이 알려져 있다. 아미타여래에는 48원(願)이 있다
- 盡 다하다 진
- 尸 시체 시 [보언]
- 日 날 일
- 置 두다 치
- 仁 어진 사람, 현자 인. 다른 사람의 죽음을 처리해 주는 사람을 仁이라 불렀던

것으로 보인다. 공연에서는 仁으로 분장하고, 등장하는 사람이 있었을 것이다
- 伊 너 이
- 而 구레나룻 이 [보언] 仁이 구레나룻이 나다. 즉 仁은 나이든 사람이다. 수염 수 (鬚)를 찾으면 이형 동의자로 아래 而가 받침으로 나오는 수염 수라는 글자가 있 다. 이 글자의 약자가 而이다.
- 也 주전자 이 [보언] 제사 중 물을 담아 손을 씻는 제기

■ 衆生 叱 邊 衣 于音 毛 際 毛冬留 願海伊過
중생계의 가에 닿아 원하나니, 고해의 바다를 그대가 건너가기를
○叱 꾸짖으라
○衣 가사를 입고 나가라
○于 탄식하는 소리를 내라
○毛 털배우들이 나가다.
○冬留 북을 계속 치라

- 衆生 중생. 중생계로 해독
- 叱 꾸짖다 질 [보언]
- 邊 가 변. 중생계의 끝
- 衣 옷 의 [보언] 승려의 가사
- 于 아! 감탄사 우 [보언]
- 音 음률 음 [보언]
- 毛 털 모 [보언] 털이 난 배우들
- 際 닿다 제. 중생계의 끝에 닿다
- 毛 털 모 [보언] 뱃사공들
- 冬 북소리 동 [보언] 배의 노 젓기를 지휘하는 북소리
- 留 머무르다 류 [보언]
- 毛冬留 북을 계속 치라. 망자의 영혼이 탄 반야용선이 계속해 앞으로 나아가려면 북소리에 맞추어 노를 젓도록 해야 한다.
- 願 원하다 원
- 海 바다 해. 苦海로 해독한다.
- 伊 너 이
- 過 지나다 가. 고해의 바다를 건너 피안의 세계로 향하다.

■ 此 如 趣 可 伊 羅 行 根
계속해 (고해의 바다를 건너가게 해달라고 원하기만 하면) 안 된다. 보현십원가의 취지를 그대는 행하여야 한다.
○如 맞서라

○可 칸이 나가라
○羅 징을 치라
○根 뿌리를 제수로 올리라

•此 계속 이어지는 발자국 차
•如 맞서다 여. ~여 [청언]
•趣 취지 취. 보현십원가의 취지
•可 오랑캐 임금의 이름 극 [보언] 돌궐의 왕 칸(可汗)
•伊 너 이
•羅 징 라 [보언]
•行 행하다 행. 〈보현십원가〉의 취지를 행하다
•根 뿌리 근 [보언] 뿌리 나물
•此如趣可 누언으로는 '이것이여, 취지가'이다. 의도적으로 문자들을 선정하여 누
 언을 만들어 배열하였다.

■ 向 乎 人 所留
회향하라, 다른 사람에게로
○乎 감탄하라
○所 사람들이 사는 처소를 설치하라
○留 머무르라

•向 향하다 향. 회향
•乎 감탄사 호. 중생들에게 회향함에 대해 감탄하라
•人 사람 인
•所 처소 소 [보언]
•留 머무르다 류
•人所留 누언으로는 '다른 사람들이 사는 곳으류'이다.

■ 善陵道 也
(지금까지 쌓아온) 선업을 가벼이 여기는 길을 가라
○也 제기의 물에 손을 씻으라

•善 착하다 선. 善根을 말한다. 선근이란 좋은 과보를 낳게 하는 착한 일이다.
•陵 가벼이 여기다 릉
•道 길 도
•善陵道 선릉도. 선근을 가벼이 여기는 길로 나아가다로 해독한다. 즉 회향을 말
 한다.

• 也 주전자 이 [보언] 제사 중 물을 담아 손을 씻는 제기

■ 移 波 普賢行願
섬겨 따르라, 보현의 행원을.
○波 파도가 일라

• 移 섬겨 따르다 이
• 波 파도 파 [보언]
• 普賢 보현. 석가여래의 중생제도를 돕는 보살. 모든 보살의 으뜸이다.
• 行願 행원. 신행(身行)과 심원(心願)을 이르는 말. 다른 이를 구제하고자 하는 바
  람과 그 실천 수행이다.
• 普賢行願 보현행원. 보현보살의 행원

■ 又 都 佛體 叱 事 伊 置 耶
또 부처님들이 그리하셨듯이 너 자신을 폐기하라
○都 감탄하라
○叱 꾸짖으라
○耶 요사한 귀신이 나가라

• 又 또 우
• 都 모두, 감탄사 도 [보언]
• 佛體 불체. 부처님
• 叱 꾸짖다 질 [보언]
• 事 일 사. 여러 부처님들의 서원
• 伊 너 이
• 置 폐기하다 치
• 耶 요사한 귀신 사 [보언]

■ 阿 耶 普賢 叱 心 音
아미타불, 보현의 마음이여
○耶 요사한 귀신이 나가라
○叱 꾸짖으라
○音 소리를 내라

• 阿 아미타불의 생략형 아.
• 耶 요사한 귀신 사. [보언] 극락에 가지 못하고 떠도는 죽은 중생들의 영혼
• 普賢 보현. 보현보살

• 叱 꾸짖다 질 [보언]
• 心 마음 심
• 音 음률 음 [보언]

■ 阿 于波 伊 留叱 餘 音良
아미타불, 그대에게는 보현행원품만으로도 남음이 있어라
○于 감탄하라
○波 파도가 일다
○留 머무르라
○叱 꾸짖으라
○音 소리를 내라
○良 길하라

• 阿 아미타불의 생략형
• 于 아! (감탄사) 우 [보언]
• 波 파도 파 [보언]
• 伊 너 이
• 留 머무르다 류 [보언]
• 叱 꾸짖다 질 [보언]
• 餘 남다 여. 보현행원품으로도 남음이 있다
• 音 음률 음 [보언]
• 良 길하다 라 [청언]

■ 他事捨 齊
다른 일은 버리자
○齊 제사에 쓰이는 곡식을 올리라

• 他 다르다 타
• 事 일 사
• 捨 버리다 사
• 他事捨 보현행원품을 행하는 것 외 다른 일은 버리다.
• 齊 제사에 쓰이는 곡식 자 [보언] 다른 일은 버리다+자=다른 일은 버리자 [누언]

10.
칭찬여래가(稱讚如來歌)

今日 部 伊 冬衣 南無佛 也 白 孫舌 良 衣

無盡辯才 叱 海等 一念 惡中 湧出去 良

塵塵虛物 叱 邀 呂 白 乎隱 功德 叱 身 乙 對 爲 白 惡只

際 于萬 隱 德海 肹 間 毛冬留 讚伊白制

隔句

必 只一毛叱 德置

毛 等盡 良 白 乎 隱 乃兮

금일 그대는 나무불을 찬양하라

끝없는 찬양의 말씀은 바다와 같고

한 순간 생각은 샘물처럼 솟아 나와 흘러가라

티끌처럼 많은 부처님을 맞아들여 찬양하오는 공덕을 쌓는 사람들이 부처님과

마주하여 찬양하고 있다

끝없는 공덕의 바다 사이 부처를 찬양하면 그대는 깨닫게 된다

격구

반드시 찬양하는 공덕을 베풀라

중생계가 다할 때까지라, 찬양함은

1) 단서

여래를 칭찬하자는 노래다.

2) 풀이

■ 今日 部 伊 冬衣 南無佛 也 白 孫舌 良 衣
금일 그대들이 나무불 찬양하라
○部 떼를 지어 나가라
○冬 북을 치라
○衣 가사를 입으라
○也 제기의 물로 손을 씻으라
○孫舌 손자의 혓소리 같이 말하라
○良 길하라
○衣 가사를 입으라

•今 이제 금
•日 날 일
•部 떼, 집단 부 [보언]
•伊 너 이
•冬 북소리 동 [보언]
•衣 옷 의 [보언] 가사
•南无佛 나무불. 나무아미타불
•部 伊 南無佛 그대들이 나무불 한다. 귀법사 주지일 때 지은 작품임을 암시한다
•也 주전자 이 [보언] 제사 중 물을 담아 손을 씻는 제기.
•白 아뢰다 백. 〈칭찬여래가〉의 성격으로 보아 찬양하다로 해독한다
•孫 손자 손 [보언]
•舌 말 설 [보언]
•孫舌 [다음절 보언] 손자들이 조부모에게 무얼 달라고 칭얼 대듯이 여러 사람이
망자의 영혼을 극락에 맞아 달라고 아미타불에게 말하고 있다.
•良 길하다 라 [청언]
•衣 옷 의 [보언] 가사

■ 無盡辯才 叱 海等 一念 惡中 湧出去 良

끝없는 칭찬의 말은 바다와 같고
한 순간 생각은 샘물처럼 솟아 나와 흘러가라
○叱 꾸짖으라
○惡中 형벌로써 다스려 두 토막 내라
○良 길하라

- 无 없다 무
- 盡 다하다 진
- 辯才 변재. 불법을 설하는 말에 매우 솜씨가 있는 것
- 叱 꾸짖다 질 [보언]
- 海 바다 해
- 等 같다 등
- 一念 일념. 아주 짧은 시간의 단위로 한 생각이라는 뜻의 불교 용어. 극락에 태어나기를 원하는 이는 일념으로 아미타불을 외워야 한다.
- 惡 죄인을 형벌로써 죽이다 악 [보언]
- 中 해치다 중 [보언] 두토막 내다
- 湧 물 솟다 용
- 出 나오다 출
- 湧出 용출. 솟아나오다
- 去 가다 거. 흘러가다로 해독
- 良 길하다 라 [청언]

■ 塵塵虛物 叱 邀 呂 白 乎隱 功德 叱 身 乙 對 爲 白 惡只
티끌처럼 많은 부처님을 맞아들여 칭찬하오는 공덕을 쌓는 사람들이 부처님과 마주하여 칭찬한다
○叱 꾸짖으라
○呂 음률 소리를 내라
○乎 감탄하라
○隱 가엾어 해 주시라
○叱 꾸짖으라
○乙 업드려 절하라
○爲 가장하라
○惡只 형벌로 다스려 배우자를 외짝으로 만들라

- 塵 티끌 진
- 塵塵 진진. 하나하나의 티끌. 티끌처럼 헤아릴 수 없이 많다
- 虛 비다 허

- 物 사람 물
- 虛物 부처님으로 해독
- 叱 꾸짖다 질 [보언]
- 邀 맞다 요
- 呂 음률 여 [보언]
- 白 아뢰다 백
- 乎 감탄사 호 [보언]
- 隱 근심하다 은. ~은 [청언] 중의법
- 功德 칭찬하는 공덕으로 해독
- 叱 꾸짖다 질 [보언]
- 身 몸 신
- 乙 굽다 을 [보언] 부처님 앞에 엎드리다
- 對 마주하다 대
- 爲 가장하다 위 [보언]
- 白 밝다 백
- 惡 죄인을 형벌로써 죽이다 악 [보언]
- 只 외짝 척 [보언]

■ 際 于萬 隱 德海 肹 間 毛冬留 讚伊白制
끝없는 공덕의 바다 사이 (부처를) 칭찬하면 그대는 깨닫게 된다
○于萬 탄식을 수많이 하라
○隱 가엾어 해주시라
○肹 소리 울리다
○毛 배우들이 나가라
○冬留 북을 계속 치라

- 際 끝 제
- 于 아!(감탄사) 우 [보언]
- 萬 많다 만 [보언]
- 隱 가엾어 하다 은. ~은 [청언]
- 德海 공덕의 바다
- 肹 소리하다 힐 [보언]
- 間 사이 간. 공덕의 바다 끝과의 사이
- 毛 털 모 [보언] 중생으로 해독
- 冬 북소리 동 [보언]
- 留 머무르다 류 [보언]
- 冬留 [다음절 보언] 북을 계속 치라

- 讚 찬양하다 찬
- 白 밝다 백

- 伊 너 이
- 制 만들다 제

■ 隔句
격구

- 隔句 격구

■ 必 只一毛叱 德置
반드시 공덕을 베풀라
○只 외짝이 나가라
○一毛 한 사람의 털이 난 배우가 나가라
○叱 꾸짖으라

- 必 반드시 필
- 一 한 일 [보언]
- 毛 털 모 [보언] 털이 난 배우들
- 叱 꾸짖다 질 [보언]
- 置 베풀다(도와주어서 혜택을 받게 하다) 치

- 只 외짝 척 [보언]

- 德 공덕 덕. 칭찬하는 공덕

■ 毛等盡 良 白 乎 隱 乃兮
중생계가 다할 때까지라, 찬양함은
○毛 털이 난 배우가 나가라
○良 길하라
○乎 감탄하라
○隱 가엾어 해 주시라
○乃 노를 저으라
○兮 감탄하라

- 毛 털 모 [보언] 중생
- 毛等 여기서는 중생계
- 良 길하다 라.[청언]
- 乎 감탄사 호 [보언]
- 乃 노 젓는 소리 애 [보언]
- 乃兮 애해 [보언] 애해 애해 노 젓는 소리를 암시하고 있다. 누언이다.

- 等 무리
- 盡 다하다 진. 중생계가 다하다
- 白 아뢰다 백
- 隱 근심하다 은 [청언]
- 兮 감탄사 혜 [보언]

항순중생가(恒順衆生歌)

覺樹王 焉

迷火 隱乙根中沙音 賜 焉 逸 良

不冬 萎 玉內乎留叱 等 耶

大悲 叱 水 留 潤 良只

法界居得 丘物 叱 丘物 叱爲乙 吾置 同生同死

念念 相 續 無間斷 佛體 爲尸如

敬 叱 好 叱 等 耶

打心

衆生安 爲 飛等

佛體 頓叱 喜賜 以留也

보리수 아래 깨달음을 얻으신 부처님은 미혹의 불길 속

중생들에게 은혜를 베풀어 주는 재덕이 뛰어나신 분이라

시드는 무리에게 대자대비의 물을 적시어 주는 분이라

부처님은 절에 사는 산사람, 산사람들인 우리에게 맡겼다, 중생과 같이 살고 같이 죽는 일을

생각에서 생각으로 이어져야 한다. 끊임없이 생각이 이어진다고 부처가 되는 것이 아니다

부처를 존경하고 좋아하는 불자들아

타심

중생을 편안하게 하면 빨리 부처가 된다

이것이 부처님을 기쁘게 해줌이야

1) 단서

언제나 중생을 따르자는 노래다.

2) 풀이

■ 覺樹王 焉 迷火 隱乙根中沙音 賜 焉 逸 良
(보리수 아래 깨달음을 얻으신) 부처님은 미혹의 불길 (속 중생들에게 은혜를) 베
풀어 주는 재덕이 뛰어나신 분이라
○焉 오랑캐가 나가라
○隱 가엾어 하라
○乙 절하라
○根 뿌리를 제수로 올리라
○沙 사공이 나가라
○中 두토막 내라
○音 소리를 내라
○焉 오랑캐가 나가라
○良 길하게 해달라

- 覺 깨닫다 각
- 樹 나무 수
- 覺樹 각수. 석가모니가 보리수 나무 아래에서 깨달음을 얻었다. 보리수를 일컫
  는 말
- 王 임금 왕   · 焉 오랑캐 이 [보언]
- 迷 미혹하다 미   · 火 불 화
- 隱 가엾어 하다 은. ~은 [청언]
- 乙 굽다 을 [보언]
- 根 뿌리 근 [보언] 뿌리를 제수로 올리라
- 中 두 토막 내다 중 [보언]
- 沙 사공 사 [보언]   · 音 음률 음 [보언]
- 賜 은혜를 베풀다 사   · 焉 오랑캐 이 [보언]
- 逸 재덕이 뛰어난 분 일. 부처로 해독한다.
- 良 길하다 라 [청언]

■ 不冬 菱 玉內乎留叱 等 耶
시드는 무리에게
○不冬 북을 치지 말라
○玉內乎留 아름다운 여인이 배가 강안으로 떠나자 탄식을 오래하라
○叱 꾸짖으라
○耶 요사한 귀신이 나가라

• 不 아니다 부
• 冬 북소리 동 [보언]
• 不冬 부동 [다음절 보언] 북을 치지 말라. 배가 나가지 않다
• 菱 시들다 위. 죽어가는 무리
• 玉 옥 옥 [보언]
• 內 안 내 [보언] 강의 안쪽
• 乎 탄식하다 호 [보언]
• 留 머무르다 류 [보언]
• 玉內乎留 [다음절 보언] 아름다운 여인이 배가 강안으로 떠나자 탄식하고 있다
• 叱 꾸짖다 질 [보언]
• 等 무리 등
• 菱等 위등. 시드는 무리. 중생
• 耶 요사한 귀신 사 [보언]

■ 大悲 叱 水 留 潤 良只
대자대비의 물을 적시어 줌이라
○叱 꾸짖으라
○留 물을 오래 주라
○良 길하라
○只 외짝을 만들라

• 大 크다 대
• 大悲 대자대비로 해독
• 水 물 수
• 潤 적시다 윤
• 只 외짝 척 [보언]

• 悲 슬프다 비
• 叱 꾸짖다 질 [보언]
• 留 머무르다 류 [보언]
• 良 길하다 라 [청언]

■ 法界居得 丘物 叱 丘物 叱爲乙 吾置 同生同死
(부처님은) 절에 사는 산 사람, 산사람들인 우리에게 맡겼다,(중생과) 같이 살고 같
이 죽는 일을

○叱 꾸짖으라
○叱 꾸짖으라
○爲 가장하라
○乙 절하라

- 法界 법계. 불교도의 사회, 절
- 居 살다 거
- 丘 뫼 구
- 叱 꾸짖다 질 [보언]
- 丘物丘物 구물구물. 산에 사는 사람들, 즉 승려
- 法界居得 丘物 叱 丘物 叱爲乙 吾置. 절에 살며 구물구물 하고 있는 우리에게 맡겼다. 누언을 사용하고 있다. 우리말이 아니면 큰 인연을 나타낼 길이 없다(非其陋言 莫現普因之路)라는 《균여전》 서문 구절이 누언을 말하고 있다. 그러나 누언은 향가의 뜻을 전달하는 주된 표기법이 아니고 어디까지나 보조적 전달수단에 불과하다.
- 爲 가장하다 위 [보언]
- 吾 우리 오
- 同生同死 동생동사. 같이 살고 같이 죽다

- 得 얻다 득
- 物 사람 물
- 叱 꾸짖다 질 [보언]

- 乙 굽다 을 [보언]
- 置 맡기다 치

■ 念念 相 續 無間斷 佛體 爲尸如
생각에서 생각으로 이어져야 한다. 끊임없이 생각이 이어진다고 부처가 되는 것이 아니다.
○相 푸닥거리를 하라
○爲 가장하라
○尸 시신이 나가라
○如 맞서달라

- 念 생각하다 념
- 相 푸닥거리 양 [보언]
- 無 없다 무
- 斷 끊다 단
- 念念相續 염념상속. 한 생각이 일어나고 사라질 때 뒤의 생각이 앞 생각에 연하여 일어난다.
- 佛體 불체. 부처님
- 尸 시체 시 [보언]

- 念 생각하다 념
- 續 잇다 속
- 間 사이 간

- 爲 가장하다 위 [보언]
- 如 맞서다 여. ~여 [청언]

■ 敬 叱 好 叱 等 耶

부처를 존경하고 좋아하는 불자들아
O叱 꾸짖으라
O叱 꾸짖으라
O耶 요사한 귀신이 나가라

• 敬 공경하다 경
• 好 좋아하다 호
• 等 무리 등

• 叱 꾸짖다 질 [보언]
• 叱 꾸짖다 질 [보언]
• 耶 요사한 귀신 사 [보언]

■ 打心
타심

• 打 치다 타
• 心 가슴 심
• 打心 [다음절 보언] 가슴을 후려치다. 불교 선가에서의 방(棒)을 말한다

■ 衆生安 爲 飛等
중생을 편안하게 함이 빨리 부처가 되는 자들이다.
O爲 가장하라

• 衆生 중생
• 爲 가장하다 위 [보언]
• 等 무리 등

• 安 편안하다 안
• 飛 빨리 닿게 하다 비

■ 佛體 頓叱 喜賜 以留也
(이것이) 부처님을 기쁘게 해줌이야.
O頓 조아리라
O以留 따비로 오래도록 땅을 파라
O也 제기의 물로 손을 씻으라

• 佛體 불체. 부처님
• 叱 꾸짖다 질 [보언]
• 賜 주다 사
• 留 머무르다 류 [보언]
• 以留 [다음절 보언] 따비로 계속 땅을 파다
• 也 주전자 이 [보언]에서는 누언 '야'로 발음한 것으로 보인다.

• 頓 조아리다 돈 [보언]
• 喜 기쁘다 희
• 以 따비 이 [보언]

12.
신라 향가 창작법
〈보현십원가〉적용 결과

고려 향가 11편은 한 작품, 한 구절, 한 문자의 예외도 없이 신라 향가 창작법을 설계도로 하여 만들어져 있었다. 〈항순중생가〉마지막 구절로 이를 살펴보겠다.

[신라 향가 창작법 핵심법칙]

향가 문자는 모두 표의문자로 기능하고 있다.

노랫말 해당 문자는 한국어 어순법에 따라 배열되어 있다.

보언(報言)과 청언(請言)의 기능을 하는 문자그룹이 별도로 존재한다. 청언은 생략될 수 있으나 보언은 생략될 수 없다.

향가문장은 노랫말+보언+청언으로 구성되어 있다.

① 마지막 구절 '佛體頓叱喜賜以留也'의 문자는 모두 표의문자로 기능하고 있다. 각 글자가 가지고 있는 뜻은 다음과 같았다.

佛體 불체/**頓** 조아리다 돈/**叱** 꾸짖다 질/**喜** 기쁘다 희/**賜** 주다 사/**以** 따비 이/**留** 머무르다 류/**也** 주전자 이

② 이 중 노랫말에 해당하는 문자는 한국어 어순법에 따라 배열되어 있었다. 노랫말과 해독결과이다.

佛體喜賜=부처님을 기쁘게 해줌이야

③ 보언(報言)의 기능을 하는 문자그룹이 별도로 존재하였다. 보언에 해당하는 문자들과 보언이 가리키는 연기의 내용은 다음과 같았다.

頓(조아리다 돈): 무대에 나가 머리를 조아리는 연기를 하라
叱(꾸짖다 질): 꾸짖는 연기를 하라
以(따비 이): 따비로 땅을 파는 연기를 하라
留(머무르다 류): 어떠한 동작을 오래토록 하라
以留: 따비로 땅을 파는 연기를 오래토록 하고 있으라
也(주전자 이): 주전자에 든 물로 손을 정갈하게 씻으라

④ 향가문장은 노랫말+보언+청언으로 구성되어 있다. 본 구절은 노랫말이라는 새끼줄에 보언이 끼워져 있는 구조이다. 청언이 생략되어 있다.

[분류표]

원문	佛	體	頓	叱	喜	賜	以	留	也
노랫말	佛	體			喜	賜			
보언			頓	叱			以	留	也

위와 같이 균여의 〈보현십원가〉11편 모두는 신라 향가 창작법이라

는 설계도에 따라 만들어져 있었다. 이는 '신라 향가 창작법에 따라 만들어진 작품은 향가'라는 정의가 논리적으로 유효하며, 바로 이 정의에 따라 〈보현십원가〉 역시 향가라고 말할 수 있는 것이다.

신라 향가 창작법은 신라에 그치지 않았고, 고려시대로까지 이어져 오고 있었다. 균여 대사는 불가의 외학(外學)이라는 전통에 의해 신라 향가 창작법을 전수받고 있었다. 균여 대사 1인에만 국한되지 않고 상당수의 승려들도 전수받고 있었을 것임은 불문가지이다.

제4장

새로 발견된 향가 4편

신라 향가 창작법을 추적하고 적용하는 과정에서 향가 4편이 새로 발견되었다. 새로운 발견은 '향가란 신라 향가 창작법에 의해 만들어진 작품'이라는 정의에 도움 받아 이루어졌다.

지금까지 한역시(漢譯詩)로 알고 있었던 〈황조가(黃鳥歌)〉, 〈구지가(龜旨歌)〉, 〈해가(海歌)〉가 신라 향가 창작법에 따라 만들어져 있었던 것이다.

또한 〈처용가〉 배경기록에 들어있던 '지리 다도파도파(智理 多都波都波)'라는 구절 역시 향가로 판명되었다. 필자는 이를 '지리가(智理歌)'라고 이름하였다.

이들의 발견으로 말미암아 향가에 대한 새로운 인식을 가질 수 있었고 향가의 영역이 크게 넓어지게 되었다.

〈황조가(黃鳥歌)〉는 고구려향가이고, 〈구지가(龜旨歌)〉는 가야향가가 된다. 이는 향가의 신라 독점을 깨뜨리게 되는 사건이 된다. 향가가 한반도 전역에서 만들어졌다는 말이 된다.

〈황조가(黃鳥歌)〉는 B.C 17년 창작되었고, 〈구지가(龜旨歌)〉는 A.D 42년에 만들어졌다.

'〈황조가(黃鳥歌)〉가 향가였다'라는 사실의 확인은 향가의 기원을 고구려에서 고조선으로까지 끌어올리게 되었다. 〈황조가(黃鳥歌)〉에 사용된 보언 '기(其=바람신)'가 단군신화의 내용(風伯 바람신)과 일치하는 측면이 있어 향가의 기원을 고조선으로 추정할 수 있게 하였다.

새로운 향가들은 우리가 몰랐던 작품들이 아니었다. 향가가 무엇인지를 몰랐기 때문에 무심결에 지나쳤을 뿐이었다. 그러나 이제 향가가 무언인지 정의할 수 있게 되었다. 신라 향가 창작법을 가지고 고시가들을 재검토하여 더 많은 향가가 발견되기를 기대한다.

본장에서는 신라 향가 창작법을 새로 발견된 4개 작품에 적용한 결과를 소개함으로써 이들이 향가였다라는 사실을 입증토록 하겠다. 소개 순서는 가나다순이다.

1.
구지가(龜旨歌)

龜何 龜何
首 其 現 也
若 不現 也
燔 灼 而 喫 也

갈라짐이 무엇인가, 갈라짐이 무엇인가
왕이 나타남(首現)이어야 한다
왕이 나타날 것이라는 점괘가 나타나지 않는다면
구워서 먹으리

1) 단서

필자는 향가 창작법의 적용과정에서 네 편의 향가를 추가로 발견하
였다.

고구려의 〈황조가(黃鳥歌)〉와 가야의 〈구지가(龜旨歌)〉, 〈헌화가
(獻花歌)〉 배경기록에 나오는 해가(海歌), 〈처용가(處容歌)〉 배경기
록에 나오는 〈지리가(智理歌)〉가 그것이다.

결국 《삼국사기》에서 1편, 《삼국유사》에서 3편이 추가되어 향가는
25편에서 총 29편으로 늘어나게 되었다.

다음은 〈구지가〉가 수록된 《삼국유사》 가락국기 김수로왕 탄강기 기록의 요지다.

서기 42년 김해 구지봉에서 누군가를 부르는 이상한 소리가 들려 왔다. 2, 3백 명의 사람들이 모여들었다. 사람 소리는 있었으나 모습은 보이지 않았다. "여기에 사람이 있느냐?"하는 말소리만 들렸다. 그래서 구간 등이 "우리들이 있습니다." 하였다. 그들이 말을 이었다.

"내가 있는 데가 어디냐?"

"구지입니다."

"하늘이 내게 명하여 이곳에 나라를 세우고 임금이 되라 하시므로 여기에 왔다. 너희는 이 봉우리의 흙을 파 모으면서 노래를 불러라. '갈라짐이 무엇인가, 갈라짐이 무엇인가. 우두머리가 나타남(首現)이 어야 한다. 우두머리가 나타날 것이라는 점괘가 나타나지 않는다면 구워서 먹으리(龜何龜何 首其現也 若不現也 燔灼而喫也)'라고 하면서 춤을 추어라.

이것이 대왕을 맞이하면서 기뻐 뛰는 것이다. 구간 등이 즐거이 노래하며 춤을 추었다. 얼마 후 하늘에서 자주색 줄이 늘어져 땅에까지 닿았다. 줄 끝에 붉은 보자기에 금합을 싼 것이 있었다. 합을 열어보니 알 여섯 개가 있는데 황금빛으로 빛났다. 알에서 왕이 나타났다."

위의 배경 기록에는 여러 가지 시사점이 있다.

구지봉 인근의 사람들이 노래 부르며 춤을 추었다고 하였다. 그들이 부른 노래는 확인결과 향가인 것으로 확인된다. 당연히 노래는 구지가의 노랫말로 불렸을 것이고, 춤은 지문에 따라 췄을 것이다.

또 하나 주목해야 할 점이 있다. 구간 등으로 대표되는 소국들이 한반도 남단에 여기 저기 흩어져 있을 때 향가를 가지고 있고 이를 중요한 정치수단으로 활용하는 발전된 정치 집단이 나타났다는 사실이다. 이는 향가의 전파시점, 사용자, 사용 목적과 관련해 매우 중요한 시각을 제시하고 있다. 이들이 한반도 남단 소국들의 정치지형을 변화시킨 집단이었다.

가야 성립을 전후한 시기 한반도 남부지방에는 거북점이 시행되고 있었다. 거북 껍질을 태우며 점치는 바를 고하고, 갈라진 모습으로 보고 점을 친다 하였다. 중국과 한반도와 왜국에도 거북점, 뼈점이 시행되고 있었다. 다음은 왜국에서 시행하던 뼈점에 대한 기록이다.

其俗擧事行來 有所云爲 輒灼骨而卜 以占吉凶
先告所卜 其辭如令龜法 視火坼 占兆
그 나라 풍속으로 큰일이 있을 때 행하는 일이 있다. 말하기를 번번히 뼈를 태워 길흉을 점친다고 한다. 먼저 점치는 바를 고하는데 그 고하는 내용은 이를테면 거북법과 같으며 불에 타서 갈라진 것을 보고 점을 친다.
-진수,《삼국지》위지 동이전 왜인조

본 작품에는 '번제라는 보언(燔)'이 나오고 있어 주목된다. 당시 한반도에 기독교의 번제와 유사한 형태의 제사가 있었다. 한반도 향가 시대문화와 기독교 구약시대 문화의 유사점으로 볼 수 있을 것이다.

〈구지가〉는 왕을 나타나게 해달라고 청하는 노래이다. 이 노래의 힘에 의해 수로왕이 나타났다. 일연 스님은 진정한 왕을 내려달라는 청을 담아 삼국유사에 수록하였을 것이다. 일연 스님이 삼국유사를 편찬한 시기는 몽골의 침략에 의해 나라와 민족이 사실상 멸절 위기에 처해 있을 때였다.

　신라 향가 창작법을 〈구지가〉에 적용해보겠다. 적용결과 〈구지가〉
는 철저하게 향가 창작법을 설계도로 하여 만들어져 있었다. 즉 향가
였던 것이다.

2) 풀이

원문	龜	何	龜	何	首	其	現	也
노랫말	龜	何	龜	何	首		現	
보언						其		也

■ 龜何 龜何
갈라짐이 무엇인가, 갈라짐이 무엇인가

• 龜 갈라지다 균. 거북점은 나타난 거북 등껍질의 균열을 보고 점을 친다. 본 작품
을 지금까지 〈구지가〉로 불려 왔다. 내용으로 보니 〈균지가〉라 불러야 할 것같다.
• 何 무엇 하. 지금까지는 何를 표음문자 '~아'로 해독했다. '거북아'로 해독한 것이
다. 그러나 표의문자 법칙에 따르면 '무엇'으로 풀어야 한다. '갈라짐이 무엇인가'로
풀이하여야 한다. 한반도 남단에 거북점이 시행되고 있었다. 진수(233~297)의 삼
국지 왜인조에 왜인들이 뼈를 태워 점을 쳤다는 기록이 있다.

■ 首 其 現 也
우두머리가 나타남(首現)이야
ㅇ其 바람신이 나가라　　　　　　　ㅇ也 주전자에 물로 손을 씻으라

• 首 우두머리, 군주(君主) 수
• 其 키, 바람신 기 [보언] 낟알을 키질하여 껍질을 까불어 낸 다음 제수로 올리는
행위이다. 《만엽집》에 무수히 많은 사례가 나온다.
• 現 나타나다 현. 거북 껍질의 균열이 우두머리가 나타날 것이라는 점괘이다. 당
시 김해 땅에는 구간이 있었을 뿐 이를 통합하는 왕이 없었다.

• 也 주전자 이 [보언]

원문	若	不	現	也	燔	灼	而	喫	也
노랫말		不	現			灼		喫	
보언	若			也	燔		而		

■ 若 不 現 也
만약 우두머리가 나타날 것이라는 점괘가 나타나지 않는다면야
○若 바닷귀신으로 분장하고 무대로 나가라
○也 주전자에 물로 손을 씻으라

• 若 바닷귀신 약 [보언] 《삼국유사》에 등장하는 용왕은 약(若)이라는 명칭으로
불렸으며, 거북의 형상과 비슷한 모습이다.
※용과 용왕의 거리와 수신 약(若)의 존재, 魚江石, 국제어문 제74집, 2017.9.30, p8.
• 不 아니다 불   • 現 나타나다 현
• 也 주전자 이 [보언]

■ 燔 灼 而 喫 也
구워서 먹으리
○燔 번제를 치르라   ○而 구레나룻 배우가 나가라
○也 제기그릇에 담긴 물로 손을 씻으라

• 燔 제육(祭肉) 번 [보언] 번제(燔祭)이다. 번제란 이스라엘 민족의 경우 구약시
대에 제물을 불에 태워 그 향기를 신에게 바치는 제사를 말한다. 당시 한반도
에는 기독교의 번제와 유사한 형태의 제사가 있었던 것으로 판단된다. 향가 시
대문화와 기독교 구약시대 문화의 접점으로 볼 수 있는 것이다.
기독교에서의 번제(燔祭)란 이스라엘 민족이 구약시대에 제물을 불에 태워 그
향기를 하느님에게 바치는 제사를 말한다. 희생이 되는 짐승의 가죽을 제외(가
죽은 제사장의 몫이었음, 레 7:8)하고 나머지를 불에 태워 그 향기(연기)를 바친
다(레 1:2-9). 이스라엘의 5대 제사 중 하나이다. 제물로는 양, 소, 염소 따위가 사
용되었다 (신12:11).

• 灼 굽다 작   • 而 구레나룻 이 [보언]
• 喫 (음식을) 먹다, 담배를 피우다 끽. 燔祭에서 희생이 타는 연기를 흠향하다.
먹는 것이 아니라 고기 굽는 냄새를 맡다.
• 也 주전자 이 [보언]

2.
지리가(智理歌)

智理 多都波都波

지혜롭게 다스리라

1) 단서

7글자로 된 작품이다. 비록 짧지만 어엿한 향가 작품이다. 삼국유사의 핵심 작품으로 판단된다. 일연 스님께 삼국유사 중 단 한 작품만 남기라고 한다면 바로 이 작품을 남기실 것이다.

본 작품은 〈처용가〉 배경기록에 숨겨져 있다.
배경기록은 다음과 같다.

어법집(語法集)에 따르면 산신이 춤을 추면서 다음과 같은 노래를 불렀다.

智理 多都波都波

노래는 '지혜로 나라를 다스리는 사람들이 미리 알고 많이 도망갔으므로 도읍이 장차 파괴될 것이다'라고 말한 것이라 한다. 지신과 산신이 나라가 망할 줄 알았기에 춤으로 경고한 것이다.

하지만 신라 사람들은 이 뜻을 깨닫지 못하고 상서로운 징조가 나타났다고 여기면서 더욱 더 환락에 빠져들었다. 그래서 결국 신라가 망하고 말았다.

어법집(語法集)을 인용한 위 배경기록에서 다음과 같은 사실을 역추적해 낼 수 있다.

'산신이 춤을 추면서 노래를 불렀다.'

산신이란 향가 공연집단이다. 향가란 노래 부르고 춤추는 문학장르이다. 노래 부르고 춤을 추기에 시가 아니라 뮤지컬에 가깝다. 향가는 공연물의 대본이다.

신라 사람들은 향가를 공연하는 사람들을 산신으로 이해하고 있었다. 이는 일반인들이 산신으로 생각하는 특수집단에 의해 향가가 전승되고 있었음을 말한다. 향가를 공연하던 이들을 〈도솔가〉에서는 '국선의 무리'라고 하거나, 〈처용가〉에서는 '동해용의 아들'이라고도 했고, 본 작품에서는 '산신'이나 '지신'이라고 했다. 향가는 특수집단에 의해 은밀히 전수되고 있었던 것이다.

주의해야 할 점으로 신라와 고려 사람들조차 '지리 다 도파도파(智理多都波都波)'라는 구절의 의미를 잘못 알고 있었다는 사실이다.

신라의 책으로 보이는 '어법집'에는 이 작품을 '지혜(智)로 나라를 다스리는(理) 사람들이 미리 알고 많이(多) 도망갔으므로 도읍(都)이 장차 파괴될 것(波)이다'라고 풀이하였다. 그러나 도(都)는 '도읍'이 아니고 '탄식하다'로 보아야 한다.

《삼국유사》를 쓰신 고려 때의 일연 스님조차 이 구절을 '지신과 산신이 나라가 망할 줄 알았기에 춤으로 경고를 한 것이다. 하지만 신라 사람들은 이 뜻을 깨닫지 못하고 상서로운 징조가 나타났다고 여기면서 더욱 더 환락에 빠져들었다'고 하였다. 신라인도, 고려인도 이 구절을 잘못 이해하고 있었다.

향가는 노래 부르고 춤추는 공연의 대본이다. 그런데 《삼국지》 위지 동이전에 제사 지내고 노래 부르고 춤을 추던 우리의 고대 전통 문화가 다수 소개되고 있다. 이러한 전통이 바로 향가 문화일 것이다. 이에 대해서는 별도의 연구가 필요하다.

'지리 다 도파도파(智理 多 都波都波)'라는 어법집의 기록은 비록 짧지만 신라의 향가다. 필자는 이 향가를 〈지리가(智理歌)〉라고 명명한다.

현재까지 발견된 향가 중 가장 적은 수의 문자로 되어 있다. 일곱 글자로 되어 있기에 일곱 알의 진주다. 알 수가 적다고 해서 진주 목걸이를 가치 없다고 하면 안 될 것이다. 신라인이 남긴 목걸이어서 무엇보다 소중하다.

2) 풀이

원문	智	理	多	都	波	都	波
노랫말	智	理					
보언			多	都	波	都	波

■ 智理 多都波都波

(어떠한 어려움이 있더라도) 지혜롭게 다스리라.

○多 많은 사람이 나가라

○都 탄식하라

○波 파도가 치라

○都 탄식하라

○波 파도가 치라

- 智 지혜 지
- 理 다스리다 리
- 智理 지혜롭게 다스리다. 어떠한 어려움이 있더라도 지혜롭게 다스리라. '삼국유사 속에 숨겨놓은 비기를 찾아낸 다면 나라와 민족이 멸절하지 않고 우리의 민족은 영원히 흥성하리라' 라는 일연 스님의 유언과 일치한다. 유언을 남겨놓았다는 직접적 기록은 없지만 야사로 전해오는 이 유언의 내용이 향가 해독결과 와 일치한다. 일연 스님이 감추어 두었다는 비기(祕記)는 향가였으며 그중에서도 핵심이 되는 향가는 바로 이 작품이었다.
  〈모죽지랑가〉에서 '죽지랑'의 다른 이름을 智官(지혜롭게 다스리는 관리)이라 했다. 智는 '지혜롭다'라는 의미를 가지고 있음을 알 수 있다.
  理는 〈찬기파랑가〉, 〈헌화가〉, 〈신충가〉, 〈모죽지랑가〉 등에서 '다스리다'라는 의미로 쓰이고 있다. 따라서 '智理'는 '지혜롭게 다스리다'라는 뜻이 된다.
- 多 많다 다 [보언]
- 都 아아, 감탄사 도 [보언]
- 波 파도 파 [보언] 갖가지 어려움을 의미한다. 신라 향가 14편에 나라가 맞닥뜨리는 갖가지 어려움을 예로 들어놓았다.
- 都 아아, 감탄사 도 [보언]
- 波 파도 파 [보언]

해가(海歌)

龜 乎 龜 乎 出水路

掠 人婦女罪何極

汝 若 悖逆不出獻

入網捕 掠 燔 之 喫

가뭄에 논이 갈라지는구나, 논이 갈라지는구나

드러내라, 수로를

다른 사람의 부녀를 앗아간 죄 얼마나 큰가

우리의 청을 거스르고 거역하여 수로를 드러내 바치지 않는다면

그물로 사로잡아 구워서 먹으리

1) 단서

《삼국유사》 수로부인조의 〈헌화가(獻花歌)〉와 〈해가(海歌)〉, 배경
기록은 정교하게 짜 맞추어진 일련의 스토리였다. 이 세 가지 기록을
상호 연결지어 해독하면 다음과 같은 얼개가 나온다.

① 동해용이 자신을 때리며 무시한 순정공(純貞公)에게 높은 절벽
을 타는 모습을 보여 주어 수로부인을 유혹하고, 자신이 신물(神

物)임을 과시한다(<헌화가>).

② 용이 수로부인(水路夫人)을 납치해 가니 가뭄이 들었다(배경기록).

③ 순정공이 사람들을 불러 모아 땅을 두드리며 수로를 내놓으라고
노래를 부르게 했다(배경기록, 해가).

④ 수로가 나타났다. 즉 비가 왔다(배경기록).

<해가>는《삼국유사》권2 수로부인조에 다음과 같은 배경기록과
함께 나타난다.

신라 성덕왕 때 순정공이 강릉태수(江陵太守)로 부임하는 도중, 바
닷가의 한 정자에서 점심을 먹고 있을 때 돌연 용이 나타나 순정공의
아내 수로부인을 바닷속으로 납치하였다.

공이 어찌할 바를 모를 때 한 노인이 지나다가 말하기를 "옛말에 여
러 사람의 입은 쇠를 녹인다(衆口鑠金 중구삭금)하였으니, 용인들 어
찌 이를 두려워하지 않겠습니까. 모름지기 경내(境內)의 백성을 모아
노래를 지어 부르며 몽둥이로 언덕을 치면 부인을 찾을 것이오"라고
하였다. 순정공이 <해가>를 지어 여러 사람과 더불어 외치며 언덕을
막대기로 치니(以杖打岸), 용이 부인을 받들고 나타났다.

<해가>를 신라 향가 창작법으로 풀이한 결과 신라 향가 창작법에
따라 만들어져 있었다. 즉 해가는 한역시가 아니라 향가로 보아야 할
것이다.

① 한자들이 표의문자로 기능하고 있다.

② 노랫말의 한자들이 한국어 어순법에 따라 배열되어 있다.

③ 향가문장이 금줄처럼 노랫말+청언+보언으로 조립되어 있다.

④ 고유명사법이 사용되어 있다.

⑤ 중구삭금과 군무가 행해지고 있다 등.

균호균호(龜乎龜乎)라는 어구 등 일부 비슷한 어휘가 있어 〈구지가(龜旨歌)〉를 패러디 한 것이라는 주장이 있다. 그러나 신라 향가 창작법으로 분석해보면 패러디한 것이 아니라 전혀 다른 작품이다.

2) 풀이

원문	龜	乎	龜	乎	出	水	露
노랫말	龜		龜		出	水	露
보언		乎		乎			

■ 龜 乎 龜 乎
(논이) 갈라지는구나, (논이) 갈라지는구나
○乎 탄식하라

•龜 갈라지다 균. 가뭄이 들어 논바닥이 갈라지다
•乎 감탄사 호 [보언]
•龜 갈라지다 균

■ 出水路
드러내라, 물길을

•出 드러내다 출
•水路 물길. 水路는 물이 흐르는 개울이다. 수로부인의 이름과 함께 중의적으로 쓰이고 있다.

원문	掠	人	婦	女	罪	何	極
노랫말		人	婦	女	罪	何	極
보언	掠						

■ 掠 人婦女 罪 何極

다른 사람의 부녀를 (앗아간) 죄 얼마나 큰가

○掠 매질하라

- 掠 매질하다, 볼기를 치다 략 [보언] 掠=打. 사람들을 불러 몽둥이로 강기슭을 몽둥이로 치게(以杖打岸)하고 있다는 배경기록과 일치하고 있다.
- 掠이 매질하다로 사용되는 사례로 禮記 月令歌 仲春之月(음력2월 1일부터 2월 30일까지)에서 볼 수 있다.

  是月也 安萌牙 養幼少 存諸孤 擇元日 命民社 命有司 省囹圄 去桎梏 毋肆掠 止獄訟

  이 달에는 식물의 싹을 보호하고, 어린 아이들을 기르며, 여러 고아들을 보살펴 기른다. 원일(元日)을 가려서 백성에게 명하여 지기(地祇)에 제사지내게 한다. 유사(有司)에게 명하여, 감옥에 계류된 사람의 수를 덜게 하고, 족쇄와 수갑을 벗기게 하며, 죄인의 죽이거나 때리는 일이 없도록 한다. 옥송을 그치게 한다.

- 掠 매질하다 략. 掠人婦女 罪 何極에서 掠을 '약탈하다'라는 의미로 본다면 이 향가문장은 한국어 어순법에 배치되고 있다. 즉 신라 향가 창작법에 어긋난다. 그러나 掠을 '매질하다'라는 의미로 보고, 이의 기능을 보언으로 본다면 '掠 人婦女 罪 何極'은 한국어 어순법에 벗어나지 않는다. 掠은 '약탈하다'라는 의미를 암시하고 있을 뿐이다. 향가 창작법을 엄격히 지키고 있다
- 人 다른 사람 인
- 婦女 부녀자
- 罪 죄, 허물 죄
- 何 얼마 하
- 極 지극하다 극

원문	汝	若	悖	逆	不	出	獻
노랫말	汝		悖	逆	不	出	獻
보언		若					

■ 汝 若 悖逆 不出獻
네가 (만약 우리의 청을) 거스르고 거역하여 (물길을) 드러내 바치지 않으면
○若 바닷귀신이 나가라

• 汝 너 여
• 若 만약, 바닷귀신 약 [보언]
※용과 용왕의 거리와 수신 약(若)의 존재, 魚江石, 국제어문 제74집, 2017.9.30, p8.
• 悖 거스르다 패
• 逆 거역하다 역
• 不 아니다 불
• 出 드러내다 출
• 獻 바치다 헌

원문	入	網	捕	掠	燔	之	喫
노랫말	入	網	捕				喫
보언				掠	燔	之	

■ 入網捕 掠燔之 喫
(바다에) 들어가 그물로 잡아 먹으리.
○掠 매질하라
○燔 번제를 지내라
○之 열지어 나아가라

• 入 들다 입. 바다로 들어가다
• 網 그물 망
• 捕 사로잡다 포
• 掠 매질하다 략 [보언] 掠=打. 배경기록에 '몽둥이로 언덕을 치다(以杖打岸)'라고
  하였다
• 燔 제사 지내는 고기(祭肉) 번 [보언] 번제. 고기를 태워 연기를 하늘로 보내는 제
  사. 기독교에도 번제가 있다
• 之 가다 지 [보언]
• 喫 음식을 먹다 끽

4.
황조가(黃鳥歌)

翩翩黃鳥
雌雄 相依
念我 之 獨
誰 其與 歸

펄펄 나는 꾀꼬리여.
암수가 서로 의지한다.
외골수로 생각하나니, 나의 고독이여.
누구와 더불어 돌아갈까.

1) 단서

[한국어 어순법]

마지막 구절 '수기여귀(誰其與歸)'는 '누구와 더불어 돌아갈까'라는
뜻이다. 이 구절은 정격 한문에 따르면 '여수귀(與誰歸)'가 되어야 할
것이다. 그러나 이 구절은 한국어 어순에 따라 '수여귀(誰與歸)'로 되
어 있다. 신라 임신서기석의 문장구성법인 한국어 어순법에 따르고
있다.

경주 쪽샘지구 행렬도를 나타내는 문자 '지(之)'가 사용되고 있다. '지(之)'는 '가다 지'이다. 개인이 가는 것이 아니라 일행이 열을 지어 나아가는 것이다. 신라 쪽샘 지구 행렬도의 모습이다.

'아지독(我之獨)'을 '아독(我獨)'으로 표기하면 해결되는데 구태여 소유격 조사를 삽입하고 있다. 그러나 향가 문장은 조사어미 생략법이 적용된다. 보언으로 쓰기 위해 의도적으로 표기한 것이다. 본 작품에서는 왕의 거둥을 말하는 보언으로 보는 것이 합리적이다.

[단군신화]

본 작품 수기여귀(誰其與歸)를 정격한문으로 보면 기(其)는 아무런 역할을 하지 않고 있다. '그 누구와 더불어 돌아갈까'로 생각할 수도 있으나 그렇다면 문장에 파격이 일어난다. 그러한 목적이라면 기수여귀(其誰與歸)로 되어야 할 것이다. 그러나 기(其)를 보언으로 보면 문제점들이 해소된다.

본 향가에는 향가의 최초 발상지를 고조선으로 보아야 하는 근거가 출현한다. 바람신 기(其)가 그것이다. 기(其=箕)는 수많은 향가에서 '바람신'이라는 보언으로 사용되어 있다.

〈其 바람신, 箕〉

단군신화에서 환웅은 풍백(風伯), 우사(雨師), 운사(雲師)와 함께 삼천의 무리를 거느리고 이 땅에 내려왔다. 풍백이 바람을 관장하는 바람신으로 기(其=箕)이다. 기(其)는 향가와 단군신화를 관류하는 문화코드인 것이다.

삼국지 위지 동이전을 보면 한반도 동북아 각국의 제천의식에 대한 기록이 있다. 고구려의 동맹(東盟)과 예의 무천(舞天) 등이 그것이다. 이들은 해마다 10월 공동으로 제사를 지내고 춤과 노래를 즐기던 행사이다.

예의 무천(舞天)에 관한 기록은 삼국지 위지(3세기) 등에 보인다. 위지 동이전 예전(濊傳)에 '늘 10월절 하늘에 제사하고 밤낮으로 술을 마시고 노래 부르고 춤추니 이것을 이름하여 무천이라고 한다(常用十月節 祭天 晝夜飮酒歌舞 名之爲舞天)'라는 기록이 있다.

제사를 지내고 노래를 부르고 춤을 춘다는 것은 향가에 나타나는 떼창과 떼춤의 문화와 다름이 없다. 고구려를 비롯한 동북아 국가들의 제천의식이 향가 속에 들어와 정착된 것으로 볼 수 있다.

필자는 향가의 근원을 고조선으로 본다.

향가는 신라 향가 창작법이라는 치밀한 구조로 만들어지는 작품이고, 왕실과 일반인들이 동원되고 있음을 볼 때 국가차원의 뒷받침이 있지 않고서는 만들어질 수 없는 문학 장르일 것이다. 더욱이 단군신화와의 연결점을 볼 때 향가의 발원지는 고조선임이 분명해진다.

즉 고조선에서 어느 때인가 만들어져 사용되던 향가가 고조선 멸망 후 동북아 지역에서 건국된 부여, 고구려, 예 등 동북아 각국이 소국이었던 시절 흘러 들어가 왕실을 중심으로 사용되었을 것이다.

〈황조가〉는 고구려 제2대 유리왕이 유리왕 3년(B.C 17)에 만든 작품이다. 본 작품은《삼국사기》고구려본기 유리왕조에 4언4구의 한역시와 배경기록이 전한다.

　배경기록은 다음과 같다.

　유리왕은 골천 사람의 딸 화희(禾姬)와 한인(漢人)의 딸 치희(雉姬)를 왕비로 얻었다. 두 여자가 사랑을 다투어 서로 화목하지 않자, 왕은 동서에 두 궁을 짓고 각기 살게 하였다.

　왕이 사냥을 나가서 7일간을 돌아오지 않은 사이에 두 여자가 또 다투었다. 화희가 치희에게 "너는 한가(漢家)의 비첩으로 어찌 무례함이 심한가?"라고 꾸짖으니, 치희가 원한을 품고 도망쳐 돌아갔다.

　왕이 이 말을 듣고 말을 달려 쫓아갔으나, 치희는 노하여 돌아오지 않았다.

　왕이 나무 밑에 쉬면서 꾀꼬리가 날아 모이는 것을 보고 '황조가'를 지었다.

　신라 향가 창작법으로 본 작품을 해독해 보면 배경기록과는 달리 눈물가로 평가된다. 유리왕이 치희의 장례식을 치르고 돌아오면서 지은 작품으로 판단된다.

　〈황조가〉는 얼핏 보아 한역시의 모습을 띠고 있으나 풀이 결과 신라 향가 창작법에 따라 만들어져 있었다. 즉 향가로 정의되어야 한다.

　또한 창작시점은《삼국사기》에 기록된 B.C 17년이다. 구지가 창작년이 A.D 42년이니 〈황조가〉는 〈구지가〉보다 59년 앞선 작품이다. 〈황조가〉는 현전하는 최고(最古)의 향가이다.

2) 풀이

원문	翩	翩	黃	鳥	雌	雄	相	依
노랫말	翩	翩	黃	鳥	雌	雄		
보언							相	依

■ 翩翩黃鳥
훨훨 나는 꾀꼬리여.

•翩 나부끼다, 오락가락하다 편
•黃 노랗다 황
•鳥 새 조

■ 雌雄 相依
암수 (서로 의지하는구나.)
○相 푸닥거리를 하라
○依 병풍을 치라

•雌 암컷 자
•雄 수컷 웅
•相 푸닥거리하다 양 [보언] 향가에서 '푸닥거리하다'라는 의미로 사용되고 있다.
 '푸닥거리', '서로' 두 가지 중의적 의미를 담고 있다.
•依 의지하다, 병풍 의 [보언] 향가에서 '병풍'이라는 의미로 사용되고 있다. '병풍',
 '의지하다' 두 가지 중의적 의미를 담고 있다.

원문	念	我	之	獨	誰	其	與	歸
노랫말	念	我		獨	誰			歸
보언			之			其	與	

■ 念我 之 獨
외골수로 생각해 보나니, (나의) 고독이여.

O之 열지어 나아가라
• 念 생각하다 념
• 我 외고집, 나 아. 향가에서 '외고집'이라는 의미로 사용되고 있다. '외골수', '나' 두 가지 의미로 사용되고 있다.
• 之 가다 지 [보언] 경주 쪽샘 지구에서 발굴된 행렬도의 모습이다. 향가에서의 之 는 기본적으로 '장례행렬'로 해독한다.
• 獨 홀로 독

■ 誰其與歸
누구와 (더불어) 돌아가리
O其 바람신이 나가라
O與 무리가 나가라

• 誰 누구
• 其 바람 신 [보언] 단군신화에 나오는 풍백(風伯)이다. 고구려 초기 향가에 단군신 화의 내용이 포함되어 있다.
　향가는 한국어 어순법, 누언의 사용 등으로 볼 때 우리 민족 고유의 문화임이 분 명하다. 향가는 표기체계의 완성, 왕실에서의 사용, 국가차원의 제의적 성격, 공신 력 부여 등 향가가 가지고 있는 갖가지 속성으로 미루어 볼 때 국가 권력이 만들 어내고 반포한 문학 장르로 보아야 할 것이다.
　최초의 발원지 국가를 추정함에 있어 부여, 고구려, 동예, 옥저 등의 동북아 국가 에서 향가의 시연으로 추정되는 제천의식이 행해진 것을 볼 때 이들 나라 이전 우 리나라 국가인 고조선에서 창안하여 사용되다가 고조선 멸망(B.C 108) 후 1차적 으로 동북아 소국에 전파된 것으로 보아야 할 것이다. 동북아 소국에서 사용되 던 향가는 기원전후 신라와 가야 등 한반도 국가에 2차적으로 전파된다. 이어 향 가는 서기 300년대를 전후한 시기에 일본 열도로 도거하여 일본의 모태 문화가 된다.
　따라서 향가는 고구려 이전, 즉 고조선에서 완성된 문학장르로 보아야 할 것이 다. 보다 상세한 내용은 필자의 저서 《향가루트》 참고.
• 與 더불다, 무리 여 [보언] 정격 한문으로는 '與誰'가 되어야 할 것이다.
• 歸 돌아가다 귀
• 誰與歸 누구와 더불어 돌아갈까. 한국어어순법이 적용되고 있다.

제5장

만엽집(萬葉集) 향가 3편

필자는 기연에 힘입어 신라 향가 창작법을 얻을 수 있었다. 이를 도구로 하여 《만엽집》 작품 621편을 해독해본 결과 모두가 신라 향가 창작법을 설계도로 하여 만들어진 향가였다. 일본 만엽집은 향가집이었던 것이다.

《만엽집》은 한반도에서 일본으로 건너간 도거인(渡去人)들을 중심으로 해 만들어진 향가집이었다. 만엽집의 작품이 4,516편이나 되어 자료의 풍부성에 힘입어 우리의 옛 얼굴이 어떠한 모습이었는지를 말할 수 있게 되었다.

《만엽집》에 수록된 작품은 대반가지(大伴家持)가 서기 759년에 4516번가를 만들고 난 후 일본에서는 어느 때인가 신라 향가 창작법이 잊혀졌다.

이후 1,000여 년의 암흑기가 있었다. 많은 사람들이 천 년이 넘도록 해독에 도전하였으나 해독에 성공하지 못했다. 지금까지 해독에 성공한 사람이 없기에 그곳에 무엇이 들어 있을지 누구도 알지 못하고 있었다.

신라 향가 창작법은 《만엽집》을 완독해 낼 수 있는 도구이다. 그러나《만엽집》에 수록된 작품 수가 4,516편이나 되기에 최초의 완독은 그가 누구이든 개인의 일생을 바쳐야 이룰 수 있는 작업으로 보인다.

　신라 향가 창작법은 고대 한국인이 사용하던 언어구조를 기반으로 하고 있고, 만엽집 속의 향가들은 열도의 환경 속에서 만들어져 있기에 이들의 해독은 한국인만으로도 일본인만으로도 어려울 것이다. 한일 간의 협업이 필요할 것이다.

　《만엽집》은 표의문자로 이루어져 있다. 한자에 대한 기본 소양을 갖추고, 향가 창작법의 원리만 깨친다면 일본어를 전혀 모르는 이들에 의해서도 해독이 충분히 가능하다.

　언제인가 한일간의 집단지성에 의해 한반도의 향가와 《만엽집》의 새로운 완독이 이루어질 것이다. 신라 향가 창작법이 이를 가능하게 해주리라 믿는다.

　필자는 《만엽집》 권제1의 해독 결과를 모아 《일본 만엽집은 향가였다》(2021, 북랩) 제하 저서를 발간한 바 있다. 《만엽집》에 대한 보다 상세한 내용은 필자의 저서 향가 3서를 참고해 주시기 바란다.

1.

<1번가>

籠 毛與 美

籠 母乳布久思 毛與 美

夫 君志持

此岳 尒菜 採 須兒家吉 閑

名告紗 根虛 見

津山跡 乃

國 者押奈 戶手

吾 許曾居 師 吉

名倍手吾 己曾座

我 許曾座 告 目家 呼 毛 名 雄母

새가 새장에서 날아가려 하면 그녀의 생전공적을 아름답게 꾸며 그녀에게 알려
야 한다

새가 새장에서 날아가려 하면 그녀의 생전공적을 아름답게 꾸며 그녀에게 알려
야 한다

일꾼들은 그녀의 생전공적을 기록한 서책을 지고 가라

계속 큰 산에 다니면서 그녀의 생전공적을 수집하여 예쁘게 꾸며야 한다

그녀의 공적을 조사하여 비단같이 아름답게 꾸며 그녀에게 보여 주어야 한다

나루터와 산을 뒤져 그녀의 발자취를 조사하여야 한다

온 나라의 집과 사람들을 조사하여야 한다

나는 그녀를 스승으로 삼을 것이다

공적을 쌓은 분을 모셨던 사람들과 나는 고집스럽게 공적을 조사하고

떠나려는 그녀를 불러 꾸민 공적을 알려야 한다

1) 웅략(雄略)천황과 미화법

 향가의 분류에 있어 망인을 저승으로 떠나보내는 향가를 '눈물가'라고 한다. 장례가, 만가 등의 용어는 향가를 지나치게 음습하게 만들수 있기 때문에 눈물가라 새로 이름하였다.

 향가에 있어 '미화법(美化法)'이란 망인의 생전공적을 아름답게 꾸며, 떠나려는 망인의 영혼을 불러 알려준다는 법칙이다. 영혼은 남은 자들이 꾸며서 불러주는 내용에 감격해 저승으로 떠나지를 못한다. 향가의 힘은 저승세계까지도 지배한다.

 작자는 왜국의 웅략(雄略)천황(재위 456~479)이다. 그는 호족들을 장악한 다음 '대왕(大王)'이라는 칭호를 최초로 사용한 천황이다.

 그의 실존이 확실하고 생몰연대와 재위기간이 맞다고 가정하면, 서기 400년대 이전에 일본 열도에는 완성된 형태로서의 향가가 만들어지고 있다는 이야기가 된다. 향가가 들어간 정확한 시점에 대해서는 별도의 검토가 있어야 할 것이다.

 작자 웅략대왕이 한 여인의 생전공적을 조사하여 아름답게 꾸민 다음 망인의 영혼에게 알려주라고 6회에 걸쳐 반복 명령하고 있다. 미화법(美化法)을 시행하라고 강조하고 있는 것이다.

2) 풀이

 ■ 籠 毛與 美
 (새가) 새장에서 (날아가려 하면 그녀의 생전공적을) 아름답게 꾸며 (그녀에게 알려야 한다).
 ○毛與 수염이 난 배우들이 무대로 나가 연기를 하라

- 籠 새장 롱. 《만엽집》에서는 죽은 영혼이 오리(鴨), 학(鶴) 등 새로 은유되고 있다. 사람이 죽으면 새가 되어 본향으로 날아간다는 믿음을 반영한 것으로 보인다. 한국에는 솟대문화가 있다. 솟대에 올려놓은 새 역시 죽은 영혼과 관련이 있을 것이다. 《만엽집》의 새와 한반도의 솟대 문화 등을 바탕으로 해서 롱(籠)의 의미를 '새장'으로 해독한다
- 毛 털 모. 毛=털=수염=수염이 난 배우 [보언]
- 與 무리 여 [보언]
- 毛與 [다음절 보언] 수염이 난 배우들
- 美 아름답다 미. 아름답게 꾸미다=공적을 아름답게 꾸미다. 망인의 공적을 꾸미는 법칙을 미화법이라 한다

■ 籠 母乳布久思 毛與 美
(새가) 새장에서 (날아가려 하면 그녀의 생전공적을) 아름답게 꾸미며 (그녀에게 알려야 한다).
○母乳布久思 어머니에게 젖을 달라고 하며 오래도록 슬피 울라
○毛與 수염 배우들이 무대로 나가 연기를 하라

- 籠 새장 롱
- 母 어머니 모 [보언]
- 乳 젖 유 [보언]
- 布 베풀다 포 [보언]
- 久 오래다 구 [보언]
- 思 슬퍼하다 사 [보언]
- 母乳布久思 [다음절 보언] 아이가 죽은 어머니에게 젖을 달라고 오래도록 슬퍼하다. 망인이 여자로 확인되는 구절이다.
- 毛 털 모. [보언] 털이 난 배우들
- 與 무리 여 [보언]
- 毛與 [다음절 보언] 수염이 난 배우들
- 美 아름답다 미. 아름답게 꾸미다=공적을 아름답게 꾸미다

■ 夫 君志持
(일꾼들은) 그녀의 (생전공적을) 기록한 서책을 가지고 (가라).
○夫 일꾼들은 (생전공적을 기록한 서책을 지고) 나가라

- 夫 일꾼 부 [보언]
- 君 그대 군. 君은 여자를 지칭하기도 한다
- 志 기록하다 지. 생적공적을 기록한 것이 눈물향가이다.

•持 가지다 지
•夫志持 일꾼이 생전의 공적을 기록한 서책을 가지고 가다

■ 此岳 尒荣 採 須兒家吉 閑
계속 큰 산에 다니면서 (그녀의 생전공적을) 수집하여 예쁘게 꾸며야 한다
○尒 저승바다여 잔잔하라
○荣 나물을 제수로 올리라
○須兒家吉 수염이 난 90세 늙은이(=웅략천황)가 나이 먹은 마나님(웅략천황의 황후로 추정)에 대한 제사를 지내라

•此 계속 이어지는 발자국 차
•岳 큰 산 악
•尒 아름다운 모양 이. ~이 [청언]
•荣 나물 채 [보언]
•採 수집하다 채. 공적을 수집하다
•須 수염 수 [보언] 須=鬚
•兒 구십 세 늙은이 예 [보언] 兒=齯=구십 세 늙은이
•家 마나님, 늙은 여자 가 [보언]
•吉 제사 길 [보언]
•閑 예쁘다 한. 採閑=名採閑(공적을 수집하여 예쁘게 꾸미다)=名告紗(공적을 조사하여 비단같이 아름답게 꾸미다)=名告藻(공적을 조사하여 꾸미다). 미화법이다

■ 名告紗 根虛 見
(그녀의) 공적을 조사하여 비단같이 아름답게 꾸며 (그녀에게) 드러내야 한다.
○根虛 뿌리나물을 제사상에서 내리라

•名 공적 명
•告 조사하다 고
•名告 일본 연구자들은 고대 일본에서 여자가 남자에게 '이름을 알려줌(名告)'은 결혼을 승낙한다는 것을 의미한다고 하였다. 그러나 해독결과 名告는 '이름을 알려주다가 아니라 '공적을 조사하다'는 의미로 쓰이고 있음이 확인된다
•紗 비단 사. '비단같이 아름답게 꾸미다'로 해독한다
•名告紗 문자구조=名告藻의 문자구조=공적을 조사하여 꾸미다.
•根 뿌리 근 [보언]
•虛 없다 허 [보언]
•根虛 [다음절 보언] 뿌리 나물을 상에서 내리다
•見 드러나다 현

■ 津山跡 乃

나루터와 산(을 뒤져 그녀의) 발자취(를 조사하여야 한다).

○乃 노를 저어라

• 津 나루터 진
• 山 산 산
• 跡 발자취 적
• 乃 노 젓는 소리 애 [보언] 영혼을 배에 태워 뱃사공들이 노래를 부르며 노를 저어 저승바다를 건너가라고 지시하는 문자다. 고대 이집트에는 태양의 배가 있었고, 그리스 신화에는 저승배의 뱃사공 카론이 있다. 불교에는 반야용선(般若龍船)을 타고 고해의 바다를 건너 무량수불 극락으로 간다. 신라에서도 배 모양 토기를 타고 바다를 건넌다. 특히 경주 쪽샘지구 행렬도에는 바다를 건너는 장면이 그려져 있다.

■ 國 者押奈 戶手

온 나라의 집과 사람들을 (조사하여야 한다).

○者 배우들이 무대로 나가 연기를 하라
○押 관을 무대로 메고 나가라
○奈 능금을 제수로 올리라

• 國 나라 국
• 者 놈 자 [보언] 배우를 표기하는 문자로 사용되고 있다. 者=놈 자 [보언] 배우
• 押 상자 갑 [보언] 押=관(棺)
• 奈 능금나무 나 [보언] 奈=제수로 바치는 능금으로 해독
• 戶 집 호   • 手 사람 수

■ 吾 許曾居 師 吉

나는 (그녀를) 스승으로 삼을 것이다.

○許 이영차 힘을 내라
○曾 시루에서 물이 떨어지듯 눈물을 흘리라
○居 무대에 거주하는 곳을 설치하라
○吉 제사를 지내라

• 吾 나 오
• 許 이영차 호 [보언] 힘을 내라는 의미로 사용된다.
• 曾 시루에서 물이 떨어지듯 눈물을 흘리라
• 居 거처하는 곳 거 [보언]   • 師 스승으로 삼다 사

• 吉 제사 길 [보언]

■ 名倍手吾 己曾座

공적을 (가진 그녀를) 모시는 사람들과 나

○己 절을 하라

○曾 시루에서 물이 떨어지듯 눈물을 흘리라

○座 망인이 앉는 자리를 무대에 설치하라

• 名 공적, 평판 명

• 倍 모시다 배

• 手 사람 수

• 吾 나 오

• 己 몸을 구부리다 기. (보언). '절하다'로 해독한다.

• 曾 시루에서 물이 떨어지듯 눈물을 흘리라

• 座 자리 좌 [보언]

■ 我 許曾座 告 目家 呼 毛 名 雄母

고집스럽게 (공적을) 조사하고 (떠나는 이를) 불러, (꾸민) 공적을 (알려야 한다).

○許 이영차 힘을 내라

○曾 시루에서 물이 떨어지듯 눈물을 흘리라

○座 앉는 자리를 무대에 설치하라

○目 우두머리가 나가라

○家 마나님 배우가 무대로 나가라

○毛 수염 배우가 무대로 나가라

○雄母 남자 배우와 어머니 뻘의 여자 배우가 무대로 나가라

• 我 외고집 아

• 許 이영차 호 [보언]

• 曾 시루 증 [보언] 눈물을 흘리다

• 座 자리 좌 [보언] 무대에 자리를 설치하라

• 告 조사하다 고

• 目 눈, 우두머리 목 [보언]

• 家 마나님, 늙은 여자 가 [보언]

• 呼 부르다 호. 한국 장례 절차에서의 초혼(招魂)의 고대 형태일 수도 있다.

• 毛 털 모. [보언] 털이 난 배우들

• 名 공적 명

• 雄 수컷 웅 [보언]

• 母 어머니뻘의 여자 모 [보언]

• 雄母 [다음절 보언]

2.

<15번가>

渡津 海 乃豊旗 雲尒
伊理比 沙之
今夜 乃 月夜淸明 己曾

그대께서 물을 건너려 하시는 나루터, 바다는 구름이 없고 잔잔해야 하리
그대께서는 나라를 다스리면서 나와 함께하셨지
오늘 저녁에 달이 밤늦게까지 선명하고 밝아야겠지

1) 중대형(中大兄)황자, 제명(齊明)천황 회고가

　중대형황자가 661년 제명천황 사망 시 만든 눈물가다. 중대형황자
와 어머니 제명천황의 관계는 정치적 격변기임에도 불구하고 빈틈이
없었다. 황자는 태자로 있으면서 663년 백제 멸망시 백제에 원군 파
병을 주도하였다. 국운이 걸린 사건이었다.

　제명천황은 중대형 황자의 뜻에 따라 정치를 한 것으로 보인다. 아
들 중대형과 함께 하였기에 황자는 어머니가 돌아가시자 '그대께서는
나라를 다스리며 나와 함께 하셨지(伊理比 沙之)'라고 회고하고 있다.

　원문 중 '비사지(伊理比 沙之)'는 매우 주의깊게 보아야 할 구절이다.

比 함께하다 비/沙 사공 사/之 가다 지

'그대께서는 다스림에 있어 함께 하사지'라는 말로 읽힌다. 누언이다. 누언이 한반도어임을 알 수 있다. 작자 중대형 황자가 한반도어를 사용하고 있다.

누언이 한반도 고대어로 표기되어 있다는 사실은 중대형황자가 고대 한반도어를 사용하고 있다는 것을 말한다. 이 사실이 무엇을 의미하는지 별도의 연구가 필요하다.

2) 풀이

■ 渡津 海 乃豊旗 雲 尒
(그대께서) 물을 건너려 하시는 나루터, 바다에는 구름이 (없고 잔잔해야 하리)
ㅇ尒 저승바다여 잔잔하라
ㅇ乃 노를 저어라
ㅇ豊 굽이 높은 제기그릇에 제수를 바치라
ㅇ旗 천황의 기를 무대에 설치하라

•渡 물 건너다 도
•津 나루 진
•海 바다 해
•乃 노 젓는 소리 애 [보언]
•豊 굽 높은 그릇 례 [보언] 제기그릇 위로 곡식을 풍성하게 쌓아, 신에게 바치는 모습
•旗 기 기 [보언]
•雲 구름 운
•尒 아름답다 이. ~이 [청언]

■ 伊理比 沙之
그대께서는 (나라를) 다스리면서 (나와) 함께 하셨지
ㅇ沙 사공이 나가라
ㅇ之 장례행렬이 나아가라

- 伊 너 이. 제명천황
- 理 다스리다 리
- 比 함께하다 비. 제명천황은 중대형의 뜻에 따라 정치를 하였다.
- 沙 사공 사 [보언]
- 之 가다 지 [보언]
- 比沙之 함께하삿지. 누언이다. 작자 중대형 황자가 한반도어를 사용하고 있다. 이 사실이 의미하는 바에 대해서는 별도의 연구가 필요하다.

■ 今夜 乃 月夜淸明 己曾
오늘 저녁에 달이 밤늦게까지 선명하고 밝아야 하겠지
○乃 노를 저어라
○己 몸을 구부려 절하라
○曾 시루에서 물이 떨어지듯 눈물을 흘리라

- 今 이제 금
- 夜 밤 야
- 乃 노 젓는 소리 애 [보언]
- 月 달 월
- 夜 밤늦다 야
- 淸 빛이 선명하다 청
- 明 밝다 명
- 己 몸을 구부리다 기 [보언] 절하다
- 曾 시루 증 [보언] 시루에 찔 때 물이 떨어지듯 눈물을 흘리라

3.
<17번가>

味酒 三輪 乃 山靑丹 吉
奈良 能山 乃 山際
伊 隱 萬代道隈
伊積 流 萬代 尒 委 曲毛
見 管 行 武雄數數毛
見放 武八萬雄
情無雲 乃隱 障 倍 之也

미주 세 수레에 취한 듯 삼륜산이 붉으락푸르락하다
나라(奈良)는 응당 산에서 산 끝까지 모두를 불태워야 하리
너는 만대에 걸쳐 길 모퉁이에 버려지리라
너의 자취는 만대에 버려지리라
불타는 관아의 자취를 보고 마음속으로 장례를 치러 버리라
많은 무사들은 불타는 나라의 자취를 보고 마음속에서 버려야 하리
정이 없는 연기만이 삼륜산이 보이지 않도록 가로막아 삼륜산을 모시는구나

1) 불타는 삼륜산(三輪山)

본 작품은 667년 천지(天智) 천황이 나라(奈良)에서 근강(近江)으로 천도할 때 만든 노래이다. 작자는 액전왕(額田王)이라는 여류작가이

다. 그녀의 향가 작품에서 한반도어가 능란하게 구사되고 있는 점을 볼 때 한반도과 깊은 관계를 가진 여인임이 분명하다.

중대형 황자는 어머니 제명천황 사망 후 천지천황으로 즉위하였다. 663년 백제에 출병했던 왜국군은 백촌강(白村江) 하구에서 나당연합군에게 대패했다. 수많은 백제 유민들이 일본으로 도거(渡去)하였다. 한국과 일본 역사에 큰 충격을 주는 사건이었다.

백촌강 패배 이후 나당연합군의 왜국 본토 공격이 예상되었다. 일본 수뇌부는 도읍이었던 나라(奈良)가 국방상 좋지 않다고 결론을 내렸던 것 같다. 천지천황은 천도를 결정하였고, 새로이 선택된 곳은 내륙 지방인 근강(近江)이었다.

천도는 백촌강 패배 후 4년 만인 667년 단행되었다. 이때 많은 백성들이 천도를 말렸다(不願遷都 諷諫者多, 《일본서기》). 밤낮으로 불난 곳도 많았다(日日夜夜失火處多, 《일본서기》). 이는 천도에 대한 반발로 해석된다.

천지천황은 천도해가면서 옛 관아를 비롯해 나라(奈良)를 폐기해버리라고 조치했고, 삼륜산(三輪山)을 비롯해 나라와 모든 산을 불태워버리라고 지시한 것으로 본 작품에 나온다. 이때 실시한 삼륜산 소각과 관련된 작품이다. 향가는 노래로 쓴 역사이다.

2) 해독근거

■ 味酒 三輪 乃 山青丹 吉
(미주 세 수레에 취한 듯) 삼륜산이 붉으락푸르락하다

○乃 노를 저어라
○吉 제사를 지내라

- 味 맛 미
- 酒 술 주
- 味酒 맛있는 술
- 三 석 삼
- 輪 수레 륜
- 三輪 삼륜 [고유명사법] 미주 세 수레를 의미한다.
- 乃 노 젓는 소리 애 [보언]
- 山 산 산
- 靑 푸르다 청
- 丹 붉다 단 [보언] 불타다. 나라에 있던 도읍을 近江으로 옮겨 가면서 삼륜산을 불태웠다.
- 靑丹 술취한 듯 푸르고 붉다. 붉게 불타다
- 吉 제사 지내다 길 [보언]

■ 奈良 能山 乃 山際
奈良는 응당 산에서 산 끝까지 (모두를 불태워야 하리)
○乃 노를 저어라

- 奈 능금 나 [보언]
- 良 길하다 라. ~라 [청언]
- 奈良 [고유명사법] '더 이상 어찌 길하랴'는 의미다. 더 이상 길하지 않으니 近江으로 천도했다.
- 能 응당~하다 능
- 山 산 산
- 乃 노 젓는 소리 애 [보언]
- 山 산 산
- 際 사이, 끝 제
- 山山際=山山際靑丹의 생략형이다. 산에서 산 끝까지 울긋불긋하다=모든 산을 다 불태우다.

■ 伊 隱 萬代道隈
너는 만대에 걸쳐 길 모퉁이에 (버려지리라).
○隱 가엾어 해주시라

- 伊 너 이. 奈良
- 隱 가엾어 하다 은. ~은 [청언] 더 이상 길하지 않은 곳이기에 불태우라는 지시가 있었다. 그래서 가엾다
- 伊隱 너는. 누언이다. 작자 액전왕이 한반도어를 사용하고 있다.
- 萬代 만대
- 道 길 도
- 隈 모퉁이 외

■ 伊積 流 萬代 尒 委 曲毛
너의 자취는 만대에 버려지리라
○流 떠돌라
○尒 저승바다여 잔잔하라
○曲 절하라
○毛 수염 배우가 나가라

- 伊 너 이
- 積 자취 적
- 流 떠돌다 류
- 萬代 만대
- 尒 아름답다 이 [청언]
- 萬代尒 만대에. 누언이다. 작자 액전왕이 한반도어를 사용하고 있다.
- 委 버리다 위
- 曲 굽다 곡 [보언] 절하다로 해독한다
- 毛 털 모. [보언] 털이 난 배우들

■ 見 管 行 武雄數數毛
(불타는 관아의 자취를) 보고 (마음속으로) 장례를 치르라
○管 저택을 설치하라
○武雄數數毛 수없이 많은 무사와 사내들과 수염배우가 나가라

- 見 보다 견
- 管 저택 관 [보언]
- 行 장사지내다 행
- 武 무사 무 [보언]
- 雄 수컷 웅 [보언]
- 數 몇 수 [보언]
- 毛 수염배우 [보언]

■ 見放 武八萬雄
(수많은 무사들은 불타는 나라의 자취를) 보고 (마음속에서) 버려야 하리
○武八萬雄 팔만의 무사와 사내들이 나가라

- 見 보다 견
- 放 내쫓다 방
- 武 무사 무 [보언]
- 八萬 팔 만. 앞 구절의 數數와 對句다. 數數=八萬. 수없이 많다는 의미. 백성들이 천도를 원하지 않아 풍자를 하며 간하는 자가 많았다(不願遷都 諷諫者多)는 《일본서기》 내용과 일치한다.
- 雄 수컷 웅

■ 情無雲 乃 隱 障 倍 之 也
무정한 연기는 가로막아 (삼륜산을) 모시는 구나
○乃 노를 저어라
○隱 가엾어 해 주소서
○之 장례행렬이 나아가라
○也 제기의 물로 손을 씻으라

- 情無 정이 없다
- 雲 구름 운. 三輪山을 태우는 연기를 말한다
- 乃 노 젓는 소리 애 [보언]
- 隱 가엾어 하다 은. ~은 [청언]
- 障 가로막다 장
- 倍 모시다 배. 신라 향가 〈도솔가〉에서도 倍가 모시다라는 뜻으로 사용되고 있다.
- 之 가다 지 [보언]
- 也 주전자 이 [보언] 제사 중 물을 담아 손을 씻는 제기. 향가에서는 누언 '야'로 발음한 것으로 보인다.

제6장

고사기(古事記) 향가 1편

일본에서 국서로 취급받고 있는 《고사기(712년 편찬)》와 《일본서기 (720년 편찬)》 속에 상당수 노래 작품이 존재하고 있다. 이러한 운문들은 그 동안 완독이 되지 못하고 있었다.

그 운문을 신라 향가 창작법으로 검증한 결과 이들은 모두 향가로 확인되었다. 향가는 《만엽집》 뿐만이 아니라 《고사기》와 《일본서기》 속에도 포함되어 있었던 것이다.

이 사실은 적지 않은 의미를 가지고 있다.
신라 향가 창작법이 미완독의 일본 역사서를 해독해 낼 수 있다는 사실이다. 《고사기》와 《일본서기》에 기술된 사실(史實)의 서술과 운문의 내용은 서로 긴밀하게 연계되어 있기에 향가가 해독되기까지는 《고사기》와 《일본서기》가 완전 해독되었다 할 수 없다.
그러나 이제 이 운문들의 해독이 가능하게 되었다.
《고사기》와 《일본서기》가 신라 향가 창작법에 힘입어 드디어 빛의 세계로 나올 수 있게 되었다.

그러나 문제가 발견되었다. 그것은 향가가 미화법(美化法)으로 만들어진다는 사실이다. 미화법이란 망인의 생전업적을 미화한다는 법칙이다. 그런데 특히 일본에서는 미화법이 향가 창작에만 그치지 않고, 역사서술 방식으로도 채택되어 있었던 것이다. 이것은 일본의 역사가 미화되어 있다는 사실을 의미한다. 따라서 일본 고대사는 미화법이란 향가 창작법을 고려하여 재해독되어야 할 것이다.

<1번가>

夜久 毛多都 伊 豆毛

夜弊 賀

岐 都麻 碁微 爾

夜弊賀

岐 都 久 流曾 能

夜弊賀

岐 袁

밤늦도록 오래 너는 힘써 일했다

밤늦도록 힘써 일한 것을 칭찬하여 기린다

울퉁불퉁한 곳을 장기 알처럼 돌아다니며 힘이 다하도록 일했다

밤늦도록 힘써 일한 것을 칭찬하여 기린다

울퉁불퉁한 곳에서 오래도록 일하였으니 응당 칭찬하여 기려야 하리

밤늦도록 힘써 일한 것을 칭찬하여 기린다

울퉁불퉁한 곳에서 힘써 일한 것을 칭찬하여 기린다

[일본의 해독]

맑은 구름이 피어오르는 이즈모 땅에, 구름처럼 여러 겹이나 울타리를 둘러치
고, 아내를 두는 곳으로 하여 몇 겹이나 울타리를 만들고 있다

아아, 몇 겹이고 둘러친 울타리여

-고사기, 권오엽 권정 옮김, 고즈윈

1) 단서

고사기에는 총 112편의 향가가 있다.

신라 향가 창작법을《고사기》1번가에 적용, 해독해 보겠다.

본 작품이 그중 첫 노래 1번가로 三十一文字 和歌의 시초라고 이야기되고 있다.

[향가의 도거(渡去)]

B.C 17년 고구려에서 처음 모습을 드러낸 향가가 계속 남하하더니 한반도 최남단까지 이르렀다. 서기 42년 김해 구지봉에서 구지가가 수백 명에 의해 공연되었다.

이후 오랫동안 한반도에 머무르고 있던 향가가 다시 움직여 일본 열도로 건너갔다. 한반도에서 동해바다를 건너는 정치지도자들이 가지고 간 것이다.

대이동의 배경에는 한반도에 있던 소국들이 질적 변화를 보이기 시작한 것과 관련이 있을 것이다. 주변 소국들과 다를 바 없이 규모가 작았던 백제, 신라, 가야가 세력을 키워 가면서 주변부의 소국들을 흡수해갔다. 일부 소국들은 순순히 편제되었으나, 통합을 거부하던 다른 소국의 정치 지도자들은 터전을 잃게 되자 자신의 세력 일부와 함께 일본으로의 도거를 감행하였을 것이다.

백제, 신라, 가야 주변 소국의 수가 역사서에 전해온다. 마한의 경우 54개국이나 되었고, 진한과 변한도 각각 12개국이었다. 소국 중 큰 것은 4,000~5,000가(家), 작은 것은 600~700가(家) 정도였다.

〈구지가〉에서 보듯이 소국에 정치적 변혁을 일으킨 집단은 향가를 가지고 사용하던 정치집단이었다. 한반도 남단에 출현한 수로왕처럼 향가를 가지고 일본 열도로 도거해 일본열도를 개척한 이들에 대한 이야기가 일본의 역사서 《고사기(古事記)》와 《일본서기(日本書紀)》에 실려 있다.

그중에 소잔오존(素盞嗚尊)이라는 이가 있다.

신화에 따르면 소잔오존(素盞嗚尊)은 한반도 고천원(高天原)이란 곳을 근거로 해 살다가 그곳에서 쫓겨났다. 소잔오존은 신라의 소시모리(曾尸茂梨)로 갔으나 마음에 들지 않았다. 그래서 10명의 사나운 측근들(十猛)과 함께 흙으로 만든 배를 타고 바다를 건너 일본 땅 출운국(出雲國, 이즈모)에 도착했다. 고천원에서 신라를 경유하였다는 것으로 보아 소잔오존은 아마도 마한이나 변한 소국 중 어딘가의 정치지도자 중 하나였을 것이다.

소잔오존은 출운국에 도착해 길을 가던 중 울고 있던 노부부와 한 소녀를 발견하였다.

그들은 그 나라의 주인 각마유(脚摩乳)와 아내 수마유(手摩乳), 딸 기도전희(奇稻田姬)였다. 그들 부부에게는 딸이 여덟 있었는데 해마다 머리 여덟 달린 큰 뱀에게 한 명씩 잡아 먹혀 이제 마지막 남은 딸 기도전희(奇稻田姬)가 잡아먹힐 차례가 되어 슬피 울고 있었던 것이다.

소잔오존은 뱀을 물리쳐 주겠다며 딸을 자기에게 달라고 하였다. 노부부가 허락하자 딸을 빗으로 만들어 머리장식으로 꽂았다.

소잔오존은 여덟 개의 통에 술을 가득 담아 놓고서 뱀을 기다렸다. 그 때 머리와 꼬리가 여덟 개씩 달린 뱀이 찾아 왔다. 뱀은 술통에 머리를 하나씩 박고 술을 마시더니 술기운에 잠이 들었다. 소잔오존이 그 틈을 이용해 칼로 큰 뱀을 잘라 죽였다. 뱀의 꼬리부분을 갈라보니 그 속에 한 자루의 칼이 있었다. 이것이 소위 초치검(草薙劒, 풀 깎는 검)이다.

소잔오존은 뱀을 물리치고 터를 골라 결혼할 궁을 짓도록 하였다. 궁을 다 지었을 때 소잔오존이 향가를 지었다. 그때의 작품이 《고사기》와 《일본서기》에 각각 1번가로 실리게 된다.

《고사기》와 《일본서기》에 수록된 신대의 기록은 신뢰도에 있어 많은 논란이 있다. 그러한 논란은 별도로 하고 《고사기》와 《일본서기》 편찬자들은 소잔오존이 그 때 지었다는 작품을 일본땅 최초의 향가로 규정해 놓은 것이다.

검토 결과 《고사기》와 《일본서기》 1번가는 철저하게 신라 향가 창작법을 설계도로 하여 만들어져 있었다.

① 향가의 한자는 표의문자였고,
② 한국어 어순법에 따라 배열되어 있었으며
③ 향가 문장은 노랫말에 청언과 보언을 끼워넣어 만들었으며, 글자로 꼰 금줄과 같은 형태였다.

즉 《고사기》와 《일본서기》 1번가는 향가였던 것이다.

고사기 1번가를 신라 향가 창작법에 의해 해독하면 일본인들의 해독과 큰 차이를 보인다.

새로 해독한 결과 이 작품은 소잔오존이 궁을 지은 각마유를 치하하고, 맑은 날이 되도록 해 달라(爾)고 기원하는 향가였다.

일본인들은 이 작품을 표음문자 가설(만요가나)에 의해 풀고 있다. 그러나 지금까지 보았듯이 표음문자 가설은 자체가 가진 문제점으로 인해 이를 활용한 일본연구자들의 해독은 심각한 오류를 빚고 말았다. 그 결과 일본인들은 자신들의 국서인 《고사기》와 《일본서기》를 오독하게 되었다. 일본은 잘못 해독된 《만엽집》, 《고사기》와 《일본서기》의 내용을 기초로 하여 역사와 인문과 문화의 탑을 세워 놓고 있다.

신라 향가 창작법으로 본 소잔오존(素盞嗚尊)은 어떠한 인물이었을까.
고유명사법에 따라 그의 이름을 풀어보면 소잔오존은 고기나 생선을 쓰지 않은 소찬(素)을 제찬으로 올리고 잔(盞)에 술을 따라 올리며(嗚) 비는 높은 사람(尊)이란 뜻이었다. 소잔오존은 천지귀신에 바치는 제사 의례의 주재자였다. 그는 제정일치 시대의 지배자였던 것이다.

노래를 짓고 나서 소잔오존은 각마유를 궁을 관리하는 책임자로 임명하였다. 그리고 그의 딸 기도전희와 침소에서 교합을 갖고 자손을 퍼뜨린다.

소잔오존은 한반도 고천원에 살다가 신라 소시모리(曾尸茂利)를 경유하여 바다 너머 출운국으로 건너갔다.
일본 역사에 나오는 신대의 주인공들이 일본으로 도거하기 전 살았다는 고천원은 한반도 어디에 해당하는가. 일본의 고대 언어학자 마부치 가즈오(馬淵和夫) 교수는 경북 고령의 대가야라고 주장하고 있다.

고조선에서 발원해 흐르기 시작한 향가는 열도를 개척하려는 한반도인들의 집단이동을 따라 현해탄을 건너갔다. 그렇게 이동해 간 소잔오존이 첫 향가를 만들었다. 그로부터 시작된 향가는 일본을 지배하는 문화가 되었다.

2) 풀이

■ 夜久 毛多都 伊 豆毛
밤늦게 오래도록 너는 (힘써 일한다).
○毛多都 털배우가 나가 여러 번 탄식하라
○豆 제기그릇에 제수를 바치라
○毛 털배우가 나가라

- 夜 깊은 밤 야
- 久 오래다 구
- 毛 털 모 [보언] 궁을 지은 책임자
- 多 많다 다 [보언]
- 都 감탄사 도 [보언]
- 伊 너 이
- 豆 제기 두 [보언]
- 毛 털 모 [보언] 털이 난 배우들

■ 夜弊 賀 岐 都麻 碁微 爾
밤늦도록 힘써 일하는 것을 칭찬하여 기린다. 울퉁불퉁한 곳을 장기알처럼 돌아다니며 힘이 다하도록 (일한다).
○都麻 탄식하는 삼베 옷 입은 사람
○爾 날씨가 맑으라

- 夜 깊은 밤 야
- 弊 힘쓰는 모양, 해지다, 곤하다
- 賀 가상하다, 위로하다 하
- 岐 울퉁불퉁하다 기
- 都 감탄사 도 [보언]

- 麻 삼베옷 마 [보언]
- 碁 장기 기
- 微 쇠하다(衰--), 쇠미하다(衰微--: 쇠잔하고 미약하다) 미
- 爾 아름다운 모양 이 [청언] 날씨가 맑다

■ 夜弊 賀 岐 都 久 流曾 能
밤늦도록 힘써 일하는 것을 칭찬하여 기린다. 울퉁불퉁한 곳에서 오래도록 일하니
응당 칭찬하여 기려야 하리
ㅇ都 감탄하라
ㅇ流 떠돌라
ㅇ曾 시루가 물이 끓어 넘치듯 눈물을 흘리라

- 夜 깊은 밤 야
- 弊 힘쓰는 모양, 해지다, 곤하다(困: 기운 없이 나른하다)
- 賀 가상하다(嘉賞: 칭찬하여 기리다), 위로하다(慰勞) 하
- 岐 울퉁불퉁하다 기
- 都 감탄사 도 [보언]
- 久 오래다 구
- 流 떠돌다 류 [보언]
- 曾 시루 증 [보언] 시루가 물이 넘치듯 눈물을 흘리라
- 能 응당~하다 능

■ 夜弊 賀 岐 袁
밤늦도록 힘써 일하는 것을 칭찬하여 기린다. 울퉁불퉁한 곳에서
ㅇ袁 옷을 치렁치렁하게 입고 나가라

- 夜 깊은 밤 야
- 弊 힘쓰는 모양, 해지다, 곤하다(困--: 기운 없이 나른하다)
- 賀 가상하다(嘉賞: 칭찬하여 기리다), 위로하다(慰勞) 하
- 岐 울퉁불퉁하다 기
- 袁 옷이 길다, 옷이 치렁치렁한 모양 원 [보언]

제7장

일본서기(日本書紀) 향가 3편

《일본서기》 속에도 상당수 운문이 존재하고 있었다. 이들에 신라 향가 창작법을 적용한 결과 역시 향가로 확인되었다.

본장에서는 신라 향가 창작법을 《일본서기》 향가에 적용한 결과를 소개한다. 새로 해독된 내용들은 모두가 역사적 사실과 관련되어 있었다. 그렇기에 이들에 대한 해독 없이 《일본서기》 해독은 오독이거나 불완전한 해독이 되고 말 것이다.

특히 이들 중 일부는 한일 고대사와 관련이 되어 있었다. 신라 향가 창작법의 출현으로 인해 한국과 일본의 고대사가 진실의 시간과 마주하게 되었다. 비록 일부 작품이지만 신라 향가 창작법이 밝혀낸 역사의 속살을 살펴보기 바란다.

상세한 내용은 필자의 저서인 김영회의 향가3서 중 《일본만엽집은 향가였다(북랩, 2021)》를 참고하시기 바란다.

효덕(孝德)천황 고립가(孤立歌)

舸娜 紀 都 該 阿 我 柯 賦古
磨播 比 枳 涅 世儒 阿 我 柯 賦古
磨 乎 比 騰瀰 都羅武箇

큰 배에서 실 한 올만큼씩만 세금을 거두어들이자고 하였어도
모두가 중대형황자에게 알랑거리며 고집스럽게 온갖 세금을 잔뜩 부과하였고

삼나무(麻)를 돌로 두드려 몹쓸 것은 버리고 좋은 것에서만 실을 뽑자고 하였어
도
아첨꾼들이 중대형 황자에게 알랑거리며 아무것도 자라지 않는 갯땅에까지 기
어이 세금을 부과하였고

삼나무(麻)를 돌로 두드리는 일처럼 나와 함께 여러 사람이 무리 지어 달리며
일하자고 하였어도 세차게 흐르는 물에서 나 혼자 그물질하고 있더라

1) 단서

《일본서기》효덕천황 백치 4년 기록에 본 향가가 수록 되어있다.

효덕천황이 645년 12월 도읍을 난파(難波, 지금의 오사카)로 옮겼다.

653년 중대형 황자가 효덕천황에게 비조(飛鳥)로의 천도를 청하였으나 천황이 허락하지 않았다.

중대형 황자는 신하 등을 거느리고 비조(飛鳥)로 가버렸다. 이때 공경대부와 백관들도 모두 황자를 따라 갔다. 정치적으로 고립된 효덕 천황은 이를 원망하면서 아내 간인(間人)황후에게 노래를 지어 보냈다. 본 작품이 바로 그 원망의 작품이다.

효덕 천황은 654년 11월 사망하였다.

효덕천황의 노래에 대한 지금까지의 풀이는 상황의 이해에 별다른 도움을 주지 못하고 있다.

그러나 신라 향가 창작법에 의한 해독결과는 효덕천황이 국사를 의욕적으로 추진하고자 하였음에도 신하들이 중대형황자 편을 들 뿐 자신의 말을 전혀 듣지 않았다고 황후에게 하소연하는 내용이다. 당시의 실권이 중대형 황자에게 있었음을 여실히 보여주고 있다. 효덕 천황 재위 시 추진되었던 각종 개혁정책(大化改新)을 중대형 황자가 좌지우지 하였던 것이다. 효덕천황이 남긴 이 작품은 노래로 기록된 역사라고 하여도 부족함이 없다.

2) 풀이

■ 舸 娜 紀 都 該 阿 我 柯 賦古
큰 배에서 실 한 오라기만큼 씩만 세금으로 거두어들이자고 하였어도 모두가 (중대형황자)에게 알랑거리며 고집스럽게 온갖 세금을 부과하였고
○娜 천천히 휘청거리며 (여유있게) 노를 저어라
○都 탄식하라
○柯 주발에 담으라
○古 십 대나 입에서 입으로 전하게 해 주소서

•舸 큰 배 가

- 娜 휘청휘청하다, 천천히 흔들리는 모양 나 [보언] 노를 젓는 모습
- 紀 실타래에서 실 한 오라기를 뽑아내다 기
- 都 감탄사 도
- 該 모두 해
- 阿 펀들다, 알랑거리다 아
- 我 외고집 아
- 柯 주발(놋쇠로 만든 밥그릇) 가 [보언]
- 賦 온갖 세금을 부과하다 부
- 古 십 대나 입에서 입으로 전하다 고 [청언]

■ 磨播比 枳 涅 世儒 阿 我 柯 賦古

마를 돌로 두드려 (몹쓸 것은) 버리고 (좋은 것으로만) 골라 (실을) 뽑자고 하였어도 (아무것도 자라지 않는) 갯땅에까지 (중대형 황자에게) 알랑거리며 고집스럽게 아무 데나 세금을 부과하였고

○古 십 대나 입에서 입으로 전하게 해주소서
○世儒 삼십 명의 아첨꾼이 나가라
○枳 탱자나무로 울타리를 치라
○柯 주발에 밥을 담아 올리라

- 磨 마를 물에 불려 돌로 두드리다 마. 磨=麻+石
- 播 버리다 파

- 比 고르다, 가려뽑다 비
- 枳 탱자나무 지 [보언]
- 涅 개흙(갯바닥이나 늪 바닥에 있는 거무스름하고 미끈미끈한 고운 흙) 널
- 世 삼십 세 [보언]
- 儒 억지로 웃는 모양 유 [보언]
- 世儒 [다음절 보언] 삼십 명의 아첨꾼으로 해독
- 阿 펀들다, 알랑거리다 아
- 我 외고집 아
- 柯 주발(놋쇠로 만든 밥그릇) 가 [보언]
- 賦 온갖 세금을 부과하다 부
- 古 십 대나 입에서 입으로 전하다 고 [청언]

■ 磨 乎 比騰彌 都羅武箇

삼나무를 돌로 두드리는 일처럼 여럿이 무리 지어 달리려 하였어도 세차게 흐르는 물에서 (나 혼자 그물질하였더라).

○乎 탄식하라
○都 탄식하라
○羅武箇 그물질하는 무사 한 명이 나가라

- 磨 마를 물에 불려 돌로 두드리다 마. 磨=麻+石
- 乎 감탄사 호 [보언]
- 比 무리, 동아리 비
- 騰 힘차게 달리다 등
- 彌 세차게 흐르다 미
- 都 아아(감탄사) 도 [보언]
- 羅 그물 라 [보언]
- 武 무사(武士) 무 [보언]
- 箇 낱 개 [보언]
- 羅武箇 [다음절 보언] 그물질 하는 무사 한 명

2.

제명(齊明)천황 동요(童謠)

摩比邏 矩都

能俱例 豆 例 於

能幣陀 乎 邏賦俱

能理歌理 鵝 美和

陀騰能理歌美 烏

能陛陀 烏 邏賦俱

能理歌 理 鵝 甲子 騰和 與 騰美 烏

能陛陀 烏 邏賦俱

能理歌理 鵝

뼈가 닳아 없어지더라도 똑같이 순라를 돌아야 할 것이다

응당 공평하게 순라 돌게 하는 게 전례이고 전례다

응당 돈을 내든 비탈길 순라를 돌든 세납은 공평해야 할 것이다

이렇게 하고 있으니 응당 다스림이 노래로 불리고, 다스림이 기려지게 되고, 민들과 화합하게 될 것이다

이렇게 하고 있으니 비탈길을 달리게 하더라도 응당 다스림이 노래로 불려지고 기려지네

응당 궁궐에서 시립하든, 비탈길에서 순라를 돌든 세납은 공평해야 할 것이다

이렇게 하고 있으니 응당 다스림이 노래로 불리고, 다스림이 육십갑자 중 첫째로 꼽히네

이렇게 하고 있으니 비탈길을 달려야 해도 화합하게 되고 더불어 비탈길을 달려야 해도 기려지네

응당 궁궐에서 시립하고, 비탈길을 순라 돌더라도 세납은 공평해야 한다네

이렇게 하고 있으니 응당 다스림이 노래로 불리고 다스림이 기려진다네

1) 단서

한반도 역사와 크게 관련된 작품이다.

왜군이 백제에 지원군을 파견하였으나 백촌강에서 크게 패배하였다. 왜국에서 백제에 파병된 군사를 어떻게 징집했는지 보여주는 작품이다.

《일본서기》권제26 제명천황 6년(660) 12월 기록이다.

24일에 제명천황이 난파궁(難波宮)으로 행차하였다. 천황은 축자에 행차하여 백제 부흥군의 복신이 요청한 대로 원군을 파견할 것을 생각하여 우선 이곳으로 와서 여러 가지 무기를 준비하였다.

이 해에 천황은 백제를 위해 신라를 정벌하고자 하여 준하국(駿河國)에 명하여 배를 만들게 하였다. 다 완성하여 속마교(續麻郊)로 끌고 왔을 때 그 배가 밤중에 까닭 없이 배의 머리와 고물이 서로 반대가 되었다. 여러 사람들이 이 싸움이 결국은 패할 것임을 알았다.

과야국(科野國)에서 '파리 떼가 서쪽을 향해 날아 거판(巨坂, 오사카)을 지나갔는데 그 크기가 열 아름쯤이고 높이는 하늘까지 닿았다'고 보고하였다. 또 구원군이 크게 패할 전조임을 알았다.

그때 동요(童謠)가 있었다.

백제 지원군 파병을 앞둔 시기에 만들어진 작품이기에 이 동요에 대해 한일 역사가들의 관심은 뜨겁다.

그러나 아직까지 《일본서기》에 수록된 이 동요에 대해 아무도 손을 대지 못하고 있다. 해석은커녕 정설조차 없는 실정이다. 그러다 보니 갖은 억측만이 이 동요를 둘러싸고 횡행한다.

그러나 이 작품 역시 향가 창작법으로 간단히 풀렸다. 향가였던 것이다. 당시 백제로 출병시킬 병력을 징집하고, 세금을 거두어들이면서 모두에게 공평하게 부담시키도록 하자고 하는 노래였다.

당시 작품을 창작하였던 집단은 중대형 황자 등 당시 권력의 중추 집단이었을 것이다. 그러나 본 작품이 실려 있는《일본서기》집필 세력은 이 작품을 패전의 징조로 보고 있다. 훗날 정권을 잡고《일본서기》를 쓴 천무천황 측의 시각일 것이다.

동요가 있었다는《일본서기》의 본 구절은 몇가지 중요한 시사점을 던진다.
우선 동요를 불렀다는 것은 향가가 글로만 만들어져 있던 것이 아니라, 직접 길거리에서 아이들이 부르고 있었음을 가리키는 구절이다. 향가의 공연 모습 하나를 보여준다.
또 한편으로는 중구삭금(衆口鑠金) 기법이 시행되고 있었음을 말한다. 이와 같이 동요를 이용한 중구삭금 기법은 신라의 서동요(薯童謠)에서도 채택된 방법이다. 여러 명의 아이들이 부르면 부를수록 향가가 가진 힘은 커졌다.

향가의 내용으로 보아 당시 병력과 군자금을 법이나 전례에 따라 공평하게 징발했던 것으로 보인다. 그 결과 아이들이 칭송의 노래를 거위가 울고 다니듯 부르고 다녔다. 파병을 주도하였던 세력이 징발에 따른 민심이반을 걱정했고, 향가의 힘에 의해 이를 제압하고자 한 것이다.

중대형 황자는 파병에 따른 민심 관리를 위해 본 작품을 만들게 한

다음 유행시킨 것이다. 고도의 정치성을 띤 작품이다.

보언은 '鵝(거위 아)로서 거위가 꽥꽥 울 듯 이 노래를 부르라' 하고 있다. 그래서 아이들은 보언이 지시하는 대로 거위가 우는 것처럼 큰 소리로 이 노래를 부르고 돌아다녔을 것이다.

2) 풀이

■ 摩比邏 矩都
뼈가 닳아 없어지더라도 똑같이 순라를 돌아야 한다
○矩 몸을 곱자 모양으로 허리를 꺾으며 노를 저으라
○都 탄식하라

- 摩 닳아 없어지다 마   - 比 같다, 대등하다 비
- 邏 순라(巡邏: 순찰하는 사람) 라
- 矩 곱자(ㄱ자 모양의 자) 구 [보언]
- 都 오오(감탄사) [보언]

■ 能俱例 豆 例 於
응당 공평하게 (순라 돌게 하는 게) 전례이고 전례다
○豆 굽다리 접시에 제수를 올리라   ○於 탄식하라

- 能 응당~하다 능   - 俱 함께, 모두 구
- 例 전례(前例)를 따르다 례   - 豆 굽다리 접시 두 [보언]
- 例 전례(前例)를 따르다 례   - 於 탄식하다 오 [보언]

■ 能幣陀 乎 邏賦俱
응당 돈을 내던 비탈길 순라를 돌던 세납은 공평(해야 한다)
○乎 탄식하라

- 能 응당~하다 능   - 幣 화폐, 재물(財物) 폐
- 陀 비탈길 타   - 乎 감탄사 호 [보언]
- 邏 순라(巡邏: 순찰하는 사람) 라
- 賦 군비(軍費), 구실(온갖 세납을 통틀어 이르던 말), 매기다, 거두다 부

• 俱 함께, 모두 구

■ 能理歌理 鵝 美和
응당 다스림이 노래로 불리고, 다스림이 기려지게 되고, (민들과) 화합하게 된다.
○鵝 거위가 꽥꽥거리듯이 소리치라

• 能 응당 ~하다 능   • 理 다스리다 리
• 歌 노래를 짓다 가   • 理 다스리다 리
• 鵝 거위 아 [보언]   • 美 기리다 미
• 和 화하다(和-: 서로 뜻이 맞아 사이 좋은 상태가 되다) 화

■ 陀騰能理歌美 烏
비탈길을 달리게 해도 응당 다스림이 노래로 불리고 기려진다.
○烏 탄식하라

• 陀 비탈길 타   • 騰 질주하다, 힘차게 달리다 등
• 能 응당 ~하다 능   • 理 다스리다 리
• 歌 노래를 짓다 가   • 美 기리다 미
• 烏 탄식하는 소리 오 [보언]

■ 能陛陀 烏 邏賦俱
응당 궁궐에서 시립하든, 비탈길에서 순라를 돌든 세납은 공평해야 한다.
○烏 탄식하라

• 能 응당~하다 능
• 陛 시립하다(侍立-: 웃어른을 모시고 서다) 폐
• 陀 비탈길 타
• 烏 탄식하는 소리 오 [보언]
• 邏 순라(巡邏: 순찰하는 사람) 라
• 賦 군비(軍費), 구실(온갖 세납을 통틀어 이르던 말), 매기다, 거두다 부
• 俱 함께 구

■ 能理歌 理 鵝 甲子 騰和 與 騰美 烏
응당 다스림이 노래로 불려지고, 다스림이 육십갑자 중 첫째로 꼽힌다. 비탈길을 달려야하더라도 화합하게 되고 더불어 비탈길을 달려야 하더라도 기려질 것이다
○鵝 거위가 꽥꽥 거리듯이 소리치라

- 能 응당~하다 능
- 理 다스리다 리
- 歌 노래를 짓다 가
- 理 다스리다 리
- 鵝 거위 아 [보언]
- 甲子 육십갑자의 첫째
- 騰 힘껏 달리다 등
- 和 화하다(和-: 서로 뜻이 맞아 사이좋은 상태가 되다) 화.
- 與 더불다 여
- 騰 힘껏 달리다 등
- 美 기리다 미
- 烏 탄식하는 소리 오 [보언]

■ 能陛陀 烏 邏賦 俱
응당 궁궐에서 시립하고, 비탈길을 순라 돌더라도 세금 부과는 공평해야 한다네.
ㅇ烏 탄식하라

- 能 응당~하다 능
- 陛 시립하다(侍立-: 웃어른을 모시고 서다) 폐
- 陀 비탈길 타
- 烏 탄식하는 소리 오 [보언]
- 邏 순라(巡邏: 순찰하는 사람) 라
- 俱 함께, 모두 구
- 賦 군비(軍費), 구실(온갖 세납을 통틀어 이르던 말), 매기다, 거두다 부
- 俱 함께 구

■ 能理歌理 鵝
응당 다스림이 노래로 불려지고 다스림이 (기려진다네).
ㅇ鵝 거위가 꽥꽥 거리듯이 소리치라

- 能 응당~하다 능
- 理 다스리다 리
- 歌 노래를 짓다 가
- 理 다스리다 리
- 鵝 거위 아 [보언]

3.

중대형(中大兄)황자
매화가(梅花歌)

枳 瀰我梅能姑衷 之
枳舸羅
儞 婆 底底 威 底
舸 矩 野姑悲 武 謀
枳瀰我梅弘報 梨

탱자나무 울타리 사이 고집스럽게 심어 놓은 매화나무에 꽃이 피면 응당 부녀
자들이 모여들지
탱자나무 울타리 바깥에 저승배가 늘어서 있다
그대(제명천황) 탱자나무 울타리 밑에서 막히고 막히고 또 막히는구나
저승배 정박하는 바닷가 들판에 사는 부녀자들은 슬퍼하며 의논해야 한다
탱자나무 울타리 사이 고집스럽게 심어 놓은 매화꽃 피는 곳을 널리 알려야 하리

1) 단서

《일본서기》 제명천황 7년조 기록이다.

661년 7월 24일 제명천황이 조창궁(朝倉宮)에서 사망하였다. 제명천
황은 백제 파병의 본영을 큐슈(九州) 후쿠오카(福岡) 조창궁에 두고
출전 준비를 하고 있었던 것이다.

8월 중대형황자는 유해를 반뢰궁으로 옮겼다.

10월 7일 제명천황의 관을 배에 싣고 난파(지금의 오사카)를 향해 출항하였다. 이때 중대형황자는 난파로 가던 중 어디인가에 배를 정박하고 제명천황을 그리워하며 이 노래를 불렀다. 이에 대해 일본 연구자들은 다음과 같이 해독하고 있다.

> 당신의 눈을 사모하는 까닭에 여기에서 배를 머무네
> 이토록 사모하여
> 당신의 눈을 한 번만이라도 보았으면

새로운 해독과 일본인들의 해독결과는 완전히 다르다. 이는 일본의 정사 일본서기가 잘못 해독되고 있다는 사실을 말한다. 만엽집과 고사기, 일본서기에 대한 전면적 재해독이 필요하다.

11월 7일에 제명천황의 관을 비조천원(飛鳥川原)에 안치하였다. 이날부터 9일까지 애도의식을 거행하였다.

2) 풀이

■ 枳 瀰我梅能姑裒 之
탱자나무 물가 울타리 (사이) 고집스럽게 심어 놓은 매화나무 꽃에는 응당 부녀자들이 모이지
O之 장례행렬이 나아가라

- 枳 탱자나무 지
- 瀰 물이 넓다, 아득하다, 세차게 흐르다 미
- 我 외고집 아
- 梅 매화 매

- 能 응당~하다 능
- 姑 여자(女子), 부녀자(婦女子)의 통칭(通稱) 고
- 裒 모이다 부, 많다 보
- 之 가다 지 [보언]

■ 枳舸羅
탱자나무 바깥에 저승배가 늘어서 있다

- 枳 탱자나무 지
- 舸 큰 배 가
- 羅 늘어서다 라

■ 儞 婆 底底 威 底
그대 (탱자나무에서) 막히고 막히고 또 막히는구나
○婆 노파가 나가라
○威 두려워하라

- 儞 너 이
- 婆 늙은 여자 파 [보언] 제명천황
- 底 밑, 막히다 저
- 底 밑, 막히다 저
- 威 두려워하다(=畏) 위 [보언]

■ 舸 矩 野姑悲 武 謨
큰 배가 정박하는 바닷가, 들에 부녀자들이 슬퍼하며 의논해야 한다
○矩 허리를 곱자 모양으로 꺾으며 노를 힘껏 저어라
○武 저승무사가 나가라

- 舸 큰 배 가 [보언]
- 矩 곱자 구 [보언]
- 野 들 야
- 姑 여자(女子), 부녀자(婦女子)의 통칭(通稱) 고
- 悲 슬프다 비
- 武 무사 무 [보언]
- 謨 의논하다 모

■ 枳瀰我梅弘報 梨

탱자나무 물가 울타리 (사이) 고집스럽게 심어 놓은 매화꽃 피는 곳을 널리 알려야 하리
○梨 검버섯 핀 늙은이가 탱자나무 사이로 지나가라

- 枳 탱자나무 지
- 彌 물이 넓다, 아득하다, 세차게 흐르다 미
- 我 외고집 아
- 梅 매화 매
- 弘 널리 홍
- 報 알리다 보
- 梨 늙은이 리 [보언] 나이 들어 얼굴에 피는 저승꽃과 같은 돌배 껍질의 검은 점을 이색(梨色)이라고 한다. 제명천황으로 해독

※향가의 창안부터 소멸, 그 기능, 해독의 과정에 대한 보다 상세한 내용은 필자의 향가 3서 중 제1권 《향가루트》참고